Sandalyon

Luca Spissu - Mauro Fais
Mommotti

Vico II S. Barbara, 4
09012 Capoterra (CA)
www.amicolibro.eu
info@amicolibro.eu

Seconda Edizione
finito di stampare nel mese di agosto 2024
Prima Edizione - marzo 2024

LUCA SPISSU - MAURO FAIS

MOMMOTTI

amicolibro

Chini no timit no est òmini
(Chi non ha paura non è un uomo)

PREFAZIONE

Mommotti, frutto del talento di Luca Spissu e Mauro Fais, presenta una narrazione che attraversa due periodi storici distinti, ambientata nella Sardegna più autentica e misteriosa tra il 1935 e il 1975. La trama avvolge il lettore con la sua intensità e passione, raccontando la drammatica scomparsa della giovane Greca. La bambina svanisce durante i festeggiamenti in onore di sant'Isidoro a Granosu, lasciando i suoi genitori, Efisio ed Elena, in uno stato di disperazione e confusione. Il maresciallo Cardia e il suo assistente Costa, si trovano a dover decifrare un enigma complesso per scoprire cosa sia realmente accaduto a Greca.

Dopo molti anni, Mimminu, il fratello minore di Greca, ritorna a Granosu come un affermato psichiatra. Il suo ritorno è segnato da un profondo viaggio interiore e dal desiderio di fare i conti con il passato. Con la sua esperienza nella psichiatria, Mimminu cerca di penetrare il muro di silenzio che avvolge la sorte della sorella, sperando di portare finalmente alla luce la verità nascosta nel cuore di Granosu.

La prosa di Spissu e Fais ci guida attraverso le vicende con una scrittura appassionante, che si attorciglia attorno al lettore come la vite intorno agli alberi antichi della terra sarda. Ogni pagina si rivela una sfida alla comprensione e un invito a immergersi completamente, con un linguaggio che è tanto evocativo quanto espressivo, tanto intricato quanto eloquente.

Con *Mommotti* ci viene consegnata una Sardegna che vive

nelle sue contraddizioni, bella e aspra, e nelle sue tradizioni profondamente radicate. È un romanzo che ci chiede di abbandonarci alla sua atmosfera, di lasciarci trasportare dai suoi ritmi e dalle sue ombre, un'opera che celebra la forza della narrazione e la potenza evocativa della letteratura.

Roberto Sanna

Il campo era un inferno. Le case, erano un inferno. L'uomo a modo suo ringraziava per l'ottimo raccolto dell'anno, ma a denti stretti pronunciava delle parole che non erano proprio di benedizione contro quel caldo che lo soffocava. La donna che aveva scelto di stargli accanto per la vita allora lo ammoniva, perché non si nomina il nome di Dio invano, ma lui la ignorava, come del resto il suo Dio faceva nei suoi confronti. Nel loggiato coperto una sedia a dondolo si muoveva con lo stesso ritmo delle folate di scirocco che spazzava l'aia di fronte.

Le spighe di grano iniziavano la loro danza nel sole, e per un centinaio di metri e forse anche di più, l'unico colore che si vedeva era quel giallo che faceva male agli occhi, che a un certo punto dell'anno iniziava a far male anche alla schiena, quando l'uomo e i braccianti iniziavano a tagliare quelle spighe che lui stesso aveva piantato, così come avevano fatto suo padre e suo nonno tanto tempo prima, dall'alba al tramonto, senza il conforto dell'ombra degli alberi.

Appoggiato con la spalla allo stipite della porta reggeva una tazza di caffè. Lo faceva con quelle mani che, nonostante gli anni di lavoro nei campi avevano reso dure e callose, ora non riuscivano a trattenere il tremore che increspava la superficie del liquido nero.

Da una settimana ormai guardava lontano, oltre quel mare dorato che nascondeva la sua più grande paura che ora dopo ora sentiva crescere inesorabile. Lo sapeva, non sarebbe più tornata. Dalla bocca dello stomaco alla profondità dell'intestino i muscoli si contraevano alla stessa velocità dei battiti del suo cuore, la fronte già madida di sudore, il palato secco.

Sospirò profondamente per alleggerire quel macigno, tenendo la tazza con una mano sola, ma era impossibile tenerla ferma.

Quello era il suo inferno.

CAPITOLO 1
LA FESTA, SECONDA DOMENICA DI AGOSTO 1935

La prima esplosione fece guardare tutti verso l'alto. Qualcuno si tolse il cappello in segno di rispetto, altri risero felici, altri ancora si fecero il segno della croce. I bambini più piccoli si spaventarono per quel rumore improvviso. Dopo il primo vi fu un altro botto, poi un terzo, ma l'ultimo fu il più forte, quello che tutti aspettavano. L'esplosione in alto nel cielo, quasi a sfiorare il sole, diede inizio alle celebrazioni. Centinaia di voci in coro salutarono il santo che in quel momento veniva portato fuori dalla chiesa. Un rumoroso applauso accompagnò la statua nella piazza, con i fedeli che cercavano di avvicinarsi il più possibile per toccarla, venerarla, chiederle qualcosa in silenzio.

Don Mondinu guidava la processione, subito dopo c'erano le autorità: tra loro il podestà Masala, il maresciallo Cardia e il giovane carabiniere Costa. Più indietro un paese intero a esultare.

Gli *obrieri*[1], nonostante il gran peso che reggevano sulla spalla, apparivano seri ma felici. La folla che seguiva la lunga coda e la attorniava di tanto in tanto incoraggiava i pochi fortunati che avevano avuto il privilegio di sostenere quel carico.

Era finalmente arrivata la festa di sant'Isidoro, patrono di Granosu, il più piccolo dei paesi che stava sul lato ovest di monti Limpiu, proprio al centro di Ispigamanna, una delle pianure di Campudruci e tutti partecipavano con gioia. La via prin-

---

[1] L'*obriere* è colui che ha l'onore di portare lo stendardo o la statua.

cipale straripava di nastri bianchi e le finestre che vi si affacciavano erano addobbate con lenzuoli sistemati a mo' di drappo. Al suo passaggio da qualche balcone venivano lanciati petali di fiori colorati, che arrivavano a terra trasportati dalla brezza leggera.

Palmiro Pinna era il primo della fila e aveva la responsabilità di dare la direzione del cammino agli altri portatori come lui. Da mesi era pronto per quell'evento perché era stato scelto anche come conduttore. Lui, primo davanti a tutti gli altri. Anche suo padre lo era stato molti anni prima, uno dei più forti e benvoluti. Ora che non c'era più, nonostante l'età che Palmiro aveva nelle gambe, era orgoglioso di aver preso il suo posto. Sapeva che gli occhi dei suoi due figli guardavano solo lui e sentiva, anche senza vederli, che quegli stessi occhi lo accompagnavano sin dall'uscita dalla chiesa. Così come era stato fiero di suo padre, ora loro lo erano di lui, aveva esaudito il suo desiderio.

Con i figli di Palmiro passeggiavano quelli di Luisu Vacca, il maniscalco del paese. Erano contenti per il loro vicino di casa, quell'uomo che era sempre gentile e non mancava mai di donar loro quei gustosi *piricchittus*[2] preparati da sua moglie, signora Giovanna.

La processione volgeva ormai al termine, sacra e composta, e i canti dei fedeli che accompagnavano la statua ancora si susseguivano senza mai fermarsi, lenti e cadenzati come le preghiere delle vecchie signore vestite di nero che, col rosario avvolto nelle dita incrociate, recitavano la loro nenia con lo sguardo basso.

Quando il simulacro fu sistemato al suo posto nella cappella all'interno della chiesa, don Mondinu annunciò solenne che il cammino del santo, anche per quell'anno, era finito. La messa era conclusa e potevano andare in pace.

Le vie erano animate già dal primo pomeriggio e le banca-

---

[2] Tipici dolci sardi.

relle con i loro venditori riempivano di profumi, suoni e odori ogni angolo di strada. C'era una famiglia intera di commercianti *de su cabu de susu*[3] che vendeva olive di tutte le dimensioni, dalle più piccole e amare alle più grandi e salate, e ancora mandorle, nocciole, carrube.

Altri che si organizzavano per cucinare al momento *su pisci de sa festa*[4]; gli allevatori più generosi arrostivano alcuni dei propri animali direttamente in casa loro e chi avesse voluto sarebbe stato invitato ad assaggiarne un pezzo. Poi c'erano i venditori di cestini e di coltelli, quelli che esponevano candele e chi regalava dolci ai più piccoli.

L'ultima vendemmia era andata bene a Luisu Vacca, tanto da riuscire a produrre abbastanza vino per quella occasione.

All'esterno della chiesa i suonatori di *launeddas*[5] si preparavano per l'imminente esibizione. La maestria di Toninu Cappai era nota a molti e quest'anno avrebbe suonato anche lui.

Poco distante dalla piazza, la locanda di Daddai. Lì il lavoro non mancava. Gli avventori, in quei primi giorni di baldoria, erano infatti più che raddoppiati. Non si lamentava, certo, ma la schiena non era più quella di una volta e lo stare in piedi fino a tarda notte dietro al banco non lo aiutava a star meglio.

Il maresciallo, Francesco Cardia, aveva faticato parecchio, quel pomeriggio, a convincere Costa a fare quattro passi con lui per iniziare a conoscere da vicino i suoi nuovi concittadini. Il ragazzo era arrivato dal *Continente* da poco e il paese era stata la sua prima destinazione. Camminando per quelle strade rumorose e allegre quasi non credeva ai suoi occhi: com'era possibile che da un giorno all'altro un centro piccolo e silenzioso come quello si potesse riempire di così tanti colori e profumi? Il collega lo guardava con la coda dell'occhio e stentava a trattenere il sorriso.

---

[3] Dal nord dell'isola.

[4] Il pesce della festa (è il muggine).

[5] Tipico strumento musicale sardo.

La festa era anche un momento per i nobili e i ricchi della zona per sfoggiare il loro status. A braccetto dell'avvocato c'era sua moglie, insegnante delle scuole elementari, che indossava un abito fatto portare direttamente dalla città. I due parlavano e ridevano amabilmente accompagnati dal dottore e consorte. Dietro di loro la famiglia del calzolaio e quella del carrettiere. Persone di ogni tipo camminavano fianco a fianco, senza che la differenza di ceto, almeno in quell'occasione, sembrasse essere importante.

Le voci dei venditori si incrociavano lungo la strada, il pastore chiedeva di fermarsi per un assaggio del suo formaggio, subito di fianco il suo amico offriva un bicchiere di vino. Più in là, un altro stava semplicemente seduto dietro il proprio banchetto in attesa che i passanti notassero le sue mercanzie, mentre chi esponeva i tappeti fatti a mano diceva a gran voce che i suoi erano senza dubbio i migliori.

Elena passeggiava con Greca e Mimminu lungo la via principale. Il ragazzino aveva in mano un sacchetto di ceci tostati e uno di mandorle, le sue preferite. Quella mattina aveva confezionato con le proprie mani una coroncina di fiori gialli per la sorella, tenuti assieme con dei rametti leggeri. Lei lo aveva abbracciato e riempito di baci.

"La terrò in testa tutta la sera", gli aveva detto.

I bambini erano affascinati da quel miscuglio di rumori e voci nuove, molte delle persone che incrociavano il loro cammino non si erano mai viste da quelle parti, ma certo non ci facevano caso. Finalmente lontani dai campi, dalle botteghe, dalle greggi. Lontano anche dalla noia di interi pomeriggi passati sotto un albero a raccontarsi storie paurose, nell'attesa che l'afa diventasse meno opprimente. Quella sera e le altre, finché ci sarebbe stata la festa, avrebbero corso tra la gente, senza preoccuparsi degli scarponcini di cuoio rattoppati o del caldo, della fame o della sete. Quella sera si sarebbero riempiti le mani di caramelle di zucchero, ne avrebbero mangiato fino a farsi venire il mal di pancia. Era così, sarebbero stati liberi e leggeri, proprio come l'innocenza della loro età.

L'imbrunire tardava ad arrivare e Greca ringraziava l'estate e le sue lunghe giornate perché proprio in quei giorni poteva trascorrere più tempo con suo fratello e la madre.

La loro era una famiglia semplice, Elena cuoceva del pane che poi vendeva al paese. In quel periodo oltre a fare *su civraxiu*[6] preparava anche *su coccoi*[7]. Suo marito Efisio, invece, coltivava i suoi campi di grano e allevava qualche capo di bestiame. Lavoratore infaticabile, in quel momento si trovava nella bottega del macellaio per aiutarlo a preparare la carne che avrebbero poi arrostito più tardi.

Con il lento sopraggiungere della sera, le strade si gonfiavano ancora di più, tutti uscivano dalle case, per partecipare ai festeggiamenti. Alcuni camminavano senza meta curiosando tra le file di bancarelle, altri sapevano già dove andare, chi a sentire i musicisti che di lì a poco avrebbero allietato la notte, chi a ballare al suono delle fisarmoniche, altri ancora speravano di trovare un posto a sedere in chiesa per la messa notturna di don Mondinu.

Ma c'era anche chi alla festa non andava per divertirsi. Spesso, infatti, la folla era utilizzata da qualcuno per nascondersi e regolare i conti in sospeso con qualcun altro o, addirittura, per chiuderli definitivamente. Cardia conosceva bene quelle dinamiche, era il rovescio della medaglia e quindi come ogni anno aveva allertato i suoi uomini, istruendoli su come sarebbe stato meglio agire in caso di flagranza di reato. Era sempre stato per il dialogo, ma aveva imparato a sue spese che a volte parlare non serviva a tanto. E anzi, non serviva proprio a nulla.

"Cosa vi prende, Costa? Mi sembrate sorpreso..." chiese il maresciallo, con un sorriso sornione sul viso.

---

[6] Varietà di pane tipica dell'Isola.

[7] Tipica varietà di pane sardo.

"Sorpreso non è abbastanza, signor maresciallo. Tutto questo è..." Il giovane allargava le braccia e si guardava intorno, non trovando le parole adatte per descrivere ciò che stava vedendo.

"Lo so, lo so".

"È incredibile! Dalle mie parti tutto questo c'è ma... non così!" disse indicando ciò che aveva davanti agli occhi, ma senza riuscire a scegliere qualcosa in particolare.

"Godetevi la serata, ma non lasciatevi distrarre troppo. Siamo in servizio".

Costa tornò all'ordine e, sistemandosi il berretto in testa, fece sparire il sorriso che aveva sulla bocca tornando serio.

"Scusatemi maresciallo", disse rispettoso.

"Lasciate stare. Ditemi piuttosto: avete notato nulla? Lì, alla vostra destra".

Osservò in quella direzione ma non vide altro che bancarelle e persone. Poi una imprecazione lo fece guardare un po' più in là. Un ragazzino scalzo correva via con due mele in mano, inseguito dall'ortolano che dopo qualche passo però si era fermato, sicuro che non avrebbe mai potuto acciuffare il ladruncolo.

"Come ve ne eravate accorto?" chiese Costa.

"Avevo già visto quel giovanotto gironzolare lì attorno. Era solo una questione di tempo".

"Maresciallo! E ora chi me le paga le mie mele?" disse il commerciante in direzione dei due carabinieri.

Cardia si avvicinò a lui, facendosi spazio tra le persone che passeggiavano.

"Non fatela tanto lunga. Ecco a voi", infilò la mano in tasca e ne trasse due monete. Le poggiò sul banchetto e, con uno sguardo verso Costa riprese la sua ronda.

"Quelle basteranno anche per la prossima volta!" disse senza voltarsi.

"Maresciallo, pensate che dovremmo andare a cercare quel ragazzino?"

"Per ora no Costa, oggi non lo rivedremo qui di sicuro. E per il furto ho già provveduto io. Non saranno due mele a impoverire quell'uomo e non saranno due monete a impoverire me".

Quando il sole era scomparso definitivamente e il fresco aveva iniziato a dare un po' più di respiro, la gioia aveva raggiunto il suo culmine. La carne arrosto era stata tagliata ed esposta sui banconi di legno, ben sistemata dentro i vassoi di sughero su un soffice letto di rametti di mirto appena tagliato, pronta per essere offerta. Il suo profumo dolce trasportava quell'invito all'assaggio fino alle strade più lontane. Poco distante dalle braci a terra, lunghi spiedi conficcati al suolo sostenevano fieri il loro prezioso carico, dove la carne sudava per il calore del fuoco e dorava quando il pastore stillava su di essa le gocce di lardo sciolto. I muggini sfrigolavano sulle graticole e i boccali di vino venivano riempiti uno dopo l'altro per cercare di accontentare tutti.

Una piccola folla si era radunata nel piazzale di fianco alla canonica, dove le launeddas avrebbero cominciato a riempire l'aria del loro suono. Toninu Cappai era seduto in disparte su una sedia di legno, con le braccia leggermente protese in avanti e le mani sulle ginocchia. Quell'anno era stato invitato come ospite d'onore, anche se non riteneva di esserne all'altezza. Era però grato dell'invito. Di fianco alla sedia, teneva il suo vino in un fiaschetto rivestito di paglia, e di tanto in tanto ne assaggiava un sorso. Anche lui era d'accordo sul fatto che la produzione delle vigne di Luisu Vacca dell'anno precedente fosse stata una delle migliori degli ultimi tempi.

Era quasi ora di iniziare, prese il suo astuccio di pelle e allentò i cordoni. Estrasse lo strumento e si preparò.

CAPITOLO 2
UNO STRANO INCONTRO

Nel frattempo Efisio aveva lasciato la macelleria e si era riunito alla sua famiglia.

Tutti assieme ora si dirigevano verso lo spiazzo di fronte alla chiesa, dove avrebbero ascoltato le ballate del loro vicino di casa. Elena era trascinata in avanti dai bambini, che non vedevano l'ora di arrivare subito a destinazione e, tra una risata e l'altra, rendevano meno silenziose quelle stradine. Dal canto suo, Efisio conosceva come le sue tasche gli stretti vicoli che percorreva, non aveva nemmeno bisogno di guardare dove metteva i piedi, anche se proprio questi ultimi iniziavano a dargli dei fastidi. Quelle stramaledette scarpe strette gli facevano *veder le stelle* a ogni passo.

Poco male, pensò l'uomo, *ancora qualche ora e potrò levarmele di dosso.*

Assorto nei suoi pensieri, raggiunse l'ultimo incrocio prima di sbucare nella piazza, quando un uomo arrivò a passo svelto in direzione contraria alla sua e lo urtò violentemente. Efisio assorbì il colpo come fa un albero con il vento forte, ma il malcapitato ruzzolò a terra perdendo il cappello, accompagnato da un tintinnio metallico. Elena, che aveva già girato l'angolo, sentendo quel piccolo trambusto tornò sui suoi passi, seguita dai bambini. Vide un uomo in terra, che raccoglieva delle monete sparse tutto intorno a lui. Increspò il viso quando scorse anche svariati anelli e una grossa *pattadesa*[8]. Fu in quel momento che prese le mani dei figli e le strinse forte, parandosi loro davanti.

Efisio aveva già notato il coltello e aveva anche notato come lo sconosciuto cercasse di non attirare l'attenzione su di esso, raccogliendolo con fare disinteressato.

"E tui chini ses?" gli chiese Efisio, mentre gli si avvicinava piano.

"Eh, e io chi sono? Uno della festa sono", rispose l'uomo con un mezzo sorriso.

"Questo l'avevo capito. Ma *cosa* ci fai alla festa? Cosa sono le cose che stai raccogliendo? E dimmi, cosa te ne fai di una *pattada* come quella? A chi devi pungere?"

Subito dietro di lui, Elena iniziava a capire quale fosse il pericolo di quella situazione, e, avvicinandosi al marito gli poggiò una mano sul braccio.

"Lasciate perdere Efisio. Andiamo!"

"Ecco, sì, *Efisio*, ascolta tua moglie... che forse per una volta ha detto la cosa giusta!"

Quella considerazione non venne accolta di buon grado. Come una furia Efisio sollevò le maniche della camicia fin sopra il gomito scoprendo le vene rigonfie dalla rabbia e fece un passo in avanti con i pugni stretti verso l'uomo che aveva offeso la donna. L'altro, ancora accovacciato, con un movimento fulmineo impugnò di nuovo il coltello tenendolo adeso alla coscia piegata.

"Attento Efisio! Ha il coltello in mano!"

"Signora, state tranquilla. Sono a terra, cosa vi potrebbe mai succedere?"

"Sì, infatti. Stai a terra", lo ammonì Efisio.

"Elena, per favore, andate a cercare le guardie", disse poi, senza staccare gli occhi da quelli dell'uomo.

"Vado subito. Greca, Mimminu, venite con me!"

"Eh, voi mi volete proprio male... già le guardie! Neanche

---

[8] Tipico coltello sardo.

mi conoscete…" fece l'uomo, iniziando a guardarsi intorno per cercare una via di fuga.

"Hai ragione, non ti conosco, ma non mi sembri una persona che indossa anelli da donna".

L'uomo si lasciò andare in una risata rumorosa.

"Gli anelli? Ma quelli sono di mia moglie! Li stavo portando a…"

Un rumore di passi di corsa e un vocio sempre più vicino lo fecero voltare. Nello stesso momento, con un unico balzo si mise in piedi, ma Efisio era pronto a quella eventualità, e con uno schiaffone in pieno volto lo fece cadere nuovamente.

Elena aveva incontrato gli uomini di Cardia nella via principale, e questi erano andati a chiamarlo. Era arrivato velocemente, in compagnia di Costa.

"Signor Sanna, cosa è successo?" chiese il maresciallo.

"Credo che il signore abbia nelle tasche qualcosa che non gli appartiene".

"Maresciallo Cardia! Che sorpresa. Avete visto che bella festa anche quest'anno? E quanta gente…" disse l'uomo.

"E con le borse piene, aggiungerei", rispose di rimando il maresciallo, "e tu non sei tra quella gente, vero Tore? Immaginavo che prima o poi ci saremo rivisti, ma non pensavo fossi già uscito dopo quello che hai fatto".

"Maresciallo, voi mi offendete. Ho pagato il mio debito con la legge e ora sono un uomo onesto".

"Ora sei tu che offendi la mia intelligenza, ma lasciamo stare. Dove sono i tuoi compari?"

"Quali compari? Io certa gente non la frequento più. Piuttosto… ora posso rialzarmi o devo stare qui tutta la notte?"

Il maresciallo lo fissò dall'alto per qualche secondo, ma l'altro non resse il suo sguardo severo e sogghignando distolse il suo, come se sapesse che il militare non avrebbe potuto fargli nulla.

"Puoi alzarti, Tore".

Una volta in piedi, il malvivente si spazzolò i pantaloni con la mano, e con un ampio sorriso si rivolse a Efisio.

"Ma che bella famigliola avete, signor Sanna. Elena, la piccola Greca..."

Gli si parò davanti, guardandolo dritto negli occhi, "Sì, proprio dei bravi cittadini".

"Devi ringraziare che non siamo soli. O il cimitero avrebbe avuto un buco in più, domani", Efisio gli rendeva lo sguardo torvo, puntandogli l'indice contro.

"Mi state minacciando, signor Sanna?" La sua mano andò alla tasca dei pantaloni, da cui estrasse il coltello che aveva raccolto poco prima da terra e che aveva prontamente rinfoderato all'arrivo delle guardie.

A quel punto i carabinieri si frapposero tra i due, ma con uno scatto l'uomo lanciò loro in faccia la sua piccola refurtiva, accecandoli il tempo sufficiente per scomparire tra le ombre e la folla oltre l'angolo. Efisio seguì con lo sguardo la fuga di quel tizio che il maresciallo Cardia aveva chiamato Tore.

"A presto, signor Sanna..." lo sentirono urlare nella loro direzione, prima di sparire definitivamente.

Il giovane Costa si lasciò andare a un gesto di stizza, ma venne subito fermato dal più pragmatico Cardia, che, con una pacca sulla spalla, lo rassicurò sul probabile futuro del fuggitivo.

"State tranquillo, giovanotto. Quell'uomo è talmente marcio che sono sicuro che ce lo vedremo sfilare davanti ammanettato entro pochi giorni".

"Va bene, maresciallo. Ma mi dispiace che..."

"Lasciate perdere, Costa. Non pensateci più. Non me ne preoccupo io, non dovete preoccuparvene nemmeno voi".

"Pensate che dovremmo fare qualche domanda al signor Sanna? Cosa è successo e come..."

"Certo, ma non ora. In realtà non è successo nulla. Non a lui, almeno. Credo che il nostro amico fuggitivo sia quello che in tutto questo ha avuto la peggio. E con lui, d'altra parte, i bambini. Guardateli... sono ancora molto spaventati".

"Maresciallo, voi lo conoscevate?" gli chiese Efisio mentre si risistemava le maniche della camicia e il panciotto.

"Si, lo conosco fin troppo bene. Ogni qual volta lui compare, il mio istinto mi dice di fare attenzione. Dove c'è lui ci sono problemi, seri".

"Mi pare di capire che sia già stato dietro le sbarre, cosa ha combinato?"

Il carabiniere strizzò le labbra e scosse leggermente il capo.

"Godetevi la festa, Efisio. Signora Elena e i ragazzi la stanno aspettando".

"Ho capito... grazie, maresciallo. Buona serata".

Con un gesto delle dita a sfiorare la tesa del berretto i due carabinieri si incamminarono con passo leggero, allontanando i curiosi che lentamente tornarono alla festa. Prima di girare l'angolo, il graduato si fermò a dare ancora uno sguardo al viottolo buio e con un solo pensiero nella testa.

Cosa sei venuto a fare qui, Tore?

CAPITOLO 3
CHI ERA QUELL'UOMO?

Efisio si era avvicinato a Elena e con una mano carezzava la testolina dei ragazzi, che ancora non si staccavano dalla sua gonna per lo spavento appena preso.

"Coraggio, l'uomo cattivo se n'è andato. Non ci disturberà più. Ora vi va di andare a sentire le launeddas di Cappai?"

Rassicurati dalla vicinanza di entrambi i genitori, i bambini lasciarono andare quello scudo fatto di tela e un timido sorriso mutò l'espressione di terrore che avevano negli occhi.

"Efisio, chi era quell'uomo?"

"Non era di certo uno di qui. Il maresciallo non ha voluto dirmi altro. Ma dev'essere qualcuno da cui stare lontani".

Percorsero in silenzio i pochi metri che li dividevano dalle altre persone della festa, ignare di ciò che era appena successo. Davanti agli occhi di Mimminu ancora il luccichio della lama del coltello. Ne aveva visto di così grandi solo a tavola. *Chissà perché ce l'aveva appresso,* pensò, forse per tagliare il pane giù alla festa, si disse. Ma non si seppe dare una risposta convincente. Greca viaggiava in braccio a Efisio, con la testa rivolta verso il viottolo da cui era fuggito l'uomo che aveva litigato con suo padre.

Stavano per voltare l'angolo e tornare alla festa quando in fondo alla stradina le parve di scorgere quell'uomo che poco prima era in terra. Sul viso aveva un sorriso grande e la salutava con la mano. Muoveva solo le dita, su e giù, su e giù. L'altra aveva l'indice su naso e bocca, in un silenzioso invito a tacere. Greca chiuse gli occhi e si nascose nella spalla di Efisio. Quando dopo pochi passi li riaprì e guardò in fondo, l'uomo non c'era più.

Lui e il suo sorriso erano spariti.

CAPITOLO 4
TACCO E PUNTA

Riuscirono a trovare un posticino quasi davanti al palco dei suonatori e attesero che Toninu iniziasse.

Quando le prime note si diffusero nell'aria, tutti applaudirono Salvatore Setzu, chiamato *'su etzu'*[9] proprio per la sua anziana età. Le sue composizioni erano tra le più allegre, e alcuni ragazzi iniziarono a muoversi a tempo con quei suoni.

Continuarono a ballare anche quando fu la volta di Vittorio Porru, un uomo alto e magro che proveniva dalla città.

Per tutta la durata del concerto si tennero a braccetto uno di fianco all'altro su una fila ordinata, andando prima avanti di qualche passo poi di nuovo indietro, saltellando sulle punte e sui tacchi.

Ma la gente del posto aspettava l'ospite d'onore: voleva Toninu Cappai. Quando finalmente giunse il suo turno, come per magia l'ondeggiare di piedi si fermò e le voci si placarono, in attesa della sua uscita sul palco. A chi non lo conosceva, invece, poco importò di lui. A loro sarebbe bastata la musica. Avvicinò le canne alla bocca, le due più lunghe nella mano sinistra e la più corta nella mano destra. Prese un profondo respiro, gonfiò le guance e con gli occhi chiusi iniziò a suonare. Quella musica dolce e allegra fece risvegliare tutti dall'improvviso silenzio di poco prima e un battere di mani lo accompagnò nella sua esibizione. I ragazzini ricominciarono a ballare e a ridere felici e i

[9] *Il vecchio.*

bicchieri continuarono a essere svuotati, uno dopo l'altro.

Efisio cercava di godersi lo spettacolo, ma il pensiero di quanto successo prima continuava a infastidirlo. Si guardava attorno e ogni volta che intravedeva un cappello nero aguzzava la vista per capire chi ci fosse sotto. Anche le parole di Cardia non l'avevano tranquillizzato.

Fra questi pensieri, cercava di ascoltare il suo compaesano e di tanto in tanto osservava le espressioni di Elena e Luisu.

Anche loro si erano accorti che quella sera le note provenienti dallo strumento di Toninu non erano le solite. Le sue canzoni veloci e spensierate facevano venire voglia di muoversi e danzare. Solo loro si accorsero di quel timbro malinconico che avevano già sentito altre volte. Sempre più spesso infatti, da qualche tempo, durante le notti di quella estate caldissima, i Sanna e i Vacca potevano ascoltare quelle stesse note che provenivano dal giardino di Cappai, poco distante dalle loro case.

Quando il fiato smise di scorrere attraverso le canne, l'uomo riaprì gli occhi. Lo scrosciante rumore degli applausi lo scosse dal torpore in cui si trovava e per un momento riuscì a sorridere, grato per il calore che la folla gli trasmetteva.

Efisio, scostando gentilmente le persone dinanzi a lui, si fece strada verso l'amico che ora scendeva dal palco, e non appena gli fu davanti gli strinse forte la mano, complimentandosi in modo sincero.

La sensazione che aveva avuto poco prima ora si era rafforzata. I pochi attimi di fronte a lui gli avevano rivelato forse più che un sentore. Quell'uomo stava soffrendo, lo vedeva dai suoi occhi cerchiati di nero, le rughe profonde sul viso scavato. Con una espressione esausta Cappai ricambiò il saluto e, senza aggiungere altro, si allontanò. Per quella sera ne aveva avuto abbastanza.

Mimminu si avvicinò al padre e gli toccò il braccio.

Lui lo guardò dall'alto e gli chiese se volesse accompagnarlo, "Vieni con me?"

"Certo!" rispose entusiasta il bambino, "Dove andiamo?"

"Da tziu Antoi Loi. Dobbiamo riempire delle damigiane per il banchetto di Luisu per domani".

La notte era ormai fonda e a breve le strade avrebbero iniziato a svuotarsi, così Elena e Mallena con i bambini decisero di incamminarsi verso casa.

Arrivati al portone di tziu Antoi, il vecchietto era già lì ad aspettarli e senza perdere troppo tempo andarono alla cantina, tirandosi dietro la carriola di legno che aveva preparato accanto all'ingresso.

Era una piccola stanza umida e l'odore dell'ultimo mosto e del vino già pronto nelle botti rendeva l'aria quasi irrespirabile. Mimminu non era mai stato in un posto come quello e la fievole luce della lampada a olio, che pendeva dal soffitto basso, faceva sembrare quell'ambiente ancora più angusto e tenebroso di quanto in realtà non fosse. Di fianco alla porta erano sistemate quattro botti scure, tenute chiuse con un grosso tappo di sughero incastrato nel legno con della stoffa. Sulla parete di fronte diverse cassette di legno accatastate l'una sull'altra contenevano fiaschetti vuoti. Nell'aria c'era un qualcosa di inebriante, un sapore di campagna e primavera, fiori di prato e pioggia, mescolati in un unico aroma ma perfettamente riconoscibili l'uno dall'altro. Mimminu non aveva mai avvertito una fragranza così buona, mai un altro profumo lo aveva colpito così profondamente.

Intanto i due uomini avevano quasi finito di caricare il carretto e Mimminu sperava che quel lavoro durasse il più a lungo possibile. Davanti ai suoi occhi ora le botti sembravano muoversi, sollevandosi un poco da terra, fluttuando prima a destra poi a sinistra, poi di nuovo a destra. Cercò di distogliere lo sguardo da quella strana danza ma era come se i suoi occhi non volessero obbedire. Provò allora a camminare e spostarsi da quella posizione e fu in quel momento che si accorse che non erano le botti a ondeggiare, ma lui. Quell'odore forte che aleggiava nella piccola cantina gli aveva dato alla testa e ora sentiva le gambe e le braccia pesanti come bisacce piene d'acqua.

Efisio, quando ebbe finito con le damigiane, gli prese la mano e lo portò fuori. Quel gesto inaspettato permise a Mimminu di non cadere a terra, assalito dai capogiri. Con un filo di voce gli chiese il permesso di viaggiare dietro e lui lo accontentò, ignaro di ciò che stava capitando al figlio. Da parte sua il ragazzino si guardò bene dal dirgli nulla, non capendo esattamente cosa gli stesse succedendo. Era una sensazione nuova e bellissima, si sentiva la testa leggera e nonostante fosse notte fonda gli sembrava di vedere colori dappertutto. Mentre il carretto seguiva il tranquillo e lento passo dell'asino verso la postazione di Luisu, il bambino, steso sul fondo di legno, muoveva le mani davanti ai suoi occhi, ma ogni gesto sembrava arrivare in ritardo di qualche secondo. Questo fatto lo divertiva molto, cercava di soffocare le risate, per paura che suo padre lo potesse sentire.

Finalmente giunsero a destinazione e una volta scaricate le damigiane poterono rientrare a casa.

Era stato un bel sabato, nonostante tutto, libero per qualche ora dai pensieri quotidiani, una giornata di lavoro per tanti, di svago per altri, di riflessione e preghiera per altri ancora. La luna alta nel cielo rischiarava la via del ritorno, tutto ciò che voleva Efisio in quel momento era poter slacciare e finalmente togliere dai piedi quelle scarpe che da anni indossava solo per la festa, e che forse era arrivata l'ora di cambiare.

Si voltò a dare un'occhiata a Mimminu e vide che era ancora nella stessa posizione che aveva assunto quando si era addormentato.

Dal cortile interno alla casa, attraverso la finestra poco illuminata della cucina, ora riusciva a vedere la sagoma di Elena. Si era sciolta la crocchia e aveva liberi sulla schiena i suoi lunghi capelli lisci e neri. Il passaggio delle nuvole che oscurava parzialmente la luna aveva iniziato a diventare più frequente e ciò non rese agevole la sistemazione dell'asino nel ricovero.

"Mimminu! Mimminu, siamo arrivati, svegliati!"

Nessuna risposta. Il piccolo era caduto in un sonno profondo. Si mosse solo per sistemare la mano sotto la guancia e l'altra in mezzo alle gambe piegate. Efisio sorrise. Aveva capito. Il vino di tziu Antoi faceva effetto anche senza berlo.

Si chinò e lo tirò su con le braccia portandoselo al petto, reggendolo con un braccio. Mimminu dal canto suo aveva trovato un comodo cuscino sulla spalla robusta del padre.

Entrando in casa volse lo sguardo verso Elena, salutandola con un cenno del capo. Spinse con il ginocchio la porta della stanza dei ragazzi e sistemò il piccolo sul suo letto. Non si svegliò neppure quando gli sfilò gli scarponcini dai piedi. Prima di uscire guardò verso il lettino di Greca. Lei lo stava osservando e lo salutò con un gesto della mano. Senza fare rumore l'uomo le si avvicinò e, carezzandole la testa, le baciò i capelli.

Si richiuse la porta alle spalle e giunto in cucina si sedette sulla sua sedia. Le dannate scarpe gli stringevano i piedi e finalmente era arrivata l'ora di toglierle. Le sfilò senza nemmeno slegare i nodi dei legacci, spingendo il tacco di una con la punta dell'altra, e un sospiro di sollievo riempì la stanza.

"*Toca, cumbidami una tassa de binu, o Eleni*"[10] chiese lui, mentre si stiracchiava la schiena.

"Certo, Efisio. Va bene il nero?"

"Benissimo. Mi fate compagnia?"

"Sì, ma per me solo un goccio".

Elena arrivò con due bicchieri e li posò sulla tavola.

Efisio buttò giù il suo in due sorsi, pulendosi il muso col dorso della mano.

"Vi siete calmato un po', adesso?" gli chiese lei.

Per un momento la guardò con gli occhi socchiusi, non capendo a cosa si riferisse, poi ricordò e il suo sguardo si fece serio.

---

[10] *Dai, Elena offritemi un bicchiere di vino.*

"Mi sono calmato, sì", disse riempiendo di nuovo il bicchiere.

"Quell'uomo ha rischiato molto, stasera. Non so chi diavolo fosse, ma ha rischiato davvero. Quando si è riferito a voi con quelle parole io..."

"Vi state di nuovo scaldando, Efisio. Quell'uomo ha avuto il fatto suo, statene certo", disse accarezzandogli un braccio, lievemente divertita dalla reazione di suo marito. Ma lei fece di tutto per non far notare quel sorriso, lui l'avrebbe presa come una debolezza e mai avrebbe voluto offenderlo in quel modo. D'altronde erano così rare le volte in cui le mostrava dei sentimenti, che per una volta poteva anche goderseli.

"Cardia non vi ha detto altro?"

"No, per ora no. Mi ha solo consigliato di lasciarlo perdere".

La stanchezza era arrivata pesante come un treno merci. Efisio guardava attraverso il bicchiere vuoto, continuando a chiedersi se mai avrebbero rivisto quell'uomo.

Anche quella lunga giornata, alla fine, era giunta al termine.

CAPITOLO 5
GRECA, ALL'ALBA

La festa del paese sarebbe durata ancora qualche giorno, ma il grano non avrebbe potuto aspettare tanto. I lavoratori come Efisio sapevano che l'alba li avrebbe dovuti trovare pronti e le braccia della terra avrebbero dovuto riprendere a mietere nonostante il santo. Il santo, sì. Quello che si festeggia, il santo a cui si offre lealtà, il santo a cui si offre devozione. Ma anche il santo che non va a lavorare nei campi, lo stesso santo che non aiuta a dissodare, quello che non usa la falce. Né lui né l'altro, quello che sta più in alto di tutti. Erano anni ormai che Efisio faceva affidamento solo sulle proprie forze. Niente santi, nessun Dio, solo schiena, muscoli e sudore. Non c'era il tempo per stare a pregare. Non c'era mai stato, per lui.

Quando Elena entrò nella stanza dei ragazzi per svegliare Mimminu, la luna cercava di farsi spazio tra le nuvole nere della notte che andavano ormai diradandosi. L'odore forte del caffè, quasi bruciato, riempiva la cucina a malapena illuminata da due piccole candele bianche poste sul tavolo di legno. Efisio era in piedi da un pezzo e ne beveva già la seconda tazza.

La donna notò subito che il letto di Greca era vuoto e il lenzuolo leggero era scostato da una parte. Sorpresa che fosse sveglia a quell'ora, si avvicinò a Mimminu e lo chiamò. Quando fu di nuovo in cucina, sorrideva.

"Greca è già in piedi, il bambino non credo mi abbia sentito. Russa..."

Efisio, intento a legarsi le scarpe, non fece troppo caso alle parole di Elena.

"Fate in modo che si alzi subito, oggi dobbiamo andare a far ferrare il cavallo e poi servirà una mano giù ai covoni".

Mentre annuiva a quelle parole, Elena preparava il pane e il latte per la colazione. Il suo sguardo andava fuori dalla finestra, in attesa che Greca rientrasse dal bagno.

"Quelle dannate scarpe! Sono diventate troppo piccole. Mi fanno male i piedi! Oggi sarà doloroso sopportare gli scarponi".

Elena sorrise, aveva già in mente a chi regalarle. Nello stesso momento vide che il chiavistello della porta era abbassato.

"Efisio, avete chiuso fuori Greca? Sarà andata in bagno, perché in camera sua non c'è..."

I suoi occhi andavano dalla finestra che dava sulla corte ancora buia al chiavistello, chiedendosi il motivo per il quale fosse chiuso.

Assorto nei suoi pensieri Efisio non si accorse subito del silenzio improvviso che era calato nella stanza. Elena stringeva in mano la brocca, i muscoli del braccio contratti. Lo sguardo preoccupato continuava a fissare il chiavistello. Non doveva essere abbassato. Ora gocce bianche cadevano sulle punte degli scarponi. L'uomo sollevò lo sguardo dalle stringhe e vide che il latte traboccava dal bicchiere ormai colmo e bagnava il pane, scivolando sul tavolo, fin giù al pavimento.

"Elena, ma cosa..."

Lei non lo sentì neppure. Lasciò andare la brocca sulla tavola e corse verso la stanza dei ragazzi.

Scosse Mimminu, chiamandolo ancora perché finalmente si svegliasse e gli chiese di Greca, ma lui mormorò qualcosa di incomprensibile e si voltò dall'altra parte. Al suono agitato di quella voce anche il marito arrivò nella stanza. Con la mano reggeva una tazza, e il fondo del forte caffè si mischiò nuovamente all'acqua, vanificando così dei preziosi minuti d'attesa.

"It'est sutzedendu innoi¿"[11] chiese col suo tono basso.

"La bambina, Efisio. L'avete vista uscire¿ Avete richiuso voi la porta¿" si portò le mani ai capelli.

"Sa pipia! Sa pipia non nc'est!"[12]

"No, oggi non l'ho ancora vista. E la porta non..."

I due si guardarono senza vedersi, mentre cercavano di capire cosa stesse accadendo.

Con un altro scossone la donna iniziò a tempestare il ragazzino di domande su dove fosse sua sorella. Lui si svegliò di soprassalto ma non riuscì a capire cosa la madre gli stesse dicendo.

L'uomo raggiunse la porta d'ingresso, quattro larghe assi verticali tenute insieme da due orizzontali e il pesante chiavistello, la aprì senza sforzo e fu nell'aia. L'aria era frizzante, delle nuvole che avevano occupato il fronte per quasi tutta la notte ormai non rimaneva che qualche batuffolo sfilacciato dal vento in quota. Il sole iniziava a schiarire il paesaggio tutt'intorno e la terra, avida d'acqua, assorbiva l'abbondante pioggia estiva di quella notte.

"Arega!"[13] urlò l'uomo. Si mise a correre nel fango, sollevando schizzi fin sui calzoni. Arrivò alla latrina dietro la casa, vicino al riparo per la legna e la chiamò, ma l'unica risposta che ottenne fu l'abbaiare nervoso del cane di Pramèriu Pinna.

"Greca!" La chiamò ancora e ancora.

Ita buginu est sutzedendu¿[14] pensò.

Poteva essersi svegliata presto, prima degli altri, ed essere andata nella stalla ad accudire i vitellini¿ E poi magari si era addormentata lì sul fieno, circondata dal calore delle bestie¿ A quell'idea si mise a correre verso il ricovero per gli animali, fece scorrere il passante di legno che lo teneva chiuso e protetto ed entrò.

---

11 *Che succede qui¿*

12 *La bambina! La bambina non c'è!*

13 *Greca!*

14 *Che diavolo sta succedendo¿*

"Arega, innoi ses¿"[15]

Nessuna risposta.

L'uomo iniziava a perdere il sangue freddo. Non c'erano tanti altri posti dove una bambina di undici anni potesse andare a quell'ora del mattino. Sempre che non fosse uscita prima. Tornò di corsa in casa. Il sole non aveva ancora scacciato del tutto il fresco che aveva portato la pioggia notturna, ma Efisio aveva già la camicia fradicia di sudore.

Nella stanza dei figli la moglie andava avanti e indietro tra i due letti. Al suono dei passi del marito gli si precipitò incontro.

"Innui est Arega¿ Agatada dd'eis¿"[16]

Gli pose quelle domande con una voce stridula e spaventata. Efisio, con lo sguardo verso il basso non rispose, pensando a cosa fare nell'immediato.

"No, no nc'est innoi"[17].

Poi si rivolse a entrambi, iniziando da Mimminu, che ormai sveglio, era vestito e si stava allacciando gli scarponcini.

"No ti ses acatau de nudda, tui¿ No as intèndiu nudda¿"[18]

"No, babbo, io..."

Cercava di frugare nella memoria, un terribile mal di testa gli confondeva le idee, ma si rese conto che il suo ultimo ricordo lo portava al carretto, sdraiato sul fondo di paglia mentre cercava di acchiappare le stelle con le dita. Non aveva idea di come fosse arrivato nel suo letto e non sospettava minimamente che a portarcelo fosse stato proprio Efisio solo qualche ora prima. Il ragazzino non aggiunse altro, arrossendo un poco. Odiava addormentarsi prima della sorella. D'altronde era lui l'altro uomo di casa e doveva stare sveglio fino a che tutti non fossero andati a dormire, proprio come faceva suo padre con loro.

"Andat beni, ndi torraus a chistionai a pustis. Mimminu, setzi su

---

15 *Greca! Sei qui¿*

16 *Dov'è Greca¿ L'avete trovata¿*

17 *No, non c'è qui.*

18 *Non ti sei accorto di nulla, tu¿ Non hai sentito niente¿*

cuaddu e bai a bidda, cicca a su predi e pregonta a issu si dd'at bia"[19].

Il bambino continuava a guardare il letto vuoto, non riuscendo a trovare nessuna spiegazione a ciò che stava accadendo in quel momento. I rumori attorno a lui si attenuavano, il mal di testa gli faceva socchiudere gli occhi. Non sentì nemmeno la voce del padre, quando lo chiamò.

"Elèni, currei anch'est Pramèriu, castiai chi no siat andada a innì. Deu andu aund'est Luisu"[20].

Senza aggiungere altro, si voltò e uscì di corsa dalla stanza, lasciando grandi impronte di fango sul pavimento.

Prima che il bambino e la donna riuscissero a obbedire a quell'ordine perentorio, l'uomo, dalla porta d'ingresso urlò: *"Moveisindi!"*[21], e i suoi passi veloci si persero nell'aia.

I due si scossero e si precipitarono fuori dalla casa.

---

19 *Va bene. Ne riparliamo dopo. Mimminu, prendi il cavallo e vai in paese. Cerca il prete e chiedi a lui se l'ha vista.*

20 *Elena, correte da Pramèriu. Guardate se per caso è andata lì. Io vado da Luisu.*

21 *Muovetevi!*

CAPITOLO 6
LUISU VACCA E PRAMÈRIU PINNA

Luisu Vacca abitava a un centinaio di metri da Efisio. Quando era ancora un ragazzo aveva ereditato dal nonno un po' di terra e dei soldi, e si era costruito la sua casa tutta da solo. Aveva tirato su quattro stanze, una per lui e la moglie, una per i figli e una cucina col camino. L'altra era vuota e fredda, utilizzata per ammassare i sacchi delle sementi a fine raccolto. Però aveva speso tutto per quelle maledette camere e non era rimasto denaro a sufficienza per il granaio. Diversi anni più tardi ne avrebbe realizzato uno con Efisio, dividendo le spese e riuscendo così ad avere uno spazio comune più ampio per il fieno.

Vino e bicchiere vuoto erano rimasti sul tavolo dalla sera precedente e ora che i primi raggi di sole entravano dalla finestra, filtravano attraverso lo spesso vetro della bottiglia, diffondendo sul centrotavola un alone rosso che sembrava una macchia di sangue.

Nonostante la festa l'avesse trattenuto fino a tardi la notte precedente, Luisu era sveglio da prima dell'alba. Aveva sistemato un piccolo specchio di metallo sulla tavola e nella ciotola da barba la schiuma era pronta per il pennello. Lo immerse a metà e lo avvicinò al viso quando sentì chiamare il suo nome dall'esterno, riconobbe subito quella voce dal tono incombente e si precipitò fuori. Le bretelle ancora calate rimbalzavano sui pantaloni da lavoro.

"It'est sutzèdiu?"[22] chiese a Efisio quando ancora era a una ventina di metri da lui.

L'uomo aveva il viso paonazzo per la corsa, gli scarponi pieni di fango e non aveva indossato il panciotto. Lo sentiva ansimare anche da quella distanza e decise di andargli incontro.

"Efis, e intzà?"[23]

L'uomo quasi si buttò tra le sue braccia, le gambe che tremavano per lo sforzo di quella corsa prolungata.

"Arega! Arega innoi est? Bia dd'eis?"[24]

Pronunciò quelle parole con un sibilo, il fiato spezzato.

"Arega? No, Efis, non nc'est innoi!"[25] rispose Luisu aggrottando la fronte.

"Abetai unu pagheddu"[26].

Tornò velocemente alla porta e chiamò a gran voce la moglie.

"Mallena! Besseindi pagu pagu a foras! A Arega custu mengianu bia dd'eis?"[27]

In un attimo la donna comparve mentre si asciugava le mani sul lungo grembiule nero.

"No, no dd'apu bia, poita? Pèrdia e chi s'est?"[28]

"No ddu sciesus, sennora Mallena, ma in domu non nci fiat custu mengianu"[29].

"Ascuttidi a mei, Efis, immoi incòsciu su cuaddu e cabu a bidda, inguni fortzis dd'ant ai bia"[30].

Luisu si precipitò al recinto dei cavalli, ne montò uno a pelo

---

22 *Cosa è successo?*

23 *Allora, Efisio?*

24 *Greca! Greca è qui? L'avete vista?*

25 *Greca? No, qui non c'è, Efisio!*

26 *Aspettate un momento.*

27 *Mallena! Venite fuori! Avete visto Greca stamattina?*

28 *No, non l'ho vista, perché? Si è persa?*

29 *Non lo sappiamo, signora Mallena, ma a casa non c'era stamattina.*

30 *Sentite me, Efisio, ora prendo il cavallo e vado in paese, forse lì l'hanno vista!*

e, sistemandosi le bretelle sulle spalle, senza esitazione spronò le reni della bestia e si allontanò veloce.

Mallena invitò l'uomo ancora grondante di sudore a entrare e riposarsi un poco ma lui rifiutò con garbo e decisione, riprendendo la strada di casa. Lo udì urlare al vento il nome della figlia, finché gli schizzi delle pozzanghere sulla terra bagnata provocate da quella corsa disperata scomparvero in lontananza.

La casa di Pramèriu era molto più vicina a quella di Efisio rispetto a quella di Luisu. Elena la vedeva avvicinarsi velocemente man mano che avanzava sul sentiero ancora umido. Quella notte, dopo aver detto le preghiere con Greca, era andata a dormire con un peso al cuore che ogni tanto, specialmente quando nell'aria c'era quel forte profumo di pioggia, le arrivava dritto dritto al petto come un colpo di fionda scoccato da vicino. Con le mani avvolte nel grembiule, pensava alla supplica che la bambina aveva recitato con lei.

...Deus mi campit de mala sorti... Deus mi campit de malu destinu...[31]

Possibile che quel Dio che suo marito non riusciva a capire, si fosse offeso con loro e li avesse voluti punire prendendosi la sua *sposittedda*[32]? No, non poteva essere così. Ogni santo giorno e ogni santa notte parlavano con lui per ingraziarselo, dicendo che era tutto per loro, dicendogli che loro avevano fede, perché gli credevano ciecamente. Possibile che la colpa fosse di quel caprone di Efisio? Non ci voleva pensare.

Lascia in pace Dio e i santi si disse, con gli occhi che le bruciavano per le lacrime, *che già ci pensa tuo marito a scomodarli. Di sicuro Greca è andata a fare una passeggiata con la figlia di Luisu. Ma perché così presto? E perché è uscita senza chiederci il permesso e senza dirci nulla?*

I suoi pensieri si interruppero quando arrivò davanti alla

---

31 *Dio mi protegga dalla sfortuna, Dio mi protegga dal cattivo destino.*

32 *La traduzione letterale è "sposina", ma si intende "piccolina" o "bambina".*

porta dei Pinna e iniziò a bussare forte. Il primo a uscire fu il più piccolo dei due, che l'accolse con un dito infilato nel naso e un leggero sorriso impaurito.

"Buongiorno signora Elena..." ma lei non gli dette il tempo di continuare.

"Chiamami a babbo e mamma o Lucianu, per favore".

Non ebbe bisogno di aspettare neanche un battito di ciglia, perché entrambi i genitori, allarmati dalla voce spaventata che arrivava dall'esterno, accorsero subito per capire cosa stesse succedendo là fuori.

Ciò che vide Pramèriu quando si affacciò era la figura di una donna talmente stravolta e ansimante che ebbe paura che potesse stramazzare lì a terra, nella pozza scura davanti a lui. Era in un bagno di sudore, le lunghe vesti impiastricciate di fango. I capelli, che solo qualche minuto prima dovevano essere raccolti in una composta crocchia, ora pendevano scompigliati da sopra le orecchie. Qualche ciocca andava a coprire due occhi scuri, scavati, con delle grandi occhiaie nere. Le mani erano avvolte attorno al grembiule, come se le stesse asciugando.

"E it'est sutzèdiu, sennora Eleni?"[33] le chiese. L'uomo la sorresse per un braccio, facendola entrare in casa.

"A-Arega..." riuscì a mormorare la donna, *"...innui est Arega?"*[34]

Nenna, la moglie di Pramèriu, le porse un bicchiere con dell'acqua che lei assaggiò appena.

"Arega? Non dd'eus bia, nosu"[35].

Rivolse al figlio uno sguardo interrogativo, ma anche lui rispose di no con un cenno della testa.

"Non riusciamo a trovarla! Neanche Mimminu l'ha vista!"

"Custu mengianu no fiat in su letu suu, Mimminu non dd'at intèn-

---

33 *Cosa è successo, signora Elena?*

34 *Dov'è Greca?*

35 *Greca? Noi non l'abbiamo vista.*

dia bessendinci"[36].

Lucianu, che era rimasto in disparte ad ascoltare, si rabbuiò in volto. All'improvviso sentì l'impellente bisogno di allontanarsi da quei grandi che parlavano di cose così brutte. Greca, la sua amica. Greca, proprio lei. Non si trovava più. In quel momento arrivò anche Santinu, che si sistemò accanto al fratello.

"Cosa è successo¿" chiese sottovoce. Il fratello gli si avvicinò all'orecchio mettendosi in punta di piedi e glielo disse. Ma glielo disse con un filo di voce che a malapena riuscì a sentire.

"Greca..."

---

36 *Questa mattina non era nel suo letto. Mimminu non l'ha sentita uscire.*

CAPITOLO 7
IL FIENILE

Era l'inizio dell'ultima settimana di luglio, il caldo che si sprigionava dalla terra arida era insopportabile e anche respirare, l'azione più naturale di un essere vivente, diventava faticosa e faceva bruciare la gola. Uno dei luoghi in cui ci si poteva riparare almeno un poco da quella afa opprimente era il fienile di Efisio. Lucianu fu l'ultimo ad arrivare. Gli altri bambini erano già lì da qualche minuto, sdraiati sui sacchi gonfi di grano. La scuola era chiusa per le vacanze estive e potevano stare a giocare tra loro molto più a lungo.

"*O Lucianu, arribau ses!*[37] Ce ne hai messo di tempo!" esclamò suo fratello Santinu.

"Avevo da fare, babbo stava scaricando il carro e voleva ad aiutarlo", si difese lui.

Il loro era solo un gioco, non doveva scusarsi con nessuno di loro, tantomeno con il fratello. Greca era seduta su un letto di fieno secco e soffice e giocava con la sua bambola dal vestito rosso. La salutò a gran voce e lei rispose con un bel sorriso, come se i due bambini non si vedessero da anni. Incontrarsi al granaio aveva iniziato a essere un'abitudine durante l'estate precedente, quando per caso si erano ritrovati lì dentro senza che nessuno sapesse dove fosse l'altro. Avevano semplicemente avuto tutti la stessa idea.

Illu era il più grande di tutti e pensava che questo potesse

---

[37] *O Luciano, sei arrivato!*

dargli il diritto di trattare gli altri in modo sgarbato e altezzoso.

Simone, Mimminu e Margherita stavano seduti uno di fronte all'altro e giocavano con dei bastoncini di legno.

La spensieratezza della loro età era dipinta in quel contesto di leggerezza e semplicità che gli riempiva occhi e sorrisi. Ognuno di loro aveva l'unico scopo di vivere serenamente quell'estate senza che altri pensieri potessero distoglierli da quell'impegno, anche se Illu, da parte sua, mostrava di non essere completamente d'accordo.

E così il gesto di lanciarsi addosso il grano e far poi finta di nulla cercando di trattenere le risate era solo e semplicemente un modo per stringere legami, il nascondersi dietro i sacchi un modo per ritrovarsi e riperdersi, lo spaventare un modo per saldare il gruppo in un unico sentimento condiviso.

Ma tra quelle chiacchiere sicure e allegre, Lucianu parlò con voce troppo bassa, non riuscendo a fare il rumore che avrebbe voluto e del quale aveva un disperato bisogno. Da solo, in disparte, sollevò appena lo sguardo dai fili della spiga che teneva fra le dita per vedere se qualcuno lo stesse osservando. Si rese conto che se voleva farsi sentire avrebbe dovuto parlare un po' più forte. Nonostante la paura per quello che aveva da dire fosse più grande del suo coraggio, ci riprovò.

"Mio padre ieri l'ha visto..." disse con uno sforzo enorme.

In un primo momento nessuno gli dette ascolto, solo il piccolo Simone non troppo distante e con i pugni pieni di grano, si bloccò e si rivolse all'amico.

"Visto chi?"

Lucianu aveva perso quel briciolo di coraggio che aveva trovato, e il tono della sua risposta fu ancora più basso della prima volta.

"I... Indovina?"

Simone lo guardò con aria interrogativa e, non capendo a cosa l'amico si riferisse, fece spallucce e tornò al suo gioco.

"L'ha visto ieri sera". Confortato dal fatto che almeno

l'avesse sentito, aveva parlato con voce normale.

Un bambino, facendo capolino da dietro un sacco, propose la sua domanda.

"Chi?"

"Visto cosa?" chiese un altro.

All'improvviso il loro passatempo preferito si esaurì, mentre le ultime pagliuzze per aria ricaddero a terra.

"Cosa ha visto?" aggiunse Margherita sottovoce, richiamando l'attenzione di Mimminu tirandolo leggermente per la maglietta verde.

I bambini, attratti da quelle parole, attorniarono Lucianu chiedendogli di raccontare loro cosa fosse successo.

Solo Greca restò al di fuori di quella cerchia, in piedi appoggiata a una trave del soppalco con le braccia conserte e un sorriso stampato sulle labbra, divertita dall'ingenuità di quei bambini.

Illu dall'alto del suo trono di iuta e spago guardava i ragazzini che pendevano dalle parole di quel bamboccio e sogghignava.

"Sì... ieri sera, dopo cena. Io non volevo andare a dormire, volevo stare ancora con mamma, ma babbo ha guardato fuori dalla finestra e ha detto che l'ha visto avvicinarsi a casa nostra. Allora sono scappato a letto e quando mamma è venuta a salutarmi per la notte ha detto che se n'era andato a cercare qualcun altro".

"Chissà se stava andando a prendere bambini!"

"Ma non a noi, vero? Noi abbiamo fatto da bravi!" rispose con un tono di voce preoccupato Margherita, la più piccola del gruppetto.

"Eh, già lo saprai tu, se stava venendo per noi o per gli altri. Te la facevi addosso, se lo vedevi da vicino", disse allora Simone.

"Eh! E perché tu no?"

"No! Io no!"

"E neanche io!"

Lazzaroni bugiardi! pensò Greca, mentre con una mano si copriva la bocca per nascondere un sorriso divertito a quel continuo botta e risposta.

"Io ho aiutato mamma in giardino!"

"E io sono stato promosso!"

"Ma io ieri non ho finito tutta la minestra... e ora? Siamo tutti bravi lo stesso?"

Il meno convinto di tutti era Mimminu, che scuoteva la testa bassa per confessare la sua paura.

"Io non avrei neppure il coraggio di vederlo da lontano, figurati vederlo da vicino..." disse contrito. Poi alzò la testa e cercò la sorella con gli occhi.

"Tu invece ce l'avresti il coraggio, vero?"

Lei si staccò dalla trave con un colpo di spalle e si avvicinò al fratello, accovacciandosi di fianco a lui per consolarlo.

"Non devi vergognarti per questo, qui tutti hanno paura ma non lo ammettono, tu invece sei stato forte ad averlo detto, non devi giustificarti con nessuno".

Illu rise di gusto applaudendo a quella scena commovente.

"Ma che bellini che siete! Sembrate due pulcini sconsolati. Invece scommetto che tu il coraggio di andare lì non ce l'hai!"

Dal suo angolo lontano l'aveva sparata grossa. Così grossa che al suono di quelle parole tutti rimasero ammutoliti. Nessuno di loro aveva mai neanche immaginato di andare oltre i campi, fin sulla collina.

Efisio aveva sempre proibito ai bambini anche solo di passarci vicino. E così avevano fatto gli altri genitori con i loro figli.

Quando aveva dato loro quell'ordine assoluto per la prima volta, Greca gli aveva chiesto per quale motivo non potessero farlo.

"Tu e tuo fratello non dovete mai andare su per la collina. Mai. Perché lì ci abita *Mommotti*[38]. Lo sai che se tu o i tuoi ami-

[38] Mommotti è "l'uomo nero" in Sardegna.

chetti non fate da bravi lui viene a cercarvi e vi porta via per mangiarvi? Ma se fate i buoni lui rimane lì sulla collina e muore di fame".

"Ma io non voglio essere mangiata..." aveva detto lei con voce tremante e gli occhi velati di lacrime, anche se in realtà non aveva capito troppo bene cosa le avesse appena detto il padre. Era intervenuta Elena, lanciando un'occhiataccia al marito e portando a sé i piccoli. Accarezzandoli sulla fronte li aveva rassicurati dicendo che erano dei bravi bambini e lì Mommotti non sarebbe mai venuto. Li aveva messi a letto e in pochi minuti si erano addormentati. Col passare degli anni Greca aveva iniziato a credere sempre meno alle storie paurose che i genitori e i nonni le raccontavano, e poi non ne ebbe più così tanta paura. Era diventata coraggiosa. Spesso durante l'inverno, capitava che andasse lei fuori di casa la sera a prendere la legna per il fuoco, oppure a chiudere la stalla, sempre da sola e al buio. Tuttavia nella sua mente, qualcosa non tornava. Com'era possibile che tutti, in paese, anche gli uomini anziani, forse loro più di tutti, non amassero parlare di quella casa? Eppure loro erano già grandi, e quasi tutti delle brave persone... forse era per quello che Mommotti non era ancora andato a prenderli per portarli via.

Forse era anche a causa di quelle storie talmente convincenti da sembrare reali che il dubbio continuava a spaventarla durante le notti più scure.

Ma tutti quei ragionamenti non l'aiutarono ad allontanare definitivamente quello spauracchio dalla sua testa.

La ragazzina si rialzò e voltandosi verso Illu gli mostrò tutto il suo impeto, piantata a terra con i piedi leggermente distanti e i pugni chiusi sui fianchi, il mento proteso in avanti pronta a rispondere a quella insinuazione.

"Io non ho nessun problema ad andare sulla collina, in compagnia o da sola. Tu invece, ce l'hai il coraggio? Eh, Illu?"

"No, Greca! Io stavo scherzando, l'ho detto così per dire, lo sai che babbo ci ha proibito di andare. Tu mi hai appena detto che non dobbiamo dimostrare nulla a nessuno e..." cercò di calmarla Mimminu.

"Lo stai dicendo perché lei ha paura! Ha solo paura!" sentenziò Illu. La sua risata di scherno accompagnò quell'accusa.

"*Issa non timidi!*[39] Ma non si deve disobbedire ai genitori. Sennò poi arriva..."

Ecco, alla fine c'era cascato e l'aveva detto. Si era tradito. La faccia di Mimminu diventò rossa come una mela matura ma ormai era troppo tardi. Tutti avevano sentito quelle parole uscire dalla sua bocca. Non poteva più nascondersi. Non avrebbe mai voluto confessare quella sua paura davanti agli altri, ma nessuno disse nulla, nessuno rise. Tranne Illu naturalmente, ma lui era sempre così, disobbediente e irrispettoso, sfotteva tutti, piccoli e grandi e per questo prendeva cinghiate quasi ogni giorno. La realtà era che tutti loro erano spaventati da Mommotti, ma non lo volevano ammettere. Una paura che veniva dai continui e insistenti divieti di avvicinarsi a quella casa da parte dei genitori e delle loro storie paurose. Dicevano che lì c'era una cosa tutta nera e brutta, che veniva di notte a portare via i bambini cattivi. Dicevano che abitava lì sulla collina perché così poteva vedere e sentire meglio chi sarebbe dovuto andare a prendere.

"Allora se non avete paura..." Illu fece una pausa durante la quale guardò tutti negli occhi, "... perché non andiamo a vedere se Mommotti è in casa? Adesso".

Nessuno era preparato a quella sfida. Mai nessuno aveva pensato di potersi avvicinare a quella casa, tanto più da soli, anche se tutti insieme.

"E quando arriviamo lì cosa facciamo?"

"Se ci vede? Ci rincorre?"

"E noi corriamo più veloci!"

I bambini si cercarono con gli occhi, provando a rispondere

---

[39] *Lei non ha paura!*

a quelle domande. Lucianu, che aveva dato il via a quella discussione, si tappò la bocca con la mano.

Greca fu la prima a reagire.

"Va bene. Andiamo. Tanto a me Mommotti non fa nessuna paura".

Mimminu si voltò nuovamente di scatto verso di lei, terrorizzato ma con ammirazione negli occhi.

"Tu sì che sei coraggiosa. Vorrei essere come te..."

La guardava dal basso verso l'alto scuotendo la testa, senza più parlare. I suoi pensieri restavano nella sua mente, certo che lei potesse leggerli.

Non andare, lascia perdere, non andare!

"No, aspettate... e se qualcuno ci scopre?" chiese Simone.

"Hai paura anche tu?"

Con un sorriso malizioso, Illu provocò ulteriormente l'amico.

"Vedrai, non ci scoprirà nessuno. I grandi sono tutti a casa a preparare per la cena. Se usciamo da dietro non ci vedranno nemmeno".

"Sì, ma se vengono a cercarci qui?"

"Hai proprio paura, allora".

"Sì, ho paura. Contento? Io con voi non vengo. Ma non ho paura di Mommotti, ho paura delle mani di mio padre. Non voglio venire, anche se mi prenderete in giro per questo. Io vi aspetto qui. Posso fare da vedetta per tutti voi".

"Fai come vuoi", rispose Illu.

Poi, rivolto verso gli altri chiese chi volesse andare con lui. Santinu e Lucianu si misero in piedi con riluttanza ma annuirono in silenzio.

Parlò solo Greca: "Andiamo".

La sua voce non era più tanto ferma quanto lo era stata poco prima. Ora che stavano per farlo davvero, sentiva tutto il peso dello stupido moto di orgoglio che le aveva fatto pronunciare quelle parole. Ma mai, ora, si sarebbe tirata indietro. Mai. Soprattutto davanti a quello spaccone.

E poi, pensò, *siamo di giorno.*

"Io rimango qui con Simone, gli faccio compagnia", Mimminu si era arreso alla sua paura, ma poteva ancora provare a dissuadere la sorella.

Greca ti prego, non andare! È meglio restare nel fienile! Se babbo ti scopre neanche mamma potrà far nulla e io non riuscirò a difenderti! Nella sua testa quelle parole erano molto convincenti, e così il tono con cui le stava pensando. Ma quando attirò a sé la sua attenzione per parlarle e lei gli si avvicinò, ciò che uscì dalla sua bocca fu poco più di un lamento.

"No… niente…"

Greca lo guardò con un sorriso, si avvicinò e gli strofinò i capelli.

"So cosa stai pensando. Non ti devi preoccupare fratellino. Saremo di rientro prestissimo, e non ci scoprirà nessuno". Mimminu non riusciva a capire come riuscisse a stare sempre calma ed essere così convincente, in qualsiasi situazione, anche quando c'era da disobbedire ai grandi. No, non l'avrebbe ascoltato. La conosceva, aveva preso quella sfida come qualcosa di personale e niente l'avrebbe trattenuta. Non insistette oltre, le lasciò la mano che stringeva forte e lei lo guardò un'altra volta.

"Aspettami qui. Facciamo in fretta", la sua voce era stata talmente ferma che Mimminu si era sentito subito sollevato.

Doveva fidarsi di lei e lasciarla andare.

Si diressero allora verso la porta sul retro del fienile e sgattaiolarono da lì, in modo che chi si fosse affacciato dalla porta di casa di Efisio o dalla finestra non avrebbe visto che loro erano usciti. Illu apriva il gruppo, dietro di lui Greca, subito dopo gli altri. Santinu teneva per mano Margherita, contenta di quella scampagnata inaspettata e inconsapevole di star violando il divieto impostole dai genitori. La piccola prima di oltrepassare il portone del fienile volse lo sguardo verso Mimminu che, ora, seduto per terra, abbracciava le gambe al petto e il mento sulle ginocchia. Ultimo della fila, Lucianu.

Di buon passo l'uno dietro l'altro, camminavano verso il sentiero che nasceva poco più in là, dove il livello della collina iniziava lentamente a salire. In quella parte di campo l'erba era già ricresciuta e gli alti cespugli di spine pungevano le gambe scoperte dei bambini quando ci passavano attraverso. A quell'ora della sera il caldo e l'afa erano meno opprimenti che non al mattino e le loro fronti, già lucide di sudore, brillavano al sole come i gioielli che le signore indossavano alla festa. Nell'aria c'era quel frinire delle cicale, quel suono che riempie le orecchie e poi di colpo si ferma, per poi riprendere d'improvviso più forte e intenso di prima. All'orizzonte, che ora diventava rosso come il colore del vino che faceva Luisu Vacca, qualche nuvola si avvicinava lenta e pigra, senza dar segno di avere troppa fretta di arrivare da qualche parte. Di tanto in tanto Greca si voltava a vedere se i bambini fossero ancora dietro di loro.

Ancora si chiedeva perché stesse trasgredendo al volere dei genitori. Cosa doveva dimostrare? Ma soprattutto, a chi? A *cussu tròddiu*[40] di Giuliano? A Mimminu, forse? No. In fondo lo sapeva. Greca sapeva bene che lo stava facendo solo per se stessa. Non le piaceva essere presa in giro, ma Illu aveva esagerato, e andare alla casa era un modo per fargli vedere che lei era più forte di quanto lui avrebbe mai potuto dire. L'orgoglio che la spingeva ad andare avanti era l'orgoglio di una bambina ancora piccola di età, ma già grande dentro. Ecco, lo stava facendo perché un giorno, quando sarebbe stata grande, lei mai si sarebbe fatta prendere in giro in quel modo.

La fila procedeva spedita e in silenzio, tutti erano assorti nei propri pensieri.

Man mano che si avvicinavano alla casa il cruccio di Greca cresceva. Chissà se stavano facendo la cosa giusta. *E se poi... se poi lo vediamo davvero, quel mostro?* Pensò, *E se ci vedesse lui?* A ognuna di quelle domande senza risposta il ventre le si faceva

---

40 *Quel peto.*

sempre più stretto. *Se ci vede, ci insegue per prenderci tutti? O aspetta a stanotte per venire a casa?*

Tutt'a un tratto i cespugli di spine si diradarono e per qualche metro davanti a loro la via fu libera, fino al muretto a secco che faceva da confine. Illu si accorse che quella era la strada utilizzata dai carri che andavano e venivano dal paese. Prima di attraversare lo sterrato, dal campo aperto in cui si trovavano, fece cenno agli altri di stare accucciati in modo che nessuno potesse vederli oltrepassarla. Da quel punto riuscivano a scorgere la casa di Mommotti, anche se era ancora molto distante. Bassa e circondata da un tappeto di fiori gialli, aveva ai lati due enormi alberi di eucalipto. Sembrava uguale alle altre che i bambini avevano già visto in paese. Il tetto di tegole rosse faceva da cappello a dei muri che un tempo dovevano essere stati dipinti di bianco, ma che ora avevano assorbito l'umidità dall'esterno ed erano diventati grigi come la cenere. Le due piccole finestre alla destra e alla sinistra della porta d'ingresso sembravano occhi neri pronti a giudicare tutti quelli che si fossero avvicinati troppo. D'altronde quella era la casa di Mommotti, faceva paura solo per quel motivo.

"Ora dobbiamo solo attraversare quest'altro campo. La vedete anche voi?" chiese Illu voltandosi. I bambini annuirono timidamente.

"Va bene, allora andiamo".

In quell'attimo scorsero un movimento. Era Mommotti? Una figura avvolta in un mantello nero era appena uscita da una porta laterale e si dirigeva verso gli alberi. Aveva qualcosa in mano, qualcosa di lungo e scuro. D'istinto i bambini si accucciarono di nuovo, nascondendosi dietro un cespuglio di ginestra abbastanza grande da proteggerli alla sua vista. Da quella posizione Greca e sfortunatamente anche gli altri bambini videro qualcosa che prima non avevano notato.

"Ma quello è...?" disse sottovoce Margherita.

Tra due arbusti di fianco all'albero c'era qualcosa.

"Sì è proprio un uomo!" confermò Santinu.

Le braccia erano legate ai rami più alti e le caviglie fermate in qualche modo al terreno.

"Guardate come si muove! Non riesce a liberarsi!" replicò Lucianu.

I bambini videro Mommotti arrivare davanti alla figura. Dopo averci fatto un giro attorno e osservato per bene, iniziò a picchiarlo con il lungo bastone che teneva in mano. Il rumore di quei colpi duri e secchi arrivava fino a lì, trasportato dal vento che nel frattempo si era levato forte, scuotendo i pochi cespugli attorno a loro come se fossero stati fatti di carta di *gueffus*[41].

"M-ma cosa sta facendo? Lo vuole uccidere?" bisbigliò Margherita.

Mommotti sembrava non stancarsi mai di dare quei colpi ancora, ancora, sempre di più, sempre più forte. Dal corpo dell'uomo legato stretto fuoriusciva una gran quantità di polvere che si mischiava con quella trasportata dal vento, diventando un'unica nuvola che si disperdeva nell'aria della sera. Quell'uomo doveva averla fatta veramente grossa se lo stava picchiando così forte.

"E adesso se lo mangia?"

I bambini erano impietriti dal terrore. Anche Illu, che fino a quel momento aveva fatto da capo a tutti, aveva le lacrime agli occhi per la paura. Allora era così. Mommotti esisteva davvero e quella era la sua casa, ora lo sapevano. Era così che lavorava. Legava stretto chi si era comportato male e poi lo colpiva con quel bastone nero. E poi cosa sarebbe successo? Santinu e Lucianu iniziarono a piagnucolare e Greca, inorridita da quello spettacolo li strinse a sé chiedendo loro di non fare rumore.

Non era sicura di ciò che avevano visto, ma ora, nonostante fosse giorno, si chiedeva se i suoi dubbi sul quel mostro fossero fondati.

"Andiamo via", frignò Illu. La sua voce aveva perso tutto il

---

[41] Tipici dolci sardi avvolti in una carta sottilissima.

coraggio e la sicurezza di qualche minuto prima.

Per una volta hai detto una cosa giusta, pensò Greca.

Senza bisogno di dire altro, i bambini presero a correre in direzione opposta a quella della casa. I cespugli di spine ora non facevano più male, e il vento forte che soffiava contro li aiutava a non sentire il dolore delle punture sulle gambe. Si ritrovarono dentro il fienile quasi senza accorgersene. Simone era ancora lì con il suo amico, quando li videro entrare di corsa, con i capelli scompigliati e le guance rigate dalle lacrime. Mimminu cercò sua sorella con lo sguardo e la vide vicino al portone intenta a consolare Margherita e i due fratellini.

"Cosa è successo, Illu¿" gli chiese Mimminu.

Senza fiato per la corsa, colui che fino a poco prima si era sempre vantato di essere il più coraggioso di loro, ora giaceva su un mucchio di fieno, ansimante, raggomitolato su se stesso. Mimminu cercò di chiedergli come stesse, ma il ragazzino a terra lo respinse e lo allontanò con un braccio, continuando a singhiozzare. Greca gli si avvicinò ancora scossa e un poco traballante sulle gambe, ma con un sorriso rassicurante sul viso nonostante ciò che avevano appena visto sulla collina. Si era presa la sua piccola rivincita su quella *merdonedda*[42] che ora tremava spaventato a morte e che l'aveva accusata di essere una cagasotto. Ma non lo disprezzava, no, questo no. Se l'avesse fatto si sarebbe messa al suo stesso livello.

"Cosa avete visto¿" la incalzò il fratello.

La ragazzina rimase per qualche secondo in silenzio. Gli poggiò una mano sulla spalla, e nonostante un profondo respiro per riprendere fiato, gli rispose con la voce spezzata.

"Abbiamo visto qualcosa… o almeno ci è sembrato. C'era troppa polvere che volava nell'aria. L'abbiamo visto che picchiava un uomo con un bastone. Quell'uomo era legato mani e piedi a un albero e cercava di scappare, si contorceva, ma non è riuscito a slegarsi. Sento ancora il suono dei colpi di quel ma-

---

42 *Piccolo topo di fogna.*

ledetto bastone nelle orecchie…"

"Siete arrivati fino alla casa?"

Inchiodato a terra dalla paura, cercò una risposta negli occhi della sorella.

"Ci siamo fermati alla strada che divide in due il campo di babbo. Ma quando è successo tutto, gli altri si sono spaventati e siamo scappati via da lì. E anche Illu, *cussu tontu*[43]. Guarda come si è ridotto".

Mimminu si mosse per aiutarlo ma Greca lo fermò.

Avrebbe potuto prendersi gioco di lui, in quel momento, come lui aveva fatto con loro poco prima, ma non lo fece.

"No, lascialo in pace. Ci penso io".

Si sollevò leggermente la sottana per scavalcare più agevolmente le gambe del ragazzino a terra, e quando gli fu vicino gli tese una mano per aiutarlo a rialzarsi, ma improvvisamente lui si voltò e spinse indietro quel tentativo di riappacificazione della bambina con un violento schiaffo su quella stessa mano.

Spalancò gli occhi, incredula per come l'aveva respinta.

"Ancora?" urlò, ritenendo che ormai gli attriti tra loro, dopo ciò che era successo al gruppetto, fossero passati. Furiosa, batté il piede sul pavimento polveroso, mimando un calcio alla pancia di Illu. Il ragazzino, che aveva appena iniziato a rialzarsi, per la paura di ricevere quel brutto colpo si rannicchiò di nuovo in posizione fetale. Greca allora, con un sorriso appena accennato sul viso, gli si inginocchiò di fianco, per sussurrargli qualcosa all'orecchio.

"Che c'è, Illu? Te la sei anche fatta addosso? Ma non eravamo noi piccoli i *pulcini sconsolati*?"

Ancora ansimante si rialzò, mettendosi a sedere.

Intanto i bambini sembravano aver dimenticato l'avventura, anche se di tanto in tanto qualcuno di loro lasciava andare qualche singhiozzo e avevano ripreso a giocare tra loro a lanciarsi i semi di grano.

---

43 *Quel tonto.*

Illu aveva la faccia sporca di muco mischiato a fieno e i capelli in disordine. Sbirciò in direzione di Greca, ma quando incrociò il suo sguardo abbassò gli occhi a terra. Mimminu si accorse di quel segno di resa e per un momento dimenticò cosa avevano visto gli amici. Ora lo sapeva con certezza. Greca sarebbe diventata una grande donna.

"E comunque sei tu, che sei voluta andare via da lì. Non io".

Il silenzio tornò prepotente nel fienile. Illu aveva ritrovato la sua baldanza e adesso che era al sicuro tra quelle quattro pareti di legno si stava nuovamente comportando come sempre.

"Ma non è vero!" disse Santinu.

"Fai silenzio, tu! Quando i grandi parlano, voi dovete stare zitti".

I bambini, distratti da quel nuovo battibecco, si voltarono in direzione delle voci.

Greca dal canto suo si sentì ribollire un'altra volta. Gli aveva perdonato di averla accusata di qualcosa che lei non aveva fatto, ma non poteva permettergli di parlare così a un'altra persona.

"Questa è una bugia e qui lo sanno tutti. Ma non mi interessa".

"Certo che non ti deve interessare, dovresti solo preoccuparti di consolare il tuo fratellino che se la fa sotto anche se vede la sua ombra". Le risate di Illu impastavano le parole che le stava sputando in faccia, fino a quando il suo vociare divertito d'improvviso si bloccò e uno schiocco altissimo si levò nell'aria.

Nessuno in quel momento ebbe solo l'idea o il coraggio di contravvenire al silenzio che era piombato fra loro. Mimminu sembrava impietrito, con la bocca spalancata e gli occhi immobili. Margherita si rannicchiò dietro di lui stringendogli un braccio e sbirciando da sopra la sua spalla, ma tutti guardavano Greca davanti al sacco di Illu, mentre la sua mano aperta per aria terminava l'ampia ellisse che aveva tracciato davanti a sé dopo aver impattato sulla guancia del ragazzino, che era volato giù dall'altra parte, in mezzo al fieno.

"Hai ragione Illu, se sarà necessario consolerò qui dentro chiunque ne avrà bisogno", rispose con voce tesa mentre cercava di scavalcare il sacco da cui era caduto.

"Aspetta che vengo a consolarti ancora un po'! L'altra guancia potrebbe offendersi se non la considero! Così vediamo di chi è la bugia!"

Ma dall'altra parte il ragazzino non c'era più, Greca lo vide sgattaiolare lungo la parete del fienile.

Quando fu certo di essere abbastanza lontano dalle mani di Greca, Illu cercò di riprendersi, provando a ritrovare quel poco di dignità che ancora gli rimaneva. Quindi fece finta di nulla, tirò su col naso e si ripulì la faccia con la manica della giacchetta.

Ora lui guardava lei sedersi su quello che poco prima era stato il suo sacco. Nonostante ciò, riprese il discorso da dove l'aveva lasciato.

"E chi lo dice che è una bugia? Margherita? O Santinu? Lucianu, forse?"

Mentre pronunciava i loro nomi, squadrò i bambini uno per uno, con gli occhi stretti in segno di ammonimento. Loro sembrarono capire e distolsero lo sguardo.

"Adesso hanno paura di te, Illu. Ovvio che non diranno più che quella è stata una bugia. Come di sicuro nessuno di loro dirà che siamo andati sulla collina, perché si rischiano le botte".

A quelle parole Margherita e Santinu si cercarono. Avevano realizzato solo in quel momento che quella loro passeggiata avrebbe potuto avere delle conseguenze.

"Io non dirò nulla a nessuno!" disse la piccolina con un filo di voce, ancora nascosta dietro Mimminu, e che ora gli stringeva forte la mano.

"Vero Simone che non dirai nulla a babbo e mamma? Vero?" implorò voltandosi verso il fratello con aria preoccupata.

"No, non dirò nulla".

"Neppure io dirò a babbo che siamo andati lì", aggiunse Lucianu.

"Se lo sa, ci rompe il bastone sulla schiena", concluse.

"Allora ascoltatemi bene..."

Greca sapeva che tutti erano a rischio punizione e nessuno di loro voleva le cosce rigate dalle cinghiate dei genitori.

"Cerchiamo di dimenticare ciò che abbiamo appena fatto. Nessuno dirà nulla. Nessuno. Sarà il nostro segreto. Nessuno dirà che siamo andati fin sulla collina e nessuno dirà quello che abbiamo visto".

A testa bassa, tutti annuirono spaventati, ma sollevati da quella promessa reciproca. Se nessuno avesse parlato nessuno sarebbe stato punito.

"Manchi solo tu Illu. Ci stai o no?" la voce di Greca ora era bassa, seria.

Il ragazzino, spodestato dal suo altare, guardava quei mocciosi che si nascondevano dietro una stupida promessa senza senso. Come avrebbero fatto a dimenticare? E poi lui non aveva paura delle cinghiate del padre e non si sarebbe abbassato a seguire gli ordini di una mocciosa. A quel pensiero si portò la mano alla guancia e si accorse che ancora bruciava.

"Io non ho paura di mio padre e posso andare dove voglio. Voi fate come volete, siete solo dei leprotti!" Nonostante cercasse di nasconderlo, la sua faccia arrossata mostrava ancora le dita stampate sulla pelle e non poteva fare a meno di lisciarsi per cercare di lenire il fastidio.

Aveva sputato quella sentenza tenendo nell'angolo della bocca una spiga di grano che saltellava al ritmo delle sue parole.

I due ragazzini si fronteggiavano, divisi solo da due sacchi di grano e dall'astio. Greca aveva la schiena dritta e le mani sui fianchi, proprio come faceva Elena quando doveva strigliare suo fratello. Le gambe ben piantate a terra, sicura di aver fatto la scelta giusta per tutti. Guardava dritto negli occhi quel ragazzino più grande di lei ma che aveva dimostrato di essere piccolo quanto gli altri. Sentiva il sudore tra i capelli, quella conversazione non la interessava più.

In quel momento una voce proveniente dall'esterno li fece sobbalzare. Era Efisio che richiamava i bambini per la cena. Anche quella serata era finita, era ora di rientrare a casa, per tutti. La tensione che si era creata rendeva l'aria ancora più calda.

Meno male, pensò Greca, decidendo in quel preciso istante di lasciar perdere Illu. Scese dal sacco e volgendosi verso gli altri fece loro cenno di andare, portando il dito su naso e labbra per sigillare il loro segreto. I bambini si salutarono con uno sguardo e corsero fuori dal fienile in direzioni diverse, seguiti da Mimminu. Tutti con la stessa sensazione. Sapevano che avrebbero continuato a parlare di quel misterioso Mommotti di nascosto dai genitori.

Perché loro l'avevano visto davvero.

CAPITOLO 8
LA GRANDE BUGIA

Mimminu rallentò la sua corsa verso casa fino a fermarsi. Dov'era Greca? Si guardò indietro e nella penombra della strada la vide sulla porta del fienile.

Lei e Illu erano rimasti soli. Si dicevano qualcosa guardandosi dritti negli occhi e sembrava che nessuno dei due volesse abbassare lo sguardo per primo.

Tornò indietro con passo svelto e fece per chiamarla quando alcune parole di quella conversazione arrivarono alle sue orecchie.

"Cosa c'è, Illu? Non vai a casa?"

Fece d'improvviso un passo in avanti, battendo il piede a terra, come si fa per scacciare i cani che si avvicinano troppo. Illu dal canto suo ne fece uno indietro e sollevò le braccia per difendersi da quell'attacco, ma quando si accorse che lei lo aveva solo preso in giro le riabbassò e sorrise amaro. L'aveva fregato di nuovo.

"Certo che vado. Ma quando decido io".

La sua voce non era sicura né tantomeno ferma e faceva presagire che il suo abbandono del ruolo da gran capo del gruppo fosse vicina. Continuava a guardare verso l'esterno del fienile, indeciso se arrendersi definitivamente a chi gli stava di fronte o se continuare a fingere di non aver paura di lei.

Greca rise dentro di sé, pensando che se solo quel cretino avesse capito che a lei non interessava il comando, avrebbe reagito "da maschio" e magari gliele avrebbe date. Cercò di non far trasparire quel pensiero e continuò a guardarlo negli occhi, senza mai battere le ciglia.

"Allora?"

"E allora la sfida non l'hai vinta... non sei arrivata fin su, forse avevi paura".

Illu utilizzava le sue ultime risorse per attaccarla, ma ogni tentativo ormai era vano.

Greca era stanca di quel suo continuo provocare.

"Ma piantala!"

In quel momento si accorse che Mimminu era fuori dal fienile, a pochi metri dal grande portone in legno, e con un gesto della mano gli fece cenno di allontanarsi. Il piccolo indietreggiò tenendo lo sguardo fisso sulla sorella finché i loro discorsi si persero nella sera.

Forse era stato il tono che lei aveva usato nei suoi confronti o il pizzicore sulla guancia per lo schiaffo di poco prima, ma Illu decise di andar via. Poi, prima che potesse allontanarsi, lei lo fermò con una mano sul petto.

"Io non ne ho di paura. Vedrai". Greca bisbigliò quella frase a denti stretti.

Nessuno poté sentirla pronunciare quella piccola, grande bugia.

CAPITOLO 9
ALLA LOCANDA

Luisu prese la via più corta, attraversando i campi di Efisio per stradine dissestate che lui conosceva bene ma che non erano molto gradite al cavallo. Questo gli aveva permesso di guadagnare del tempo e raggiungere il paese molto velocemente. Quando arrivò, si fermò davanti alla locanda di Daddai, smontò con un salto e si diresse a passo svelto all'interno del locale. I soliti clienti erano già in piedi al bancone a bere.

"Saludi e bona dì a totus"[44], disse a voce alta, in modo da attirare l'attenzione anche di chi era già sbronzo a quell'ora.

Nell'angolo in fondo aveva infatti notato Cramminu, col quale aveva avuto dei problemi in passato. Questioni di furti di agnelli, solo due in realtà, ma finora nessuno aveva mai potuto confermare o smentire che il ladro fosse davvero stato lui.

Luisu non riusciva a concepire la disonestà, sotto qualunque forma.

La vita in campagna con Efisio era logorante, ma a fine giornata al ritorno a casa dalla sua famiglia stanco e affamato, era appagato di aver faticato con il suo amico fraterno. Dopo tanto sacrificio non avrebbe permesso a nessuno di portargli via i frutti del loro duro lavoro e, quando si era accorto della mancanza dei capi di bestiame dal suo recinto, per lui era diventato prioritario scoprire chi fosse stato l'autore di quel furto. Voleva

---

[44] *Salute e buongiorno a tutti.*

solo giustizia. Quando neanche i carabinieri del paese, dopo diverso tempo dall'inizio delle indagini, erano ancora giunti a qualche conclusione, Luisu aveva pensato che forse il motivo di quel poco impegno fosse dovuto al fatto che non era ricco, e se non sei ricco neanche alla legge importa molto se ti rubano qualcosa. Allora aveva iniziato a guardarsi in giro, facendo domande qua e là, e si era fatto una sua idea su chi potesse essere stato a rubare i suoi agnelli. Dal canto loro, i carabinieri avevano perso le tracce delle indagini nei meandri del paese, tra i silenzi e gli sguardi a terra degli abitanti, e così anche il maresciallo Cardia aveva allentato progressivamente l'attenzione su quel reato minore, sprofondando il caso Vacca sempre più in basso negli ordini del giorno.

Al saluto di Luisu alcuni risposero con un gesto della mano, altri non si presero nemmeno la briga di voltarsi.

"Ascuttaimi totus. No est chi a bortas eis biu a Arega? Sa filla de is Sannas, is chi bìvint acanta de domu mia"[45].

La locanda era stata ricavata da un locale per le sementi ormai in disuso, quando il padrone, Davide Murru, aveva deciso di cambiare mestiere e dedicarsi alla vendita di liquori. La porta di ingresso era anonima, senza insegne, e dopo due gradini si accedeva a una stanza larga e profonda, con una finestrella sulla destra, di fianco alla quale era stato sistemato un imponente bancone di legno massiccio, con rifiniture di ottone sempre lucide. Sulla sinistra erano posizionati, in ordine, diversi tavoli di legno. Sul fondo una piccola porticina chiudeva l'ambiente. Il pavimento alternava mattonelle quadrate bianche e rosse, ed era abbastanza largo da contenere parecchie persone, quindi Luisu si piazzò a gambe larghe in mezzo al locale, in modo che tutti lo potessero vedere e sentire, ma come poco prima, molti dei presenti non si degnarono nemmeno di ascol-

[45] *Sentite tutti. Avete visto Greca per caso? La figlia dei Sanna, quelli che abitano vicino a casa mia.*

tarlo, altri risposero di no con un cenno del capo e tornarono alle loro occupazioni. Solo uno di loro, dal fondo del locale, gli rispose usando la voce impastata dall'alcool.

"Eja... deu gei dd'apu bia!"[46]

[46] *Sì... Io l'ho vista!*

CAPITOLO 10
CARDIA

Il cavallo di Mimminu arrivò sbuffando in vista delle prime case del paese. Da quel punto cominciava a scorgere la chiesa ancora addobbata a festa, aperta come sempre per accogliere i fedeli. Era domenica mattina e quella era l'ora in cui le persone andavano a seguire la prima messa della giornata.

Speriamo che qualcuno l'abbia vista, pensò.

La galoppata gli aveva dato il tempo di riflettere sulla notte appena trascorsa e su cosa potesse essere successo a sua sorella. Aveva pensato all'ultima volta che lui, Greca e gli altri, si erano incontrati all'ombra del fienile di Efisio. Avevano parlato di Mommotti e i suoi amici l'avevano anche visto da lontano, seminascosto dalla polvere, più un'ombra che un corpo reale. Forse anche i grandi ne avevano paura, perché ogni volta che lui o la sorellina facevano qualcosa che ai loro genitori non andava, allora lo nominavano, ricordandogli ciò che Mommotti avrebbe potuto far loro. Però lui era un bambino sveglio, stava crescendo, e si era accorto di una cosa strana. Aveva notato che il loro atteggiamento era diverso quando parlavano di Mommotti. Sembrava sì che ne avessero paura, ma i loro occhi no, non erano spaventati. Più che paura nell'espressione del loro sguardo c'era complicità, forse perché loro, i grandi, Mommotti non li aveva mai presi e portati chissà dove, per mangiarli o chissà che cosa.

E se prendesse me? Me la farei davvero addosso come ha detto

Illu... E babbo? Come farebbe babbo nei campi senza il mio aiuto?

Il portone della chiesa, ormai vicino, però non fu l'unica cosa che notò. Infatti Mimminu, impaziente di arrivare il prima possibile, vide sulla destra il cavallo di Luisu legato a un anello sul muro.

Incuriosito, decise di fermarsi e andare a vedere cosa stesse succedendo.

Quando Mimminu si affacciò all'ingresso che dava sulle scale, riuscì a vedere all'interno del locale ben illuminato. Senza che nessuno lo notasse, sgattaiolò dentro e si nascose dietro a un tavolino. Alcune delle persone che erano al suo interno erano rivolte verso il fondo del locale e lì scorse di spalle l'amico di suo padre che parlava concitatamente con un'altra persona, seduta a un tavolino.

"Sssì... io sì che l'ho vista!" sentì dalla bocca di quell'uomo, poco prima che Luisu gli si avvicinasse in un lampo. Poi senza bisogno di sporgersi troppo verso di lui, prese Cramminu per il bavero della giacca e lo sollevò di peso.

"E innui dd'iast ai bia, naramiddu?!"[47] gli intimò Luisu.

"Bia? Bia a chini?"[48]

A Mimminu sembrò che quell'uomo stesse prendendo in giro Luisu, sia per come lo guardava, sia per come gli aveva risposto. Fece appena in tempo a pensare che non avrebbe voluto essere nei suoi panni, che Luisu lo scaraventò sul tavolo, rovesciando bicchieri e bottiglie, lasciando il malcapitato in terra, intriso di vino e vetro.

A quel frastuono improvviso tutti si voltarono, e qualcuno si fece avanti per aiutare l'uomo che tentava di rialzarsi, ma vedendo la furia negli occhi di Luisu, ci ripensò e tornò al suo bicchiere.

"M'as pigau po culu giai un'atra 'otta, immoi bastat!"[49] Mimminu non l'aveva mai sentito così arrabbiato.

---

[47] *E dove l'hai vista, dimmi?!*

[48] *Vista? Vista chi?*

[49] *Mi hai preso per il culo già un,altra volta, ora basta!*

Lo guardò sollevare l'uomo dal pavimento e con uno strattone lo rimise in piedi, ma si reggeva a stento. Era forse più intontito dall'alcool che non dalla brutta caduta.

"Intzaras, dd'as bia de aberu?"[50] gli chiese.

Cramminu da parte sua lo guardò e si levò in una risata alta e sguaiata. Nello stesso istante Luisu tirò ancora più su quel pazzo che lo aveva deriso e, tenendolo ben alto con un braccio, fece partire un pugno stretto verso la faccia dell'uomo. In un primo momento non ne fu sicuro, ma gli parve che Luisu lo avesse centrato nel naso. Il rumore secco che sentì, anche da quella distanza, confermò ciò che aveva immaginato. Quando vide il sangue, si coprì gli occhi e il viso con le mani, spaventato a morte.

Ma d'improvviso il vocio che si era creato dopo la colluttazione si era interrotto. Mimminu raccolse dal fondo delle scarpe l'ultimo grammo di coraggio e aprì gli occhi.

Sulla sinistra del locale un gruppetto di uomini si era avvicinato ai due litiganti, forse per fermarli prima che qualcuno potesse farsi ancora più male.

Luisu aveva lasciato la presa sul bavero della giacca dell'uomo, che era scivolato a terra, lo sentiva lamentarsi per il dolore al naso, ma anche continuare a ridere. Con terrore guardò Luisu prenderlo per il collo, sollevarlo come fosse un rametto di mirto e brandire nuovamente il pugno.

Mimminu si accorse di due nuove figure all'interno del locale quando una mano alle spalle di Luisu gli bloccò il braccio a mezz'aria.

Dal suo precario nascondiglio vide Luisu che cercava gli occhi di chi aveva osato interrompere quel pestaggio. Il suo sguardo corse dal braccio che l'aveva fermato al volto che apparteneva al maresciallo Francesco Cardia.

"Basta così, signor Vacca! Basta così. Ora lasciatelo andare".

Lui cercò di giustificarsi, farfugliò qualcosa come "Mi ha riso

---

50 *Allora, l'hai vista davvero?*

in faccia", ma il maresciallo gli ripeté le stesse parole e, questa volta, notò Mimminu, con maggiore autorità.

Il bambino lo guardava, sperava che il suo amico facesse ciò che Cardia gli aveva ordinato. Poi Luisu incrociò il suo sguardo e lui annuì lentamente, *Lascialo andare... lascialo andare*, pensò.

E così fece. Mollò la presa sul collo di Cramminu e il suo corpo molle colpì il pavimento senza quasi fare rumore.

"Non è con la violenza che si risolvono i problemi, Luisu".

Quando Mimminu lo vide fare un cenno, si accorse del ragazzo alto e magro che forse non aveva ancora vent'anni, quello che era arrivato da poco in paese.

"Tiratelo su, Costa", disse Cardia.

Lui si fece largo tra la piccola folla che si era radunata a vedere come sarebbe andata a finire e mise a sedere Cramminu.

"Non ve lo ripeterò una seconda volta. Calmatevi o sarò costretto a farvi passare qualche ora con noi in caserma". Quella voce era diventata grave e incombente. Mimminu non si era accorto che Cardia stringeva ancora il braccio di Luisu, che ora sudava copiosamente e sembrava soffrire per quella stretta. Dal viso del maresciallo invece, non traspariva alcuna fatica, e il suo sorriso diceva che non avrebbe mollato la morsa tanto facilmente.

"Scusatemi maresciallo", lo sentì mormorare Mimminu, inclinando la testa verso il basso in segno di resa.

"Ora che ci siamo calmati tutti, si può sapere cosa diavolo succede qui?" chiese Cardia con tono autoritario. Mimminu non sapeva cosa fosse accaduto tra il suo amico e quell'uomo sanguinante, ma sapeva che Luisu era lì per cercare Greca. Al ragazzino sembrava che nessuno fosse interessato a dare una qualche risposta.

Mimminu si guardava intorno, chiedendosi come fosse possibile che nessuno sapesse nulla. Poi il maresciallo sbuffò, e lo vide sistemarsi il berretto in testa.

"Signori, conosco questo paese da molto tempo, ormai. So

che è un bel posto in cui vivere e tutti fatichiamo da mattina a sera per riuscire a mettere insieme il pranzo e la cena. So anche che, a parte qualcuno, tutti rispettano tutti, in un modo o nell'altro, e non c'è motivo per litigare tra di noi e farci la guerra. Ma io non posso essere ovunque in qualsiasi momento, qui in paese, quindi chi mi sa dire qualcosa? Cosa è successo tra il signor Vacca e il signor Mameli?"

Poi sentì un'altra voce, ma non era più la sua. Proveniva da dietro il bancone, da quell'uomo alto e grosso e con un paio di baffoni bianchi che aveva visto quando era arrivato alla locanda.

"Se posso permettermi, signor maresciallo, io da qui ho visto e sentito tutto. Come penso anche gli altri, qua dentro. Ma forse queste *brave persone* erano troppo indaffarate a bere il loro vino per stare ad ascoltare una richiesta d'aiuto", disse Daddai.

Mimminu lo vide asciugare per bene un boccale di vetro.

"Il signor Vacca è entrato in locanda con l'irruenza di un cavallo da domare e ha chiesto se qualcuno di noi avesse visto Greca, la figlia dei Sanna. Poi Cramminu ha detto di averla vista lui... e il resto lo conoscete, maresciallo".

Mentre parlava continuava a passare e ripassare il panno umido sul bancone.

"Ho capito", disse il maresciallo, "qualcun altro ha qualcosa da aggiungere?" chiese guardandosi intorno. Mimminu pensò che forse quella faccenda ormai non interessava più tanto, visto che i pugni erano di nuovo nelle tasche. Le persone, infatti, erano tornate ai loro bicchieri e alle loro chiacchiere. Non ottenendo altro che un basso brusio di diniego, il carabiniere si avvicinò a Luisu. Ora c'era un po' più di silenzio, e Mimminu poté ascoltare le parole di Cardia.

"Vi devo portare al Comando, voi e il signore che avete malmenato. Così, oltre che darmi la vostra versione dei fatti, mi racconterete anche perché state cercando la figlia del signor Sanna".

A quelle parole Luisu tentò di reagire ma subito il carabiniere più giovane interruppe ogni veemenza residua.

"Avete sentito il maresciallo? Le spiegazioni a dopo".

Non gli lasciò nemmeno il tempo di dir loro che forse la bambina era in pericolo, che con un movimento fulmineo le manette gli cinsero i polsi.

A quel punto Mimminu si sentì gonfiare il petto, lui sapeva cosa era successo! Lui poteva dirglielo! Poteva essere d'aiuto al maresciallo!

"Maresciallo! Io..." una manata sulla spalla lo costrinse a girarsi spaventato.

"*Ita nci fais a innoi?*" un uomo alto con una barba grigia e arruffata gli chiese cosa stesse facendo lì.

"Ma io so che..."

"*Bai a domu!* Vai a casa! Non puoi entrare qui!" Lo prese per il colletto della maglietta e lo spinse verso l'uscita.

Ma perché? si chiese Mimminu, lui sapeva qualcosa, poi si ricordò di quella regola che ancora non aveva ben capito, quella del silenzio. Così, senza guardarsi indietro, corse a perdifiato verso la chiesa.

Forse lì potrò parlare, pensò, *forse in chiesa la regola non vale.*

CAPITOLO 11
IN CHIESA

Entrò all'ombra del grande portone di legno e si segnò senza badarci troppo. Guardò in fondo, vicino all'altare, e vide don Mondinu che preparava i paramenti per la messa.

Alcune persone erano già sedute sulle panche scure e lo osservarono curiose quando lui attraversò di corsa la navata centrale per arrivare dal sacerdote.

"Don Mondinu! O don Mondinu!" lo chiamò a voce bassa.

Il prete accese un lungo cero con la fiamma di un altro e lo sistemò nel candeliere poi gli si avvicinò e lo salutò con una carezza al viso. Gli occhi spaventati di Mimminu lo misero in allerta. Il piccolo era agitato, aveva il sudore che gli colava sulla fronte e le guance erano rosse per il caldo.

"Mimminu¿" disse il prete con tono sorpreso.

"O don Mondinu, a Greca avete visto¿"

L'uomo rimase in silenzio per qualche secondo, poi si inginocchiò di fronte a lui e gli prese le mani tra le sue.

"No, Mimminu. Non l'ho ancora vista, oggi".

Il sangue del bambino smise di scorrere per un momento e le gambe gli cedettero. Una delle donne che stava seduta nelle prime panche si lasciò sfuggire un lamento quando lo vide accasciarsi tra le braccia del prete.

"*Nostra Sennora mia*[51] don Mondinu, cosa è successo¿"

"Non ho capito bene, ma credo che Greca, la figliola di Efisio Sanna, non si trovi".

---

[51] *Madonna mia.*

CAPITOLO 12
IN CASERMA

L'ufficio del maresciallo era nell'ultima stanza in fondo al corridoio di un edificio scuro e con soltanto un'insegna di latta bianca con le lettere blu in rilievo, che lo distinguevano dagli altri fabbricati anonimi, poco distante dalla locanda di Daddai. Durante il tragitto dalla taverna al Comando i carabinieri avevano faticato non poco a calmare i due uomini in arresto che avevano continuato a beccarsi l'uno con l'altro, sfiorandosi soltanto con le accuse. Luisu era convinto che fosse stato lui a rubargli le bestie e Cramminu insisteva a difendersi ma senza troppa convinzione, forse a causa dell'alcool o della quantità di sangue che aveva perso. O forse perché davvero il ladro non era lui.

Costa li fece accomodare su due sedie davanti alla scrivania di legno del maresciallo, che nel frattempo aveva impartito l'ordine a un collega di andare al paese a prelevare il medico, per accertarsi delle condizioni di salute di Cramminu e fargli ricucire la faccia.

Quando la porta fu chiusa e i polsi di Luisu liberati dalle manette, Costa preparò la macchina per stendere il rapporto.

"Allora signori, ora che ci siamo calmati vorrei prima di tutto capire perché il signor Vacca sta cercando la figlia dei Sanna. Si è presentato qualche problema, a quanto mi è sembrato di capire".

Con un cenno della testa, diede a Luisu il permesso di parlare.

"Sì, signor maresciallo. Stamattina presto, Efisio, cioè... il signor Sanna, è venuto a casa mia spaventato, che non trovava più la figlia Greca e io sono venuto a cercarla qui in paese. Non so altro".

"Non trovava più Greca. Vada avanti. Le ha detto qualche altra cosa¿"

Il ticchettio dei tasti sul rullo della macchina per scrivere si interruppe per un momento, durante il quale Costa rivolse lo sguardo verso Luisu.

"No, maresciallo, solo che questa mattina non era nella sua casa".

Cardia rimase pensieroso per qualche secondo che a Luisu sembrò un'eternità, ora che la preoccupazione per la figlia dell'amico era riaffiorata.

"Nient'altro. Va bene".

Si voltò in direzione di Costa, ma nonostante i due sguardi si fossero incrociati, Cardia non vide quello del suo collega. I suoi pensieri viaggiavano veloce. Poi si rivolse a Cramminu.

"Signor Mameli, voi avete qualcosa da aggiungere¿"

"Io non so niente. So solo che questo signore mi ha picchiato senza motivo e..."

"Lo sai benissimo qual è il motivo! Ti sei già dimenticato dei miei agnelli¿"

Cardia tagliò corto, non gli interessava riascoltare ciò che già sapeva.

"Basta così, voi due! Ho visto e sentito di persona come sono andate le cose".

Dopo un'altra pausa di riflessione, Cardia si rivolse al collega.

"Costa, facciamo così. Per il momento lasciate stare il rapporto, ve ne potrete occupare in un secondo momento. Preparate il mezzo, andiamo a casa dei Sanna. Il signor Vacca ci accompagnerà da lui".

Costa fece per alzarsi dalla scrivania, ma Cardia gli fece

cenno di aspettare.

"Ah, signor Vacca. Un'ultima cosa. Voi continuate ad accusare il signor Mameli per il furto dei vostri agnelli. Vi posso dire con estrema certezza che il ladro non è lui".

Indicò con un cenno della testa l'uomo seduto sulla sedia, mentre veniva medicato.

"E come fate a dirlo, maresciallo? *Ddu scint totus chi cust'òmini est unu ladroni*[52]. Come fate a dirlo con certezza?"

Luisu si stava scaldando di nuovo. Con calma, Cardia fece il giro della sua scrivania e gli si mise davanti, a pochi centimetri dal suo viso, i guanti neri in mano.

"Come faccio a saperlo? Lo so, perché qualche notte fa, esattamente la notte che si è verificato il furto di questi animali, il qui presente signor Mameli Carmine, detto Cramminu, era venuto, seppur involontariamente, a farci visita e ha passato la notte con noi. Proprio lì", disse indicando un punto fuori dall'ufficio.

"Ha passato la notte in cella. L'abbiamo tratto in arresto perché aveva rubato, o meglio, come dice lui "aveva preso in prestito" la bicicletta del signor Cadau, quel simpatico vecchietto che vive dietro la chiesa".

"Esatto! Era solo in prestito!"

"Zitto tu!" gli ordinò Costa, fulminandolo con uno sguardo.

"E cosa mi dice dell'altro furto che ho subito? Quello del dicembre scorso? Mi volete dire che anche quel giorno, quel bastardo era in prigione?"

"Portate rispetto per i presenti, signor Vacca. Tutto ciò che posso dirvi è che le indagini sono ancora in corso. Purtroppo per lei e per i suoi agnelli non sarà facile trovare chi ha commesso il reato. Gli animali fanno più in fretta a scomparire scuoiati e cotti che non le voci di paese".

L'espressione sul viso di Luisu passò dallo stupore iniziale a quella che al maresciallo parve non di rassegnazione, ma di delusione.

---

52 *Tutti sanno che quest'uomo è un ladro.*

“Pertanto, signor Vacca, la esorterei a lasciarlo in pace”.

Costa capì che quel colloquio era finito, così come il medico aveva finito con Cramminu. Uscì dalla sua postazione e si mise a disposizione del maresciallo.

“Costa, per cortesia, disponete perché il signor Mameli venga riaccompagnato a casa, o dove preferisce. Ora dobbiamo andare, abbiamo perso già troppo tempo”.

CAPITOLO 13
MIMMINU TORNA A CASA

Sentiva il pavimento freddo, sotto, e uno strano odore, forse di incenso, che gli infastidiva il naso. Chi erano tutte quelle persone attorno?

Greca! L'avevano trovata? Cercò di tirarsi su ma i visi dei presenti iniziarono a girare, cambiarono forma e si allungarono, divennero dei punti bianchi che si fusero in una unica luce che si spense e infine scomparve. Chiuse gli occhi e si ritrovò nel fienile con la sorella.

Seduta su un tappeto di fiori gialli, muoveva la sua bambola rossa tra le piccole mani, sembrava davvero divertita. Ma quando la bambina parve vederlo, la sua espressione cambiò d'improvviso, spegnendole il sorriso. Iniziò a parlargli, ma lui non sentiva nulla. Lei muoveva le labbra con fare serio e severo ma senza emettere alcun suono.

Mimminu provò a camminare nella sua direzione, ma le gambe non si mossero. In quel momento si accorse che qualcosa di strano cambiava intorno a loro. I colori iniziavano a sbiadire e i fiori che fino a poco prima erano gialli come l'oro, adesso appassivano, diventavano scuri. Da dietro i sacchi di grano il bambino scorse un'ombra scura e senza forma, che lentamente si allungava alle spalle di Greca. Delle escrescenze come braccia enormi ora fuoriuscivano dalla sagoma e si avvicinavano silenziosamente a sua sorella. Da quegli arti oblunghi spuntavano delle appendici, aguzze e lunghe come lame.

Ormai quelle grinfie nere erano sopra di lei e Mimminu non poté fare altro che urlare. Ma nessuno dei due riuscì a sentire quel grido disperato.

Tutt'a un tratto sentì una sensazione di fresco e umido.

Aprì gli occhi.

Don Mondinu gli passava un panno bagnato sulla fronte. Di fianco, una donna piangeva. Sentiva delle altre voci ma non riuscì a capire da quale parte provenissero. Riuscì a rimettersi in piedi nonostante avesse ancora le gambe traballanti come un puledro appena nato.

"Greca! Devo andare a cercarla!"

Il prete, con ancora il fazzoletto in mano, lo guardò con occhi buoni e preoccupati.

"Mimminu, non sei in grado di camminare. Ti porto io a casa".

"Non c'è bisogno, il cavallo conosce la strada senza che io lo guidi".

L'ombra nera dalle lunghe braccia era ancora davanti ai suoi occhi. Quindi era quello, Mommotti. Sì, era lui, ora ne era certo. E forse aveva preso sua sorella.

"Insisto. Conosco i tuoi genitori e so che non vorrebbero che tornassi da solo a casa, in queste condizioni".

Il bambino avvertiva l'incombenza di rientrare, quindi senza perdere altro tempo accettò l'invito a farsi accompagnare. Don Mondinu si accorse della sua decisione e senza aspettare oltre si diresse a passo svelto verso la canonica borbottando qualcosa riguardo la sua bicicletta.

Il cavallo di Mimminu era ancora davanti alla fontana, dove lo aveva lasciato poco prima. Quando uscì dalla chiesa vi montò su, mentre, poco distante, il prete parlava concitato con una donna a cui chiedeva di avvertire i fedeli che erano già in chiesa che per quel mattino la messa era sospesa.

Don Mondinu lo chiamò a gran voce dalla porta della canonica. Aveva inforcato la bicicletta, che sembrava un po' troppo grande per lui e gli si stava avvicinando.

Don Raimondo Pani era arrivato al paese subito dopo gli studi in seminario, e nonostante non fosse uno *de bidda*[53], ormai tutti lo consideravano come tale. Aveva battezzato, sposato e unto molti dei fedeli della comunità e conosceva bene le dinamiche dei suoi concittadini. Era riuscito a entrare subito in sintonia con i suoi parrocchiani e aveva sempre una parola di conforto per tutti. Quando c'era da aiutare qualcuno, il primo a farsi avanti era lui.

"Andiamo, ma non allontanarti troppo", gli disse.

Il bambino diede un colpo di tacco ai fianchi dell'animale e si diressero verso casa di Efisio, fuori dal paese.

La mattina iniziava a scaldare e stare sotto il sole faceva pizzicare il collo. Il ragazzino continuava a pensare a ciò che aveva visto nella chiesa. Gli sembrava che quella sagoma ora lo stesse seguendo e, senza accorgersene, continuava a incitare il cavallo per fuggire da lì, per andare più forte e il più lontano possibile da quel mostro. Più indietro il prete faticava non poco a stargli vicino e il terreno accidentato rischiava di farlo cadere dalla bicicletta. Di tanto in tanto lo richiamava per farlo rallentare.

"Vai piano, Mimminu!"

Il bambino non si accorse di quel richiamo. Con la testa era già a casa.

"Aspettami, Mimminu!" disse il prete con la voce spezzata dalla fatica.

Ma il cavallo andava veloce e ormai era troppo distante.

"*Dimoniu!*[54] Se non mi aspetti non ti assolvo più!" disse, sperando che quel ragazzino non fosse allergico ai santi come suo padre.

---

53 *Del paese.*

54 *Letteralmente è "diavolo", in questo caso "mascalzone".*

CAPITOLO 14
A CASA DI EFISIO

I Sanna si ritrovarono sull'uscio di casa nello stesso momento. I loro sguardi raccontavano più di quanto le parole potessero esprimere, parole che mai avrebbero voluto sentire. Elena si sedette al tavolo e iniziò a piangere, il marito le si inginocchiò di fianco e la strinse tra le braccia forti.

Abituato alla legge dei campi sin da giovanissimo, Efisio aveva rivestito inconsciamente la sua figura di una spessa corteccia, bruciata dal sole e indurita dal lavoro, che si rifletteva anche sul rapporto con la famiglia. Fermo e duro, poche volte aveva dato spazio ai sentimenti che lo legavano ai figli e alla moglie. In quel momento però, la scorza aveva iniziato a indebolirsi. Ora non era tempo di durezza, non serviva più essere il rude capo di famiglia, non voleva più essere il padre severo che era stato fino al giorno prima. Voleva fare il padre e basta. Greca, la sua Greca era scomparsa, e tutto ciò che lui aveva potuto fare in quel momento era stato abbracciare la sua compagna, in una pura dimostrazione di affetto. Il gesto più naturale che l'uomo burbero che era potesse offrirle. Aspro, ruvido, come era sempre stato, ma al tempo stesso sensibile, aveva dimostrato l'immenso amore che provava per la moglie e i figli nell'unico modo che conosceva, quello del sudore e della fatica sul lavoro. Nulla sarebbe dovuto mancare loro finché ne avesse avuto le forze. I due bambini erano forse ancora troppo piccoli per capire, ma Elena no. Lei conosceva perfettamente suo marito, conosceva le mille sfaccettature del suo carattere, e sapeva quanto valesse per lui quel semplice gesto. Quell'abbraccio era stato quanto di più caldo e confortante avrebbe mai potuto aspettarsi da lui.

"Vedrete che tutto si risolverà per il meglio".

Lo guardò con gli occhi lucidi e in quel momento si ricordò della strana sensazione che aveva avuto la notte prima.

"È colpa nostra..." mormorò.

"Come avete detto? Colpa nostra?" chiese stupito Efisio, mentre si rimetteva in piedi.

"Perché dovrebbe essere colpa nostra? Forse perché non siamo stati troppo duri con lei? Forse perché Greca sta venendo su ribelle?"

Senza che se ne accorgesse, gli spigoli del suo carattere erano tornati a pungere. Quegli stessi spigoli che solo poco prima aveva deciso di smussare.

"Si diaderus nc'est bessia de domu chene de pediri su permissu deu..."[55]

"Deu, deu, sempri deu, Efis. Bosu ita? Ddi boleis ponni is manus apitzus? Obeis fai cun filla de bosatrus su chi Cappai fait cun su suu?"[56]

La discussione fu interrotta dal rumore di zoccoli nel cortile.

Il bambino era tornato.

"Non era certo mia intenzione, Elena. Mi dispiace che l'abbiate anche solo pensato..."

L'uomo aveva gli occhi stanchi. La situazione che si era venuta a creare per la scomparsa della figlia iniziava a diventare pesante. E sua moglie, con tutti quei discorsi, non l'aiutava di certo.

Ma forse pensò *è solo la preoccupazione a farle dire certe cose.*

Mimminu corse dentro casa e vedendo i genitori in quello

---

55 *Se davvero è uscita da casa senza chiedere il permesso io...*

56 *Io, io, sempre io, Efisio. Voi cosa? Le volete mettere le mani addosso? Volete fare con vostra figlia ciò che Cappai fa con il suo?*

stato, ne dedusse che anche loro non avevano trovato Greca.

Dopo qualche minuto Luisu e il maresciallo Cardia con il collega si fecero sentire dall'esterno.

"È permesso? Carabinieri!"

Dietro di loro, un affaticato don Mondinu si affacciò alla porta. "Buongiorno, signora Manca. Efisio..."

Tutti entrarono e si sparsero per la stanza. Seduti al tavolo, in attesa, i padroni di casa.

"Signor Sanna, buongiorno. Il qui presente signor Vacca, a modo suo, ci ha fatto sapere che potreste avere un problema".

"Sì, signor maresciallo. È per mia figlia. Pensiamo che stanotte non abbia dormito nel suo letto. L'abbiamo cercata qui attorno, senza trovarla. Ho anche mandato mio figlio da lui", disse, indicando il prete con un cenno del capo.

"Capisco".

Cardia era pensieroso, aveva vissuto altre volte quella situazione.

Elena lo fissava. La sua necessità di una risposta immediata era più veloce dei pensieri ponderati del militare.

"Signor maresciallo, cosa dobbiamo fare?" chiese Elena.

L'uomo ci ragionò su ancora per qualche tempo, poi finalmente distolse lo sguardo dal pavimento e la guardò.

"Non possiamo fare ancora nulla perché in questo momento non ho uomini a disposizione. E poi forse è ancora troppo presto per..."

"Come sarebbe a dire "troppo presto"?" esclamò Efisio, allargando le braccia e mettendosi in piedi.

"Vi abbiamo appena detto che manca da stanotte! Potrebbe anche c'entrare quel..."

"Signor Sanna, io capisco che voi..."

"Non me ne importa niente dei vostri uomini!" inveì, puntando il dito contro il graduato e avanzando di un altro passo. Temendo che quello scatto d'ira potesse degenerare, Elena con un guizzo si frappose tra il marito e il maresciallo, facendo rovesciare la sedia all'indietro. Quando fu davanti a Efisio gli pose una mano sul braccio, tentando di farlo calmare.

"Mia figlia è qui fuori da qualche parte! Voi non mi potete dire che forse è troppo presto e che non avete uomini! Vado io con Luisu e con il mio cane, se serve! E non devo nemmeno stare ad aspettare le vostre decisioni!"

Cardia aveva assorbito lo sfogo di Efisio guardandolo dritto negli occhi, ma non si era mosso di un millimetro.

"La prego, maresciallo. Avete sentito le nostre parole?" chiese la donna, che ormai non reggeva quasi più l'impeto del marito, mentre questi continuava ad avanzare.

Il giovane Costa era rimasto in disparte, osservando in silenzio la discussione senza muoversi dal suo posto, ma le distanze tra i due uomini ora erano troppo strette e, immaginando cosa sarebbe potuto succedere di lì a poco, decise di intervenire.

Con calma e senza movimenti bruschi si avvicinò ai due, e con un gesto lento allontanò Elena dal marito, posizionandosi tra lui e il collega.

"Maresciallo, permettete un istante?" disse, indicando l'esterno.

Cardia non distolse gli occhi da quelli di Efisio nemmeno quando gli rispose.

"Certo, ma usciamo da qui".

Una volta fuori dalla casa, Costa, turbato da quel momento di follia, tirò un sospiro di sollievo per lo scampato pericolo e si rivolse al superiore.

"Tipo tosto, eh?" gli chiese con un mezzo sorriso, mentre si asciugava la fronte col dorso della mano.

"Lasciamo perdere, su. Cosa volevate dirmi?"

"Con tutto il rispetto... il signor Sanna non ha tutti i torti. Ma anche voi avete ragione, forse è troppo presto, ma stiamo parlando di una bambina. La loro bambina. Avete visto i loro occhi? Sono terrorizzati, angosciati. Se doveste dirgli ancora che non avete i mezzi per iniziare le ricerche, potreste esacerbare ancora di più i loro animi. E noi potremmo perdere del tempo prezioso".

Cardia osservava in silenzio la coppia, da lontano. Attraverso lo spiraglio della porta riusciva a vedere Elena seduta al tavolo che teneva le mani sul volto, mentre il marito, con i pugni chiusi sui fianchi e la testa all'indietro, fissava il soffitto.

"Lo so perfettamente. Sapete, queste sono situazioni che all'Accademia non insegnano a fronteggiare. Solo il buon senso può essere utile in frangenti simili. Ora ditemi, giovanotto. Voi? Cosa fareste voi?"

"Sinceramente, io direi di assecondare quelle persone. Ci hanno chiesto di iniziare a cercare la bambina, ma noi non possiamo ancora farlo per evidenti carenze di personale. Allora iniziamo col chiedere in giro se qualcuno l'ha vista. Poi vedremo. Potremmo fare un appello per dei volontari che ci aiutino a cercare. Nel frattempo contattiamo il comando e ci facciamo mandare degli uomini".

Soddisfatto da quella risposta, gli mise una mano sulla spalla e gli diede una pacca.

"Una soluzione diplomatica. Così facendo possiamo aspettare che arrivino i rinforzi e non scontentiamo quelle povere persone. Bene, Costa. Facciamo così. Va bene".

Il giovane trattenne a stento un sorriso, contento di aver dato la risposta giusta. Si sistemò il berretto in testa, che peraltro era già al suo posto.

Quando rientrarono in casa, la donna si fece loro incontro.

"Allora, maresciallo, cosa avete deciso?"

"Signori, possiamo sicuramente iniziare ad ascoltare i vostri vicini, almeno finché non avremo il personale sufficiente. La bambina è fuori da questa notte, quindi risparmieremo ore preziose facendoli venire qui invece che in caserma, perché non c'è tempo da perdere".

"Quindi signor Sanna, mi prendo la libertà di convocare i vostri vicini, quelli più prossimi a questa zona".

"Signor Vacca, andate a prendere la vostra famiglia, ma fate presto. Ho bisogno di sentire anche loro. Don Mondinu, voi avete la bicicletta. Dovrò chiedervi di raggiungere anche i signori Pinna e Cappai. Ovviamente mi occorre che vengano tutti, se possibile".

"Costa, voi mi servite qui. Potete accompagnare fuori questi signori".

Cardia agiva in modo rapido e preciso. Aveva messo in moto dei meccanismi che col duro lavoro era riuscito a far funzionare bene senza che gli ingranaggi avessero a incepparsi.

Costa scortò i due uomini nell'aia antistante, raccomandando loro di non perdere tempo e si sistemò sulla porta, in modo da poter avere sotto controllo sia l'esterno sia l'interno della casa. Elena iniziò a singhiozzare e Mimminu, che fino a quel momento era rimasto impietrito sull'uscio, corse da lei. Le si gettò ai piedi e le cinse le gambe. Nascose il viso tra le braccia per non far vedere le lacrime che gli rigavano il viso.

"Non fate così, vi prego, *mammai* [57]. La troveremo".

Riuscì a parlare con quel poco di voce ferma che ancora gli rimaneva.

"Dunque, il signor Vacca non ha saputo darmi alcuna informazione di rilievo. Ora che sono qui, vorrei conoscere da voi i motivi per i quali Greca potrebbe essersi allontanata. Avete avuto una qualche discussione? Era arrabbiata, offesa con voi per qualcosa?"

"No, signor maresciallo. Non abbiamo avuto nessuna discussione con lei, né ieri né mai", riuscì a rispondere la donna, sollevando il viso dal fazzoletto ormai intriso di pianto. Nei suoi occhi era però emerso l'orgoglio che le aveva tramandato sua madre e che lei aveva trasmesso a sua figlia.

"È una bambina molto vivace e sveglia. L'ho educata io, so bene che non farebbe sciocchezze".

"Con tutto il rispetto, signora Manca... ma nessuno può sa-

[57] *Mamma.*

pere cosa passi per la testa di una bambina di quell'età".

Poi si rivolse al bambino.

"E tu? Hai notato se tua sorella fosse strana, questa notte? Avete discusso o litigato per qualche motivo?"

Lui sollevò la testa dal grembo della madre e lo guardò. Il volto del ragazzino sembrava volesse chiedere a quell'uomo chi gli avesse detto questo, lui non aveva mai avuto diverbi con Greca e poi, ieri notte... cosa era successo, non l'aveva vista? Neppure si ricordava di non essere andato a letto con le sue gambe. Mille domande gli ronzavano nelle orecchie senza riuscire ad acchiapparne una per rispondere a quell'uomo in divisa.

Gli occhi del maresciallo scrutavano dentro quelli del ragazzino, ma non riuscivano a scorgere nulla che non fosse sconforto e paura.

Francesco Cardia aveva lavorato per un lungo periodo fianco a fianco con un famoso prefetto, conosciuto in tutta la regione per la sua guerra ai malviventi, che imperversavano liberi per tutto il territorio nazionale. Grazie a questa collaborazione, negli anni dei banditi nei quali aveva imparato a pensare come loro, il ricercato Tanino Angius era stato arrestato dopo una lunga latitanza. In un'altra occasione, durante la campagna chiamata "La notte di San Lorenzo", due fuggiaschi avevano voluto trattare solo con lui. Dopo settimane di ricerche, infatti, una pattuglia da lui composta, dal maggiore Vittorio Denisi e da altri quattro carabinieri scelti, aveva individuato un casolare isolato all'interno di un bosco di querce. Durante l'avvicinamento per un controllo, dal suo interno erano partiti diversi colpi di arma da fuoco, che avevano ucciso il maggiore, centrato al petto. Gli altri quattro carabinieri erano riusciti a circondare il nascondiglio, mettendosi al riparo. Dopo un lungo e durissimo conflitto a fuoco, in cui anche Cardia fu ferito a una spalla, i malviventi avevano ceduto e deposto le armi. Quando erano usciti con le mani alzate, i due avevano pronunciato solamente la frase, "Maresciallo, ci arrendiamo a voi".

Quell'operazione gli era valsa una nota di merito al comando e diverse medaglie d'argento per lui e per i militari che avevano preso parte all'azione. Una medaglia al merito fu consegnata alla moglie del maggiore Denisi.

Ma quando gli era stata avanzata una proposta di trasferimento fuori da quel territorio nel quale era tornato dopo anni di indagini, arresti ed encomi, Cardia aveva cortesemente declinato l'offerta, preferendo continuare la sua carriera tra la sua gente.

Da ragazzo, appena uscito dalla Scuola Allievi Carabinieri del capoluogo era stato spedito in un paesino situato all'estremo sud della nazione e lì aveva iniziato a muovere i primi passi nell'arma, ma non era mai stato una persona che tenesse veramente alla carriera. Per lui era importante fare in modo che tutti rigassero dritti, nel rispetto della legge. Oggi, dopo venticinque anni di servizio, con qualche acciacco in più e molti capelli in meno, si trovava di nuovo nella sua terra, in mezzo alle persone che avevano il suo stesso accento, a cercare di risolvere i loro problemi. E questo gli piaceva.

"Allora, Mimminu. Non hai nulla da dirmi?"

"Posso rispondere io", disse Elena. "Mio figlio ieri è rientrato tardi con mio marito dalla festa. Dopo l'esibizione dei suonatori di *launeddas* sono andati assieme a casa di tziu Antoi per prendere dell'altro vino e al loro rientro io e Greca eravamo già qui. Riordinavo la cucina mentre la bambina aspettava che andassi da lei per le preghiere. Efisio teneva il bambino in braccio perché si era addormentato e l'ha portato direttamente nel suo letto. Quindi, signor maresciallo, mio figlio ha visto l'ultima volta la sorella quando erano ancora alla festa".

Mentre parlava, accarezzava la testa del piccolo che di nuovo era chino sulle sue gambe.

In quel momento don Mondinu rientrò dalla missione che

gli era stata assegnata da Cardia.

"Maresciallo, a casa dei Pinna ho trovato solo la madre di Nenna, ho lasciato detto di far venire subito qui la figlia con il signor Palmiro non appena fossero rientrati dal paese. Ho pregato invece i Cappai di raggiungerci immediatamente".

"Va bene don Mondinu, grazie", rispose mentre riportava la sua attenzione sulla donna.

"Signora, c'è altro? Le viene in mente qualche dettaglio che possa aiutarci?"

"No, mi dispiace, non riesco a ricordare altro. Dopo aver terminato le faccende in cucina, sono andata nella stanza dei bambini per recitare le preghiere della notte e..."

"*Sempri cun custas maladitas pregadorias bosu! Chi assumancu serbessint a cancuna cosa! Fessint mai serbias a cancuna cosa!*"[58]

L'urlo di Efisio riempì la stanza. Con i nervi a pezzi cercava conforto in un bicchiere con dell'acqua che avrebbe dovuto rinfrescargli la bocca e lo spirito, ma aveva ruggito quella bestemmia con tutta l'aria che aveva nei polmoni attraverso la gola che bruciava di nuovo. Ancora una volta si trovava da solo contro quel Dio che non l'aveva mai ascoltato e contro tutti coloro che ancora si rimettevano alle sue volontà.

Nello stesso momento il suo braccio si distese e il bicchiere abbandonò all'improvviso la mano che lo stringeva, disegnando una larga parabola che produsse il suono del vento. Il muro della sala da pranzo lo frantumò a pochi centimetri dalla finestra. Mille piccole luci brillanti esplosero per la stanza riflettendo per un solo istante i raggi di sole che filtravano dall'esterno, mentre l'acqua perse il tempo a mezz'aria prima di bagnare il muro e poi colare sul pavimento. Un solo attimo che durò un'eternità, dove tutti i presenti rimasero in un silenzio attonito mentre i frammenti del bicchiere rimbalzavano sul pavimento.

---

[58] *Sempre con queste dannate preghiere voi! Se almeno servissero a qualcosa! Fossero mai servite a qualcosa!*

Don Mondinu si fece il segno di croce e strinse le mani al petto, chiuse gli occhi e pregò per il perdono dell'anima di quell'uomo disperato.

"Signor Sanna!" tuonò Cardia.

"Farò finta di non aver visto né sentito nulla!"

Nello stesso istante in cui il bicchiere si schiantava al muro, Mimminu aveva sollevato la testa dal grembo di Elena, pronto a confermare ciò che la madre aveva appena detto al maresciallo, ma quel suono secco lo aveva terrorizzato.

La paura era troppa per parlare in quel momento, allora ci ripensò e tornò a nascondersi tra le sue stesse braccia in quel buio sicuro, protetto dal calore materno.

Costa fu l'unico nella stanza a notare che il bambino aveva sollevato la testa ma immediatamente si era nascosto sulle gambe della madre.

"Ora sedetevi, per cortesia. E vi invito a non ripetere mai più simili gesti e parole". Cardia chiuse in modo ruvido lo spiacevole episodio e pensò che per il momento non fosse il caso di continuare con le domande. Prese posto di fianco a lui che ora, chino sulla tavola, si teneva la testa tra le mani.

Incrociò le braccia e aspettò che arrivassero le persone che aveva convocato.

CAPITOLO 15
L'INTERROGATORIO

Elena trovò la forza di levarsi in piedi e ripulire il pavimento, poi preparò un fazzoletto su cui servì dei biscotti agli ospiti.

Estratto un taccuino dalla tasca della giacca, Cardia aveva iniziato a prendere appunti. Costa era rimasto impassibile al suo posto quando Efisio aveva lanciato il bicchiere, ma con i nervi tesi e pronto ad intervenire se la situazione si fosse complicata.

Mentre aspettava che il caffè fosse pronto, la donna rimaneva immobile davanti alla stufa. Lacrime brucianti chiedevano di uscire, ma lei non aveva nessuna intenzione di cedere a quella soluzione troppo facile. Suo marito aveva esagerato, ma non provava rabbia o risentimento nei suoi confronti, ci era abituata. Come sempre, doveva essere paziente.

Un deciso bussare alla porta d'ingresso, accompagnato dalla voce profonda di Luisu, annunciò che era arrivato con Mallena e i due figli: Margherita e Simone. Dopo di loro, a distanza di pochi minuti, giunsero anche Pramèriu Pinna con la famiglia al completo, e Toninu Cappai con Illu, avvertiti poco prima dal parroco.

Non appena le donne entrarono in casa si strinsero attorno a Elena, provando a consolarla come meglio potevano.

Luisu cercò il suo amico con lo sguardo, allargando le braccia e scuotendo leggermente la testa quando lo trovò. Efisio si portò una mano alla bocca e la coprì, forse per non far sentire agli altri i pensieri che gli arrivavano dal più profondo del cuore. Quando furono abbastanza vicini da potersi ascoltare senza dover alzare troppo la voce, Luisu gli raccontò della locanda. Di tanto in tanto buttava un'occhiataccia alle sue spalle, in direzione dei carabinieri, lamentandosi di quanto tempo gli avessero fatto perdere quei due in caserma.

Cappai non sapeva ancora nulla di cosa fosse successo, ultimamente non gli accadeva spesso di uscire di casa se non per lavoro. Stupito di trovare tutte quelle persone, si avvicinò a Luisu, e quando quest'ultimo gli comunicò a bassa voce quale fosse la disgrazia capitata ai Sanna, Toninu cercò le parole adatte da dire a Efisio, ma tutto ciò che gli uscì dalla bocca fu un farfugliare incerto.

Una volta che le persone si furono sistemate all'interno della stanza, il maresciallo poté iniziare.

"Bene, signori. Ora che siamo tutti qui, vorrei cercare di avere da voi qualche altra informazione utile. Come ormai tutti saprete, sembra che la piccola Greca sia scomparsa, quindi pretendo da voi tutta la collaborazione necessaria. Ho già chiesto al signor Vacca se avesse notizie della piccola, ma non mi è stato di grande aiuto. Ora chiederò a voi, signor Pinna. Mi sapete dire qualcosa che già non sappiamo tutti, sulle possibili cause che abbiano spinto la bambina ad allontanarsi da casa, questa notte? Da quanto tempo non la vedete?"

L'uomo, dall'alto del suo metro e sessanta, cercava le parole giuste da dire nella folta barba che grattava sotto il mento. Quando le trovò, spostò lo sguardo pensieroso dal soffitto agli occhi del maresciallo.

"Questa mattina signora Elena è arrivata a casa nostra di buon mattino e appunto cercava Greca. Ma come ho già risposto a lei, io oggi non l'ho vista. L'abbiamo vista ieri alla festa, giù al paese assieme al fratellino".

Mallena aveva evitato lo sguardo dei due uomini in divisa

per tutto il tempo. Il timore reverenziale che provava nei loro confronti, e in quel momento verso Cardia, era radicato in lei da anni. Ricordava ancora quando altri carabinieri riportavano a casa suo padre ubriaco fradicio, quasi tutte le sere. Quelle continue visite inizialmente avevano provocato in lei un rifiuto e un'avversione verso le forze dell'ordine. Lo aveva visto tante volte, trascinato dentro per le braccia, con i piedi che strisciavano sul pavimento e lasciato cadere su una sedia, mezzo addormentato e con i pantaloni bagnati dalla cintola in giù, con sua moglie che piangeva e si scusava con quei carabinieri. Ma perché lo faceva? Cosa aveva fatto lei? Forse erano loro che l'avevano ridotto in quel modo. Ma Mallena era troppo piccola per capire. Quando quell'uomo era morto, aveva iniziato a passare ore a consolarsi con la madre che fino a quel momento aveva taciuto del vizio di suo marito, anche se forse la bambina aveva capito, ma non glielo aveva mai detto. Ora lui non c'era più, e il parlarne non avrebbe più fatto male a nessuno, se non alla memoria. Provava vergogna, ma aveva capito che in realtà il problema non erano mai stati i carabinieri. Il problema era stato suo padre.

"Va bene, signor Palmiro".

Cardia aveva davanti a sé delle persone che non conosceva troppo bene e doveva capire al più presto se qualcuno di loro non fosse stato del tutto sincero.

Seduti su delle piccole sedie, in fondo alla stanza, c'erano Mimminu con Margherita, Santinu e Simone, e poco più in là in piedi, Illu. Stavano immobili, con lo sguardo perso nel vuoto. Quando i grandi parlano, i bambini devono stare in silenzio.

"Signor Cappai, la moglie e i figlioli dove sono?"

"Signor maresciallo, i miei figli Pietro e Filippo, *cussus mannus*[59], sono al pascolo, seguono un gregge lontano da qui, oltre le montagne, a nord. Rientreranno quando le capre avranno stufato quell'erba. Mia moglie, invece, non stava tanto bene ed è

---

[59] *Quelli grandi.*

rimasta in casa".

Il carabiniere si fece andar bene quella versione, avrebbe potuto controllare in un secondo momento se veramente i due figli maggiori non si trovassero in zona.

"Va bene, va bene. Ora chiedo anche a voi. Avete visto Greca, ultimamente? Sapete se vostra moglie possa avere sue notizie?"

Ormai poneva quelle domande sapendo che la risposta sarebbe stata uguale per tutti. Era quasi scontato che in tempo di vacanze dalla scuola, i bambini non andassero a far visita alle persone in casa loro, se non per cercare i figli più piccoli per giocarci assieme.

"Maresciallo, come forse saprete, io ho un gregge da seguire quando mio figlio non può farlo al posto mio, e io sono quasi sempre in giro. Oggi siete stato fortunato a trovarci entrambi in casa. Come vi ho già detto, mia moglie non sta bene e ha voluto che rimanessi con lei. Infatti stavo per mandare Illu a pascolare, prima che arrivasse don Mondinu a chiamarci. Ieri notte ho suonato alla festa e sì, mi è parso di vedere la ragazzina, ma c'era molta gente e confusione. Mi dispiace non potervi aiutare".

Stallo... pensò Costa, *siamo in una situazione di stallo. Nessuno ha visto nulla e potrebbe anche essere. Qui la gente si fa gli affari propri anche se, ci scommetto, tutti sarebbero pronti a buttarsi nel fiume d'inverno per salvare il figlio dell'altro, ma questa volta non è stato così. Forse Greca, se dovesse essere uscita e andata chissà dove, non è passata nelle loro vicinanze. E se anche ci fosse stata, non l'hanno vista. Come tutti gli altri, del resto. Sempre che non abbia incontrato qualcuno...*

Cardia, osservando l'espressione di Costa, sembrò leggere i pensieri del collega e sedendosi, accese la vecchia pipa.

"Signori, le ricerche iniziano da voi. Se riusciamo a trovare anche solo un particolare che ci faccia costruire un qualcosa sul quale iniziare le indagini, potremmo essere fortunati e riuscire a capire dove trovare la ragazzina".

Ci fu un brusio nella stanza, tutti annuirono, ma nessuno si fece avanti per aggiungere qualcosa a quanto già non si sapesse.

Senza alcun dubbio, se lo aspettava. Erano anni che faceva quel tipo di interrogatori e spesso il risultato era stato tale e quale a ciò che stava succedendo in quel momento.

Rimanevano da ascoltare i più piccoli. Avrebbero saputo qualcosa? Sicuramente sì. In quella piccolissima comunità composta dalle loro quattro famiglie, era impossibile che non si fossero incontrati. I bambini vanno a giocare con i bambini, non cercano la compagnia dei grandi, se non quella dei propri genitori.

"Allora, Giuliano, *Illu*, ti chiamano così vero? Ci sei anche tu a cui fare qualche domanda. Cosa mi dici?"

Il ragazzino sembrò svegliarsi solo in quel momento, ma in realtà aveva seguito quei discorsi con attenzione e non si fece ripetere la domanda, rispondendo a tono, senza alcun timore.

"Io a Greca l'ho vista un po' di tempo fa. Eravamo tutti assieme, stavamo nel fienile del signor Sanna. Poi a un certo punto ci siamo stancati di stare seduti a far nulla e abbiamo deciso di fare una passeggiata nel campo su per la collina".

"Chi c'era con te?"

"Ita seis andaus a fai a pitzus de cussu montixeddu?"[60] interruppe bruscamente Cappai facendo un passo avanti in direzione del figlio.

Il viso duro e ossuto, solcato da rughe scure, si allungava verso il ragazzino in attesa di una risposta che avrebbe dovuto essere la più convincente possibile.

Cardia lo guardò torvo, non sopportava essere interrotto durante gli interrogatori, ma ciò non impedì a Cappai di avanzare e ripetere la domanda che ancora non aveva avuto replica.

"T'apu domandau ita ses andau a fai a pitzus de su montixeddu!"[61]

---

60 *Cosa siete andati a fare su per la collina?*

61 *Ti ho chiesto cosa sei andato a fare sulla collina!*

L'uomo portò la mano sulla fibbia della cintura che con un unico movimento aveva liberato dai passanti dei calzoni.

"Signor Cappai! La invito caldamente a fare un passo indietro e a mantenere la calma!"

Con il braccio teso e la mano aperta in direzione dell'uomo, il maresciallo sembrava volesse far da scudo alle sue minacce. Anche Costa che fino a quel momento era rimasto in silenzio e in disparte come osservatore si fece avanti e si piazzò davanti al ragazzino.

"Siamo andati a giocare... stavamo solo giocando..."

Non si aspettava una simile reazione dal padre. Almeno non davanti a tutti.

Restò per qualche istante in silenzio distribuendo gli sguardi tra Mimminu, il padre, Efisio e il maresciallo. Quest'ultimo replicò al suo con un altro di maggiore intensità che significava attesa di una risposta. Era stata una semplice innocente confessione quella, ma non poteva immaginare che anche gli altri genitori si sarebbero comportati allo stesso modo. Un brusio improvviso si accese nella stanza, fino a poco prima immersa nel silenzio. Gli sguardi degli adulti andarono sugli occhi dei bambini, che iniziavano a rendersi conto solo in quel momento di cosa stesse accadendo, ma i grandi volevano sapere, dovevano sapere il motivo per il quale avevano disubbidito ai loro ordini. Volevano sapere perché erano andati dove non potevano andare.

"Continua pure, Illu. E voi, fate silenzio e tornate al vostro posto". Aveva parlato con Cappai, ma l'ordine era rivolto a tutti, nella stanza.

"C'eravamo io, Greca, Margherita, Santinu e Lucianu".

Poi, indicando in direzione di Mimminu, continuò a parlare.

"Quei due invece sono rimasti nel fienile".

Lo disse con un tono canzonatorio, come se fosse stato un dispetto nei suoi confronti non andare con loro.

Efisio era rimasto immobile alle parole del ragazzino. In un primo momento aveva pensato che avrebbe punito suo figlio e sì, che se lo sarebbe ricordato per sempre, quel castigo. Ma quando sentì che lui non c'entrava nulla, con quella uscita sulla collina, si tranquillizzò un poco. E a dire la verità, provò un senso di vergogna per aver pensato male di Mimminu.

Cardia si rivolse allora a Simone.

"E perché voi due siete rimasti dentro?"

Il bambino iniziò a balbettare, ma Mimminu intervenne in suo aiuto.

"Aveva una spina nel piede e gli faceva male camminare!" esclamò all'improvviso. Sollevando di colpo il viso fissò lo sguardo del carabiniere come se dovesse giustificarsi per quella risposta gridata in quel modo. Neppure lui si era reso conto della forza che aveva messo in quella frase.

"Io sono rimasto con lui ad aiutarlo a trovare quella spina e toglierla", aggiunse subito dopo con tono sommesso, abbassando gli occhi dal viso del maresciallo.

Come la voce dei parrocchiani di don Mondinu durante la confessione, ora la voce di Mimminu era bassa e quasi non si sentiva. Il ragazzino guardò prima Simone poi Elena come per avere un'approvazione per quello che aveva fatto, poi riportò lo sguardo sugli scarponcini sporchi di fango.

Cardia, continuando a osservare Mimminu, interpellò nuovamente il figlio di Cappai.

"E dopo questa passeggiata non l'hai più vista? Cosa avete fatto?"

Ci riprovò, ma senza aspettarsi granché.

"Nulla, signor maresciallo. Efisio ha chiamato Greca e Mimminu per la cena e anche noi... ehm... siamo rientrati in casa".

Sorpreso da quella risposta, Mimminu si guardò intorno, cercando gli occhi degli altri bambini, che sembravano aver capito il gesto di Illu.

Meno male, pensò.

Intanto, Cappai aveva riacquistato la calma e si era risistemato la cintola nei pantaloni, sotto l'attento controllo di Costa, che non l'aveva perso di vista un istante. Scuotendo leggermente il capo, Cardia già immaginava cosa sarebbe accaduto a quei bambini al loro rientro a casa. Forse sarebbero stati *accarezzati* dalle cinghie del padre o nel migliore dei casi sarebbero stati ammoniti a non farlo mai più. Aspirò una lunga boccata dalla pipa e del fumo azzurrognolo riempì la stanza di una densa nebbia profumata di tabacco.

"Signori, arrivati a questo punto, non posso fare altro che chiedere ancora il vostro aiuto. Dobbiamo iniziare le ricerche. Tutti voi conoscerete delle altre persone in paese, che possano aiutarci a ritrovare la bambina. Vi chiedo di cercare dei volontari che vogliano unirsi a noi. Don Mondinu, lei potrà farlo quando celebrerà la prossima messa. Costa, anche voi, prendete il mezzo e tornate in caserma. Informate il comando dell'accaduto e fatevi mandare quanti più uomini possibile, in modo che possano dirigere i gruppi di volontari durante le operazioni di ricerca, poi tornate qui subito. È tutto, ora andate. E fate presto!"

Poi si rivolse a Elena.

"Se non vi dispiace, io rimango qui. Ho alcune cose da sbrigare".

Tutti uscirono e si incamminarono alle loro abitazioni accompagnati alla porta da Efisio e il maresciallo rimase con i Sanna nella casa vuota.

"Sarebbe veramente un piacere per noi, se si fermasse qui per il pranzo".

Quelle parole più che un invito vero e proprio da parte di Elena erano state una richiesta di aiuto, la richiesta di una compagnia che potesse essere rassicurante per lei e suo marito.

"Vi ringrazio signora, e accetto volentieri. Ora però, se me lo permettete, ho bisogno di vedere la stanza dei bambini, giusto qualche minuto".

Efisio fece strada, e quando furono davanti alla porta, la spalancò con un braccio.

"Ecco, è questa".

"Grazie. Ora, per cortesia, vorrei rimanere solo".

Marito e moglie si guardarono. Entrambi avevano capito che in realtà quello era un ordine. Quindi, in silenzio, uscirono e lo lasciarono da solo.

In quel momento era iniziato per Cardia un percorso cognitivo, percorso che affrontava ogni qualvolta dovesse cercare di trovare degli indizi che potessero aiutarlo a farlo avvicinare alla verità. La camera era ordinata e notò subito il particolare dei due letti dei bambini. Quello che doveva essere di Mimminu era infatti ancora in disordine, mentre il letto di Greca era praticamente intatto. Ciò confermava la principale ipotesi, secondo la quale la bambina potesse non avere dormito nella sua stanza quella notte.

Di fianco ai letti, un'ampia finestra seminascosta dalla grossa tenda era socchiusa.

Si avvicinò all'infisso in legno e scostò leggermente il telo che pendeva dal soffitto. Con una mano spalancò le ante e si sporse all'esterno. Il salto fino a terra non era troppo alto, settanta, forse ottanta centimetri, non di più. Osservò con attenzione il davanzale, una lastra ruvida e fredda. Un vaso di fiori era appoggiato su di esso, e sembrava non gli importasse nulla del mondo attorno a sé.

Tornò dentro col busto e si mise a guardarsi attorno.

"Avanti. Dimmi qualcosa..." mormorò.

Sulla parete di fronte c'era un grosso armadio di legno scuro, con le quattro ante lisce chiuse. Di fianco al mobile, un piccolo scrittoio e una sedia. Dal soffitto pendeva un filo elettrico a cui era attaccata una lampadina, spenta. Tornò a guardare dalla parte dei due letti e notò che sulla parete sopra di essi era appeso un rosario, con al centro un'immagine sacra. Gli tornò allora in mente l'esplosione d'ira di poco prima da parte di Efisio. Stava per uscire dalla stanza quando con la coda dell'occhio vide una piccola valigia che sporgeva sotto uno dei due letti. Si inchinò leggermente e in quel momento dei leggeri colpi alla porta lo fecero voltare.

"Il pranzo è pronto", disse Elena quasi sottovoce.

Cardia la invitò a entrare nella stanza, e le chiese cosa contenesse quella valigia.

"Ah... questa..."

La prese da terra e, accomodandosi, se la poggiò sulle ginocchia.

"Questa è la sua casa delle bambole".

Gli occhi le si velarono di lacrime ma riuscì a controllarsi e, con un gesto delicato la aprì. All'interno ce n'erano una decina di diversi colori, tutte costruite con dei pezzi di stoffa e tenute assieme con dei cordoncini.

"Sono le sue amiche del cuore".

Si strofinò gli occhi, poi guardò Cardia.

"Ritrovatemela, vi prego".

"Faremo il possibile, signora. Ve lo prometto".

La donna richiuse la valigia e la rimise al suo posto.

"Grazie, signor maresciallo. Grazie".

Dopo un pranzo frugale, con Elena che aveva fatto di tutto per mettere a proprio agio l'ospite, Efisio, che fino a quel momento era rimasto in silenzio, preparò dell'altro caffè.

Occupato da parte sua a ricaricare la pipa, Cardia colse il momento per chiedergli cosa pensasse della reazione avuta da Cappai poco prima.

L'uomo, chino sul lavandino, si fermò per un istante, senza voltarsi.

Lo scroscio dell'acqua era l'unico rumore che in quel momento riempiva la cucina. Si asciugò le mani per bene e gli rispose. I suoi occhi però guardarono Elena, che distolse immediatamente lo sguardo, concentrando l'attenzione sulle briciole di pane che reggeva tra le dita.

"Perché nei campi ci sono tanti pericoli e i ragazzi devono imparare a non disobbedire". Fu secco in quella risposta e Cardia parve condividere, anche se forse lui avrebbe scelto un metodo meno violento per educare i propri figli. Figli che non aveva, perché non si era mai sposato e semplicemente non c'era mai stata l'occasione di iniziare una relazione, né tantomeno di pensare a una famiglia. La sua famiglia erano i colleghi, il suo lavoro, il suo tempo.

Mimminu stava aiutando il padre a versare del caffè, quando bussarono alla porta. Era Costa, rientrato dal paese.

Lo fecero accomodare al tavolo con loro e si premurarono di chiedergli se avesse pranzato. Il giovane rispose che era a posto così e che anzi, un poco di caffè l'avrebbe gradito. Poi, si rivolse in modo ufficiale al suo superiore.

"Maresciallo, ho informato il comando della situazione. Dovrebbero riuscire ad inviarci ben quattro uomini al massimo entro domattina".

"Bene, Costa, molto bene. Ora bevete il vostro caffè, che freddo non è buono".

CAPITOLO 16
DON MONDINU

La mattinata volgeva ormai al termine, e le ombre degli alberi ricadevano dritte al suolo. Il calore che proveniva dallo sterrato ancora umido era insopportabile, ma don Mondinu correva sulla sua bicicletta senza pensare al caldo né alla stanchezza, mentre cercava di evitare le buche d'acqua fangose che gli schizzavano l'abito. La strada accidentata che portava al paese rendeva difficile pedalare veloce, ma non era quello il momento per lamentarsi. Attraversò il paese e le sue strade strette con l'unico pensiero di arrivare prima possibile in chiesa per mettere in atto ciò che aveva in mente. Lasciata la bicicletta fuori dal portone della canonica, si diresse a passo svelto verso la piccola porta che conduceva alla base del campanile. Fatte le scale, prese fiato e con tutte le forze che aveva ancora in corpo iniziò a tirare le corde che muovevano le due campane. All'inizio non successe nulla, ma dopo quattro forti scosse il batacchio di quella più grande colpì il bronzo con un suono forte e netto. E dopo il primo venne il secondo e poi il terzo rintocco. Soddisfatto ma già esausto, il prete lasciò andare le corde, sapendo che avrebbero continuato a suonare da sole ancora per un po'. Probabilmente la voce della scomparsa della bambina era già circolata in paese, e don Mondinu sapeva che quel violento scampanio in un orario non consueto avrebbe attirato molte persone. Prese posto in una delle panche dietro l'altare e attese. Da quando era partito dalla casa dei Sanna non aveva smesso per un solo minuto di chiedersi cosa fosse successo a Greca.

"La provvidenza divina ci aiuterà tutti", mormorò, alzando gli occhi al cielo.

In cuor suo, però, forse per la prima volta, quelle parole che aveva sussurrato non l'avevano aiutato a stare meglio.

Nel giro di pochi minuti, come aveva previsto, la chiesa aveva iniziato ad animarsi e a poco a poco si erano radunate diverse decine di persone. Un vociare crescente risvegliò il prete dai suoi pensieri e, levatosi in piedi, chiese ai fedeli di accomodarsi. Il silenzio fu immediato e don Mondinu li ringraziò.

"Benvenuti. Molti di voi già sapranno cosa è successo questa notte a casa dei nostri compaesani, i signori Sanna. Sembra che la loro piccola Greca, questa notte, sia scomparsa".

Il brusio che poco prima aveva lasciato in silenzio la chiesa tornò in un momento, più forte e ingombrante. Dalle panche provennero sospiri di compassione, alcune delle donne accorse si inginocchiarono a pregare, altre si domandarono chi fossero i Sanna.

"Fratelli. Chiedo a tutti voi di aiutare me e il nostro rappresentante della legge, il maresciallo Cardia con i suoi colleghi. Chi avrà la buona volontà di aiutarci unendosi a noi nelle ricerche della bambina? Più siamo, meglio potremo organizzarci. Faccio un appello a voi tutti, nel nome del Signore, dateci una mano".

A quelle parole, alcuni degli uomini che sostavano in piedi in fondo alla navata si avvicinarono a passo deciso verso l'altare, facendo capire a don Mondinu che erano pronti.

"Grazie ragazzi. Ora andiamo dai Sanna".

CAPITOLO 17
PRIMO GIORNO DI RICERCHE, POMERIGGIO

Erano passate solo poche ore da quando Cardia aveva chiesto aiuto in centrale e agli uomini del paese tramite don Mondinu. Lui e Costa erano già a casa dei Sanna quando iniziarono ad arrivare i primi volontari per le ricerche. Con il prete in prima fila, giungevano con i mezzi che avevano a disposizione, chi in bicicletta, chi a piedi, chi a cavallo. Alcune donne portavano con loro dei cestini colmi di cibo, usanza che si ripeteva ogni volta che qualche famiglia sfortunata era colpita da una disgrazia. Loro avevano già pensato a tutto, in modo che Elena non avesse di che preoccuparsi per la cena e per i pranzi dei giorni seguenti.

Efisio e la moglie accoglievano le persone nell'aia antistante la casa con calorosi ringraziamenti. Alcuni di essi gli erano pressoché sconosciuti, perché il territorio abitato circostante stava crescendo velocemente e le occasioni di incontro e socializzazione erano poche. Lo stesso Cardia rimase stupito nel vedere quanta gente avesse risposto al loro appello.

Questa è veramente la terra in cui voglio vivere, pensò, *calda abbastanza da scaldarti il cuore durante l'inverno e generosa con gli estranei.*

A Costa, che stava di fianco a lui, non sfuggì un luccichio negli occhi del maresciallo. Ciò non fece che accrescere la stima che provava nei suoi confronti. Era lì da poco più di due mesi e già si sentiva parte di quella comunità, già aveva capito come fare ad accarezzare il profumo del vento che soffiava tra gli alberi di ginestra e conservarlo tra le dita il più a lungo possibile. L'attenzione dei due carabinieri fu attratta da un nuovo rumore che proveniva da dietro la curva e che cresceva velocemente di intensità.

"Sono gli uomini del comando, maresciallo!"

"Buon per noi. Non potevano arrivare in un momento migliore. Ma ora guardate cosa avete davanti ai vostri occhi, Costa", gli disse, indicando la piccola folla che si stava radunando davanti a loro.

Il giovane carabiniere lo osservò in modo interrogativo, ma fece come gli aveva detto il suo superiore. Poi capì cosa aveva voluto dire.

"Provate a contarli. Sono tanti, vero? Molti di loro non si conoscono neppure, ma guardate bene. Guardate i loro volti, le loro espressioni. Sono venuti qui da sconosciuti per aiutare degli sconosciuti. Questo è il calore di questa terra. Quelle donne là in fondo, forse non parteciperanno alle ricerche, ma sono qui comunque. Sono tutti qui per dare il loro contributo. Ciascuno di essi conterà qualcosa, in questa vicenda, chi più chi meno, ma tutti avranno un ruolo. Così è la nostra terra, Costa. Benvenuto tra noi".

In quell'esatto momento la giovane divisa pensò che se mai avesse potuto scegliere una futura destinazione di servizio, allora quei luoghi, quel verde, quel profumo di pioggia d'estate sarebbero diventati di certo i *suoi luoghi*.

Due motociclette si fecero largo tra la folla fermandosi davanti a Cardia. Erano due sidecar, con quattro carabinieri a bordo, che smontarono schierandosi di fronte a lui sull'attenti, in attesa di ordini. Il maresciallo diede loro il riposo e li fece affiancare a Costa.

Le persone che attendevano nel cortile sembrarono capire che non sarebbe più arrivato nessuno e rimasero in silenzio, in attesa.

"La notte scorsa, la figlia della signora Elena e del signor Efisio, per qualche ragione che ancora non conosciamo, è scomparsa. Ho intenzione di formare sei gruppi per affrontare le ricerche della bambina. I miei quattro colleghi, Costa e io, ne saremo a capo. Voglio battere i campi a partire da qui in linea retta fino alla strada che taglia in due la proprietà del signor Sanna".

Alcuni dei presenti si voltarono a guardare nella direzione che aveva indicato il maresciallo per assicurarsi di aver capito bene.

"Al tramonto, sentitevi liberi di rientrare alle vostre case. Chi vorrà tornare domattina ci troverà qui".

Nessuno si era tirato indietro. Tra loro, persone di tutti i tipi. C'era il macellaio che per l'occasione avrebbe lasciato qualche giorno di vita in più a un paio di capre, il panettiere che dopo la notte ai forni avrebbe rinunciato al suo prezioso riposo per tornare a dare il suo contributo alle ricerche, padri e madri di famiglia, giovani che avrebbero scambiato qualche giorno di vacanza con un'esperienza diversa. Tra loro anche il giovane che tutti chiamavano Ossubalossu, il ragazzo che era nato con qualche chilo in meno del normale e che di normale, nella sua testa semplice, aveva ben poco. Gironzolava qua e là, sorridente in cerca di qualcosa che non aveva capito bene, li avevano chiamati "gruppi" ma non sapeva cosa fossero né dove trovarli. Fu uno degli uomini di Cardia a chiamarlo a sé per completare la sua squadra.

Le persone iniziarono a muoversi ma il maresciallo sembrò ricordarsi di avere ancora qualcosa da dire.

"Un'ultima cosa. Penso di parlare anche a nome dei signori Sanna, quando vi ringrazio per la vostra disponibilità. Sono convinto che grazie a tutti voi queste ricerche potranno essere molto più accurate e veloci. Ma ora mettiamoci a lavoro. Ricordate: tutti i dettagli sono importanti. Ogni cespuglio, ogni albero o pietra lungo il vostro percorso. Se la bambina è qui intorno la dobbiamo trovare".

Un nutrito gruppo di volontari, guidato da Cardia, aveva formato una catena umana che dal cortile di Efisio si allungava verso il fianco della collina. Costa era partito dal fianco opposto verso la casa di Cappai. Gli altri carabinieri si accingevano ad affrontare la salita frontalmente. I passi erano lenti e gli scarponi appesantiti dal fango, ma i bastoni scostavano spighe, rivoltavano zolle e sassi. Ogni impronta o presunta tale non doveva essere trascurata. Ordini del maresciallo.

Buona parte di quella zona era già stata falciata e ciò che rimaneva dei pochi covoni risparmiati dalla violenta pioggia della notte, si teneva in piedi a stento come vecchie capanne. I gambi alti e robusti, la spiga colma, erano le caratteristiche del grano che da anni la famiglia Sanna coltivava, ed era particolarmente adatto, proprio grazie alla sua altezza, a essere mietuto con la falce. Di tanto in tanto gli uomini incrociavano le spigolatrici che avevano il permesso di Efisio di raccogliere ciò che veniva tralasciato dalla mietitura. Chine sul terreno raccoglievano quei preziosissimi chicchi dentro le pieghe dei lunghi grembiuli. Non avrebbero impoverito nessuno, ma per loro, quel suo gesto di generosità avrebbe significato qualche *civraxiu* in più da condividere con le proprie famiglie.

Una brezza fresca e tesa si era levata da sud quando ormai il sole aveva iniziato a nascondersi dietro le colline. Gli steli rimasti seguivano le correnti d'aria scuotendosi di dosso il caldo accumulato durante il giorno. Della pioggia della notte rimanevano ancora delle tracce, qualche piccola pozzanghera solitaria e accumuli di rami spezzati e foglie.

Quasi tutte le persone impegnate nelle ricerche iniziate il pomeriggio avevano seguito gli ordini di Cardia, rientrando a casa una volta arrivati alla strada che tagliava i campi.

Erano rimasti lui, Costa e i loro quattro colleghi, don Mondinu e Pramèriu con Luisu e Efisio, che non aveva nessuna intenzione di abbandonare le ricerche, ma prima che potesse ricominciare a battere il campo oltre la strada, Cardia lo fermò.

"Signor Sanna, finora non abbiamo trovato nessuna traccia di Greca e capisco perfettamente che non vogliate smettere di cercarla, ma guardate la luce. Tra poco sarà buio e sarà difficile riuscire a vedere qualcosa".

L'uomo realizzò solo in quel momento che l'imbrunire stava arrivando e suo malgrado acconsentì a interrompere le ricerche.

"Va bene. Abbiamo ancora un poco di tempo. Maresciallo, permettetemi di invitare voi e i vostri colleghi a rinfrescarvi da me. Don Mondinu, ci fate compagnia anche voi?"

"Va bene, Efisio. Ma solo acqua. Siamo ancora in servizio", il prete rispose con un leggero inchino della testa e si unì al gruppo.

I carabinieri si rifocillarono senza fare troppo rumore e tenendo la voce bassa. In cerchio si scambiavano impressioni sulla giornata appena trascorsa e le intenzioni per quella che sarebbe arrivata. Nel frattempo sul tavolo della cucina Costa aveva steso una mappa del territorio circostante sulla quale organizzava gli itinerari per le ricerche del giorno dopo.

Cardia, in disparte con Luisu e Efisio, gli spiegava quali fossero i rischi, evitando di dire che le ricerche avrebbero potuto portare a nulla, e cercando comunque di prepararlo a scenari più gravi. Ma lui non era uno stupido e in cuor suo quel terribile pensiero esisteva già, nonostante cercasse di non pensarci.

Il maresciallo estrasse l'orologio dalla tasca interna della giacca.

"Signori, si è fatto tardi. Credo sia ora di togliere il disturbo. Lasciamo questa famiglia al loro riposo, ci rivedremo domani, sarà un'altra giornata faticosa".

Salutò l'uomo con una forte stretta di mano, poggiandogli l'altra sulla spalla, "Faremo il possibile per ritrovarla".

Per un attimo aveva abbandonato la divisa ed era entrato nei panni del Cardia uomo, per dare maggior peso e umanità al supporto che gli stava offrendo.

Quando poi congedò tutti i presenti, con un cenno rivolto al giovane collega si fece seguire sulla via del ritorno. Efisio aveva risposto al carabiniere con altrettanto vigore, ma non aveva proferito parola. Ora, con lo sguardo assente, dal centro del cortile accompagnava con gli occhi gli ultimi uomini che si allontanavano.

Il tramonto aveva ormai nascosto il sole oltre le montagne e la sera non avrebbe tardato ad avvolgere tutto. Completamente solo in mezzo all'aia, l'uomo guardò lontano, fece qualche passo lento, stanco, fino a pochi metri dall'inizio dei suoi campi, poi si fermò. Fissava un punto indefinito davanti a lui.

Scrutava il più distante possibile, ogni albero, ogni cespuglio che riusciva a intravedere nel buio che ormai spegneva il riflesso dorato del grano. Rimase così per lunghi minuti, in piedi e in silenzio, con la mano destra dietro la schiena e il pollice della mano sinistra infilato nella manica del corpetto.

Lo scricchiolio della porta lo risvegliò dai suoi pensieri. Elena era uscita, lasciandosi alle spalle l'uscio socchiuso e fermandosi in mezzo alla veranda.

"Efis! Efis! Intrai a domu!"[62]

Rimase ancora per qualche istante immobile, poi riuscì a voltarsi. La moglie era lì, ferma in piedi con le braccia incrociate al petto, il leggero scialle nero con le frange ricamate le proteggeva le spalle dall'umidità della sera. Non dissero nulla, i loro occhi stanchi parlavano per loro. La raggiunse e il rumore del pesante chiavistello chiuse fuori quella lunga giornata.

---

62 *Efisio! Efisio! Entrate in casa!*

CAPITOLO 18
COSTA

Durante il viaggio di ritorno in caserma, i due carabinieri rimasero in silenzio, assorti nei propri pensieri. La prima giornata di ricerche non aveva portato a nulla, se non constatare come la gente del paese avesse risposto in modo positivo alla richiesta di aiuto di un loro compaesano. Era un buon segno, probabilmente molte di quelle stesse persone avrebbero continuato a cercare la bambina anche fuori dalle ronde organizzate dal comando. Quella sera avevano già perlustrato buona parte dei campi di grano che si stendevano davanti alla casa di Efisio. L'indomani avrebbero continuato oltre, fino alla strada che portava alla città. Cardia aveva chiesto e ottenuto carta bianca su come condurre indagini e ricerche e stava già pianificando le operazioni per il giorno successivo. Il territorio che stava subito dietro le case dei Sanna e dei suoi vicini era per la maggior parte incolto e selvaggio, con un boschetto a ridosso delle vigne, quindi avrebbe assegnato quella zona ad almeno due gruppi di volontari.

Alla memoria del maresciallo tornavano i momenti e le sensazioni che aveva provato quando era in cerca di Tanino Angius. Anche allora aveva avuto a disposizione uomini, mezzi e il benestare da parte del comando per quanto riguardava l'organizzazione delle ricerche. A quel tempo, però un uomo, un fuorilegge, faceva di tutto per nascondersi e non lasciare in giro tracce di sé. Questa volta era diverso. Questa volta stavano cercando una bambina, che probabilmente si era persa nelle campagne attorno alla sua casa. Forse l'acquazzone della notte prima l'aveva sorpresa e lei aveva cercato riparo da qualche parte. Ma ora dov'era? Perché non era rientrata a casa?

Costa guardava il nulla. Il pensiero di quella scomparsa non gli dava tregua. Finora tutto gli era sembrato fin troppo facile, dopo la scuola militare. Qualche rapporto da stendere, due arresti per ubriachezza molesta, nulla di troppo impegnativo. Ma ora le cose si facevano complicate. Era sparita una bambina e le indagini preliminari non avevano portato a nulla. Cosa poteva esserle successo? Nessuno ne aveva parlato fino a quel momento, nessuno aveva ancora prospettato alcuna ipotesi, ma bisognava mettere in conto che la piccola avesse avuto qualche brutto incidente la notte passata, o peggio forse, poteva essere stata rapita da qualcuno.

C'era stato l'incidente con quel Tore, la sera prima, ma non era sicuro che quell'individuo arrivasse a tanto. Come poteva aver rapito una bambina? Anche se effettivamente, il padre l'aveva schiaffeggiato e lasciato a terra nella polvere davanti a diverse persone, lì davanti. Possibile che si fosse voluto vendicare di quell'affronto? Ma prendersela con un'innocente? Su questa eventualità, ne era sicuro, ci aveva riflettuto anche il maresciallo, e ovviamente nessuno dei due ne aveva parlato con i Sanna. D'altra parte era impossibile che anche loro non l'avessero sospettato.

Quando arrivarono in ufficio, Cardia gli chiese di mettere su carta quella giornata di ricerche.

"Cosa ne pensate?"

Il giovane carabiniere ci rimuginò su per qualche secondo, ma ciò che aveva da dire non era più di quanto il maresciallo già non sapesse.

"Sono sicuro che anche a voi è tornato in mente quel Tore dell'altra notte. Mi dispiace dirlo, ma potrebbe essere un'eventualità anche questa. Avrà voluto vendicarsi? Forse è solo un avvertimento per Efisio, e domani rivedremo Greca sana e salva davanti alla porta... Ma se non fosse così? Se quell'uomo avesse voluto fargliela pagare?"

"Costa, le vostre parole sono come rasoi per le mie orecchie. E la cosa che mi dispiace di più è che avete perfettamente ragione. Quell'uomo è un avanzo di galera e potrebbe essere in grado di fare qualcosa del genere. Dobbiamo trovarlo al più presto".

"Ci posso pensare io. Contatterò il comando, nel caso non dovessimo rintracciarlo qui in paese. Stabilito questo, mi avete chiesto cosa ne penso. Dunque. Escludendo l'episodio di ieri sera, se seguiamo l'ipotesi dell'allontanamento volontario, siamo davanti alla scomparsa di una bambina. Una bambina che è uscita di casa senza dire nulla a nessuno e soprattutto senza che nessuno se ne accorgesse. Neanche i suoi familiari. E questa è una cosa che mi sembra molto strana".

"Andate avanti".

"La prima domanda è perché. Perché Greca Sanna è uscita di casa stanotte? Abbiamo già escluso l'ipotesi che qualcuno l'abbia portata via contro il suo volere".

"Sì. Il fratello che dormiva nella sua stessa stanza avrebbe sentito i rumori e si sarebbe svegliato. E non dimentichiamo che la stanza di Efisio è proprio di fianco a quella dei bambini".

"Esatto. Anche loro probabilmente avrebbero sentito dei rumori. Allora possiamo desumere che si sia allontanata volontariamente. Perché? Questa è la vera domanda".

"Me lo domando anche io. Va bene, Costa. Ora tornate al vostro rapporto. Io vado a riposare".

Cardia lo salutò con una pacca sulla spalla e si ritirò.

Rimasto solo nell'ufficio, il giovane carabiniere sistemò la macchina per scrivere e impostò il foglio con i margini stretti. Di fianco, il timbro del comando e la carta carbone. Iniziò con i nomi dei partecipanti all'interrogatorio del primo pomeriggio, quando dai Sanna erano arrivati anche i suoi vicini di casa. Tra tutte le persone che aveva visto, non conosceva ancora quasi nessuno, fatto salvo per alcuni dei volontari che si erano presentati per le ricerche e per Luisu Vacca, che aveva incontrato appena preso servizio in paese. Era lui, infatti, che quel giorno era andato in caserma per sporgere denuncia contro Carmine Mameli, ritenendolo l'autore del furto di alcuni dei suoi agnelli, e lui stesso aveva steso il verbale.

Ora che aveva il foglio davanti e le parole del rapporto riempivano di nero la pagina, la strana sensazione che gli sfuggisse qualcosa diventava sempre più opprimente. Il suo istinto grattava forte alla porta della sua memoria, sembrava volergli dire qualcosa. Però nella testa di Costa c'era sempre solo la stessa domanda. Perché Greca se n'è andata da casa? Poi, d'improvviso, quella porta si socchiuse e si ricordò di cosa aveva visto quel pomeriggio a casa dei Sanna. Rivedeva la scena in modo nitido e chiaro, come se fosse stato nuovamente in quella stanza. Quando Cardia aveva chiesto a Mimminu se avesse qualcosa da dirgli, lui non aveva risposto… aveva risposto Elena. E dopo che Efisio aveva lanciato il bicchiere sul muro, aveva visto chiaramente che il bambino aveva alzato la testa per parlare. Cosa aveva da dire? Cosa non aveva detto e perché non l'aveva detto?

Ripercorreva quella immagine nella sua mente, più e più volte guardava l'espressione di Mimminu che si sollevava dal grembo della madre per poi nascondersi nuovamente. In due occasioni l'aveva fatto, quasi a voler per primo dare una risposta alla domanda di Cardia. Eppure non ci era mai riuscito.

Costa fissava il vuoto. La M20 sulla scrivania di rovere era illuminata dalla lampada con il paralume verde smeraldo e le rifiniture in ottone. Ora quei tasti lucidi aspettavano di essere battuti dalle sue dita, per imprimere sul foglio il risultato di quei pensieri. Ma i pensieri non si formavano, continuavano a volteggiare senza meta attorno a quel gesto che adesso vedeva e rivedeva davanti ai suoi occhi, da qualche parte lì nel buio, ancora e ancora.

Non ha risposto. Alla prima domanda di Cardia quel ragazzino si solleva ma non risponde, forse l'ha spaventato il padre o forse il maresciallo l'ha intimidito. Sì, può essere che un ragazzino si blocchi davanti a una divisa... e poi? La madre ha risposto per lui senza aggiungere niente di nuovo. Eppure quella faccia, sembrava voler dire il contrario.

E poi... poi c'è quel Tore.

Il buio avvolgeva velocemente tutto l'ufficio, le pareti già in ombra non aiutavano la luce residua a difendere il suo spazio. Un unico, lieve riflesso sul vetro del ritratto del Papa, che stava di fianco al calendario storico dei Carabinieri. Ornato da un cordino amaranto e rigato da una filatura nera, questa si spaiava in decine di fili sottili subito sotto il nodo. Gli occhi fissi del giovane sembravano non rendersi più conto della differenza tra luce e oscurità. Guardavano lontano, altrove.

Adesso vedeva Giuliano Cappai mentre si prendeva gioco di quei due rimasti ad aspettarli nel fienile. In quell'occasione il ragazzino aveva risposto deciso, sbottando alla sua provocazione. La scusa della spina nel piede dell'amichetto non sembrava troppo convincente. Tutti gli altri escono per una passeggiata, tranne loro. Ma perché? Giuliano li aveva presi di mira per questo e doveva essere per qualcosa che lo rendeva forte agli occhi degli altri. *Un gioco pericoloso,* pensò Costa. Un gioco che tra l'altro aveva rischiato di costare parecchio al giovane galletto, vista la reazione del padre. Forse Mimminu rispondendo così pensava di non provocare in Efisio la stessa reazione che aveva avuto Toninu Cappai, ma se non aveva fatto nulla, cosa doveva temere? Per cosa si stava giustificando?

Dopo infiniti minuti Costa sbatté nuovamente le ciglia tornando nel suo ufficio, il foglio infilato nel rullo della M20. Non aveva trovato risposte alle sue domande ma aveva capito che qualcosa c'era.

E prima o poi l'avrebbe scoperto.

CAPITOLO 19
SECONDO GIORNO DI RICERCHE

Gli astucci erano appesi al muro, dietro la porta della sua camera da letto. Senza fare troppo rumore ne scelse uno, lo staccò dal chiodo e in punta di piedi uscì. Finalmente la donna si era addormentata e aveva smesso, almeno per il momento, di lamentarsi. All'esterno, in quel buio incerto che precede di poco l'alba, cercò un buon posto a sedere sul muretto che delimitava il suo podere. Il fedele maremmano gli stava di fianco e non gli toglieva gli occhi di dosso, proprio come faceva con le sue pecore. Sistemò sulla pietra dura la custodia di pelle e allentò i cordoni che la tenevano chiusa. Estrasse la *mediana*[63] con estrema delicatezza nonostante le sue mani fossero grosse e segnate dal duro lavoro e dal tempo. Si inumidì le labbra e portò alla bocca lo strumento. Riempì i polmoni, e iniziò a suonare.

Una nenia lenta e dolorosa si diffuse tutt'attorno a lui e alle piante di carrubo che lo circondavano, passando di fianco ai limoni e arrivando fino al melograno. Quelle stesse note accarezzavano il crine dei cavalli nella stalla e cullavano i vitelli da poco venuti al mondo. Una fresca brezza portava lontano quella melodia, la faceva ballare sulle cime delle alte spighe, fino alla strada e oltre la collina. Con gli occhi chiusi l'uomo muoveva le dita sicure sulle canne di giunco, legate insieme dallo spago e dalla pece nera. Il suo respiro seguiva leggero e regolare quel flusso, accompagnando in lui la speranza che in

---

63 La *mediana* è una tipologia di launeddas.

qualche modo la musica potesse aiutarla a superare il nuovo giorno che arrivava da est.

Qualche centinaio di metri più in là, anche la casa dei Sanna iniziava ad animarsi. Efisio sorseggiava un caffè forte e nero sulla soglia della porta, appoggiato con un fianco allo stipite di legno mentre un piacevole venticello portava con sé il profumo della terra. Nonostante la notte oscurasse ancora tutto col suo abbraccio, l'uomo iniziava a vedere perfettamente i campi davanti a lui, i pochi alberi sparsi, ogni sentiero. Ed era proprio lì che volgeva il suo sguardo, nella speranza di poter rivedere Greca. Un leggero fruscio alle sue spalle lo fece voltare e quando vide Elena, con ancora indosso la camicia da notte, le cinse un fianco e le offrì il suo caffè.

"Lo sentite?"

"Sì. Pover'uomo".

"Vorrei poter fare qualcosa per lui e la sua famiglia, ma è un uomo così schivo, così chiuso".

"Infatti. Sapete che non accetterebbe mai di essere aiutato. Da nessuno. E poi purtroppo ora abbiamo altro a cui pensare", sospirò, scuotendo la testa.

Un refolo di vento smosse i capelli dalla fronte della donna facendola rabbrividire.

"Andate a prepararvi, Elena. Tra poco gli uomini del comando saranno qui. Io vi raggiungo subito".

L'alba era arrivata come tutte le volte, lenta e inesorabile. Costa fu il primo a giungere al punto di ritrovo per le ricerche, da Efisio. Lo vide dalla leggera curva che faceva la strada prima di arrivare alla casa. Lui era in piedi, immobile al limitare dei confini del suo campo. Guardava lontano, i suoi occhi spaziavano nel nero che schiariva nelle prime luci del mattino.

Il carabiniere rimase ad aspettare a rispettosa distanza che quell'uomo forte e disperato si facesse bastare quella vana attesa, anche per quell'inizio di giornata.

Non si arrenderà mai, pensò.

Il secondo giorno di ricerche si presentò con un fastidioso vento che spirava da nord e molte meno persone della sera prima.

Come aveva pianificato Cardia, quella mattina due gruppi di volontari batterono l'area a ridosso della casa di Efisio, coprendo una vasta zona incolta, le vigne e il piccolo bosco di lecci. Quando poi il sole raggiunse il suo momento più alto, alcune delle donne che erano rimaste in casa con Elena per aiutarla uscirono nell'aia con dei vecchi coperchi di latta e iniziarono a batterli con i mestoli di legno. Il pranzo, per chi avesse avuto voglia di tornare o di fare una pausa, era pronto, con vino e acqua freschi. Non passò troppo tempo che i primi volontari fecero rientro alla casa di Efisio, stanchi e affamati. Si scambiavano informazioni su come fosse andata la mattinata di ricerche, ma il morale non era dei migliori. A poco a poco il cortile si animò di persone, a cui Elena stessa con le altre donne si prodigava a offrire da bere. Fu proprio quando stava riempiendo il bicchiere a un ragazzino con sulla testa un cappello più grande di lui, che vide qualcosa che le fece cadere a terra la brocca dell'acqua.

Quel ragazzo mezzo scemo e magro da far paura, come si chiamava? Ossubalossu[64]? Era lì, seduto su un basso muretto di un'aiuola, lo aveva già notato dalla sera prima, mentre gironzolava indeciso su quale gruppo seguire. Ora però, teneva in mano un pannetto rosso, con il quale si asciugava la fronte dal sudore. Era forse *quel pannetto rosso*? Bruscamente si fece largo tra la gente e in un momento lo raggiunse. Senza troppi convenevoli glielo strappò dalle mani e se lo strinse al petto.

Lui la guardò prima con stupore, poi sorrise mettendo in mostra una dentatura praticamente inesistente.

La donna si voltò di scatto e tornò dentro casa. Si precipitò

---

[64] Gioco di parole che ha due possibili letture: la prima è "Ossu Balossu", inteso come osso, persona molto magra ("ossu") e stupida ("balossu"), oppure "O Su Balossu", vocativo di stupido.

nella stanza dei bambini e, ansimante, si buttò a terra sulle ginocchia davanti al letto di Greca. Estrasse la valigia e l'aprì, questa volta senza la stessa dolcezza e delicatezza che aveva usato il giorno prima. Ciò che vide all'interno la fece trasalire. Come aveva fatto a non accorgersene? Dentro era tutto in ordine. Troppo, in ordine. Ne mancava una. E mancava proprio quella preferita da Greca, quella con il vestitino rosso che ora lei teneva tra le dita, oramai ridotto a un piccolo fazzoletto sfilacciato. Strinse quel pezzo di stoffa al cuore e lacrime calde comparvero nei suoi occhi. Non c'era tempo da perdere. La speranza di ritrovare Greca si ravvivò come un mantice fa con il fuoco. Uscì di corsa, incurante degli sguardi perplessi e interrogativi delle altre persone che incrociava lungo il suo percorso. Doveva andare a cercare Efisio e fargli vedere cosa aveva trovato. Quando si trovò all'inizio del sentiero che portava alle vigne, intravide in lontananza Cardia che, accompagnato dal collega, si avvicinava di buon passo alla casa.

"Maresciallo! Maresciallo! Venite, presto! Venite a vedere!"

Il primo a notarla fu Costa. La donna correva verso di loro, chiamandoli a gran voce. In mano stringeva qualcosa.

"Maresciallo, guardate lì".

Lui sollevò lo sguardo da terra e la vide. Per un momento si fermò. Gli ci volle un attimo per riconoscere cosa teneva in mano.

"Forse ci siamo, Costa".

I tre si incontrarono a metà sentiero. Elena aveva gli occhi gonfi di pianto e di emozione.

"Signora Manca..."

"Guardate! Guardate qui!"

Mentre parlava non smetteva di sventolare il pezzo di stoffa davanti a loro.

"Guardate qui!" continuava, in un misto tra disperazione e gioia.

"Ora calmatevi e spiegateci cosa avete trovato".

La donna compì un grande sforzo per ricomporsi. Cardia aveva lasciato parlare il collega, mentre lui era rimasto impassibile.

"Avete visto, signor maresciallo?"

In un istante nella sua mente tutte le immagini catturate nella camera dei ragazzi presero il loro posto. Aveva registrato tutto, aveva segnato ogni punto critico, ogni angolo di quella stanza, la posizione di ogni oggetto. Compresa la valigia delle bambole della bambina. Quel pezzetto di stoffa era della stessa fattura degli altri abitini. Adesso ne aveva la conferma.

"Lo so", rispose secco.

"Avete capito? Uno dei vestiti delle bambole di Greca! Vuol dire che lei è qui, da qualche parte, lei è..."

Elena aveva ripreso a gesticolare e parlare ad alta voce e per un momento sembrò non aver sentito cosa Cardia le avesse risposto. Solo quando la sua mente elaborò quelle due piccole parole, si calmò di nuovo e lo guardò stupita con occhi grandi.

"Sì signora, credo di sapere cosa sia quel pezzetto di stoffa. Se non sbaglio è molto simile a quelli che sono custoditi nella valigia sotto il letto. È così?"

Questa volta fu il suo collega a guardarlo con aria interrogativa.

"Maresciallo, pensate che..."

"Forse sì, Costa. Ma ora voglio sapere dove è stato ritrovato quel panno".

La donna gli parlò di Ossubalossu e una volta tornati nell'aia lo cercò con lo sguardo.

"Eccolo, è lì!" esclamò con un sospiro di sollievo, temendo di non trovarlo più nel suo cortile di casa.

I due carabinieri gli si avvicinarono e iniziarono a rivolgergli delle domande. Nel frattempo Efisio e i suoi uomini erano rientrati per mangiare qualcosa e ripartire subito. Incuriosito da quella strana concitazione, il padrone di casa si avvicinò al gruppetto che parlava animatamente e poté sentire i loro discorsi.

"L'ho trovato lì su, vicino agli alberi. Era appeso ai rami di un cespuglio..."

"Il maresciallo aveva chiesto esplicitamente di tenerlo informato su ogni ritrovamento. Non l'avevi sentito?" chiese il giovane carabiniere.

Cardia con un cenno della mano gli disse di lasciar perdere. Sarebbe stato inutile. Era già molto che quel ragazzo con la testa piena di nulla avesse ricordato dove aveva trovato quel pezzo di stoffa.

Guardò in direzione della collina, poi si accorse della presenza di Efisio e Luisu.

"Va bene, puoi andare ora. Voi due, venite con me. Costa, seguiteci anche voi. Torniamo su. Andiamo a controllare cosa ci è sfuggito".

CAPITOLO 20
IL FAZZOLETTO ROSSO

I quattro uomini a passo svelto ripresero possesso dei campi. Lungo il sentiero, lo scalpiccio dei pesanti scarponi e le loro voci, attirarono l'attenzione delle donne chine sul terreno a raccogliere le spighe dimenticate dalla mietitura. Alcune di esse sollevarono lo sguardo senza smettere di lavorare, seguendo per qualche metro la loro marcia per poi riportare gli occhi a terra. In breve tempo raggiunsero il filare di eucalipti che nasceva nel punto in cui la collina si alzava sui fianchi.

"Ci siamo. Questo è pressappoco il punto in cui il ragazzo ha detto di aver trovato il fazzoletto. Da questo momento in poi si cammina in linea retta, disponetevi a due metri l'uno dall'altro. Un passo alla volta tutti assieme. Costa, voi state dall'altra parte. Efisio, Luisu, al centro, io resto qui sulla destra. Avanti!"

Il loro procedere tra le sterpaglie di quella zona incolta era rallentato da grossi cespugli e rami secchi spezzati dal forte vento della notte prima. La vegetazione spontanea faceva da contorno a quel percorso sconnesso e tortuoso dal fondo di spighe danneggiate e sassi. In alcuni punti la terra argillosa era segnata da rughe profonde che si congiungevano le une con le altre come fossero grosse vene. L'erba strappata e gli arbusti sembravano seguire la direzione del sentiero che riscendeva verso il lato destro. Sarebbero tornati a fondo valle. Cardia fece cambiare direzione agli uomini, ripercorrendo a ritroso l'intero tragitto, di nuovo fin sulla cima.

“Maresciallo, qui non c’è nulla”.

“Niente anche qui” fece eco Luisu.

Quel pezzo di stoffa sarebbe potuto arrivare lì anche trasportato dal vento, chissà da dove. Ora da quella posizione, i quattro avevano una visuale di gran parte del territorio sottostante.

“Mi dispiace, signori, ma pare che qui non ci sia nessun segno del passaggio della bambina. Tutta quella pioggia caduta l’altra notte ha cancellato ogni possibile indizio e confuso ogni traccia. Torniamo giù”.

“Maresciallo chi vive in quella casa? Voi, signor Sanna, lo sapete?”

Costa indicava con il braccio una vecchia costruzione fatiscente, dalle pareti grigie e le finestre alte.

“Perché non andiamo a chiedere se hanno visto qualcosa?”

Cardia guardò in direzione dell’abitazione e annuì in segno di conferma. Efisio e Luisu si cercarono con lo sguardo, aggrottando la fronte.

“Ci vive una signora molto anziana, è una donna che frequenta poco il paese. La si vede solo quando va a prendere l’acqua giù al torrente. Raramente qualcuno l’ha incontrata alla bottega. Si chiama Talloru. Caterina Talloru”.

Cardia e Costa guidavano il piccolo gruppo verso la casa. Posta tra alcuni grossi alberi di eucalipto, era ormai visibile distintamente. Tutta l’area circostante era in abbandono. L’erba era alta, della legna accatastata su una parete, frammenti di vecchie botti e lunghe assi di legno erano ammucchiate da una parte. Tra altri due alberi, un grosso tappeto era appeso per gli angoli.

Erano vicinissimi.

CAPITOLO 21
CATERINA TALLORU

Un leggero bussare disturbò il silenzio nella stanza immersa nella penombra.

La porta si socchiuse piano senza che nessuno avesse dato risposta. La grossa mano che aveva appena colpito il legno la spinse per aprirla del tutto mentre, levandosi il cappello, l'uomo si affacciò all'interno per vedere se ci fosse qualcuno. Trovò solo una voce graffiata e ruvida, che lo accolse allo stesso modo.

"Itta oisi?"[65]

Dopo un istante di incertezza l'uomo fece un passo in avanti, tenendo il copricapo con entrambe le mani all'altezza dell'addome.

"M'abbisòngiat agiudu. In bidda narant chi..."[66]

"Serra s'enna"[67].

"In bidda narant chi bosu agiudais a is mobàdius"[68].

"In bidda narant cosa medas. E ita t'abbisòngiat?"[69]

"Mulleri mia stait mali, est mobàdia. Ddi serbint arresus..."[70]

"Is arresus funt po is mortus. Si mulleri tua stait mali, tzèrria a su

---

[65] *Cosa vuoi?*

[66] *Ho bisogno di aiuto. In paese dicono che...*

[67] *...chiudi la porta.*

[68] *In paese si dice che voi aiutate i malati.*

[69] *In paese dicono tante cose. Di cosa hai bisogno?*

[70] *Mia moglie sta male, è malata. Ha bisogno delle preghiere...*

dotori"[71].

"Su dotori non benit prus, at nau chi su traballu de su dotori est acabbau e immoi tenit abbisòngiu sceti de pregadorias. Tocat sceti a resai"[72].

Da un momento all'altro, quella voce proveniente dall'angolo più buio della stanza sembrò perdere la sicurezza che fino a poco prima l'aveva guidata. Gli occhi dell'uomo si erano abituati alla penombra e riuscirono a scorgere una figura immersa nell'oscurità. Una donna, vestita di nero, si riposava su una sedia a dondolo. Vide come questa smise di muoversi e lo guardò.

"Deu non ti potzu agiudai. Immoi non ti potzu agiudai. Bisòngiat a abetai a candu..."[73]

Altri tre colpi sulla porta, più forti e decisi, accompagnarono il suono di una voce sicura e autoritaria.

"Carabinieri! C'è nessuno?"

Cardia non percepiva alcun rumore all'interno della casa. Si voltò verso Costa, anche lui impaziente. Fece per bussare di nuovo ma l'uscio si socchiuse e una vecchina con un fazzoletto nero in testa lo accolse con un passo verso di lui, tenendo la porta con una mano dietro la schiena.

Anche se non gli dispiaceva, spesso era costretto a parlare la stessa lingua antica dei suoi interlocutori perché al paese, tranne pochi casi, quasi nessuno conosceva abbastanza bene quello che i signorini di città chiamavano "la lingua ufficiale" per sostenere una conversazione che fosse sufficientemente articolata. Davanti a lei, però, gli venne spontaneo usare la sua lingua. Il parlare come lei li avrebbe avvicinati, forse lo avrebbe ritenuto da subito un uomo come gli altri. Solo che stava dentro una divisa. E questo poteva essere una barriera tra loro. L'innata

---

71 *Le preghiere sono per i morti. Se tua moglie sta male, chiama il dottore.*

72 *Il dottore non viene più, ha detto che il suo lavoro è finito e ora ha solo bisogno delle preghiere. Bisogna solo pregare.*

73 *Io non ti posso aiutare. Adesso non ti posso aiutare. Bisogna aspettare quando...*

diffidenza verso le istituzioni era fortemente radicata in quelle terre.

"Buonasera signora, sono il maresciallo Cardia".

La donna non rispose. Restando immobile davanti all'ingresso piegò la testa di lato, per vedere chi lo avesse accompagnato. Dietro di lui un'altra uniforme e poco più indietro scorse Efisio e Luisu. Il suo sguardo tornò sul viso dell'uomo e con un cenno del capo gli chiese quale fosse il motivo di quella visita.

"Stiamo cercando una bambina che è sparita da casa l'altra notte, forse potete darci qualche informazione utile. Voi conoscete la figlia di Efisio Sanna e Elena Manca? È la famiglia che vive..."

"Gei dda connòsciu a sa famiglia Sanna. Deu bivemu innoi giai innantis chi issus nascessint. Connòsciu a totus in bidda"[74].

La donna guardava il maresciallo dritto negli occhi, reggendo il suo sguardo severo senza nessuna soggezione, né timore. Per lei quella divisa era solo un abito indossato da un uomo. Per fortuna di Cardia.

"Po arrespundi a sa domanda chi m'at fatu, su manisciallu, no. No apu biu a nemus"[75].

"Ha notato qualcosa di strano, di insolito, qui attorno ieri o l'altro giorno?"

"No, ariseru no apu biu a nemus. S'atra noti su bentu e s'àcua fiant fortis a tretu de non podi biri nudda in foras. Mi seu incarada in sa ventana candu at cumentzau a proi, ma is lampus faiant su lampaluxi in donnia logu"[76].

La donna smise di parlare per qualche secondo, mentre si grattava la fronte corrucciata.

"No, no apu biu a nemus. Apu fintzas provau a bessiri a foras po

---

[74] *Conosco la famiglia Sanna. Abitavo qui da prima che loro nascessero. Io conosco tutti, in paese.*

[75] *Per rispondere alla sua domanda, maresciallo, no. Non ho visto nessuno.*

[76] *No. Ieri non ho visto nessuno. L'altra notte il vento e la pioggia erano talmente forti che fuori non si vedeva nulla. Mi sono affacciata alla finestra quando ha iniziato a piovere, ma i fulmini facevano luci e ombra dappertutto.*

ndi pinnigai unu tapetu spratu innì a palas, ma no at fatu e ndi seu torrada a intrai a luegu"[77].

A Costa sfuggiva ogni tanto qualche parola di ciò che i due si stavano dicendo. Riusciva a capire la maggior parte dei loro discorsi, ma ancora non aveva scoperto quale fosse il segreto dello scorrere armonioso delle parole fuori dalla bocca di quella gente. Quell'andare su e giù con i toni della voce, le pause, i suoni secchi, quelle che riconosceva come esclamazioni. Era affascinato da ciò che le sue orecchie riuscivano a sentire, e contento di quel tanto che già riusciva a comprendere.

Guardò nella direzione in cui lei aveva indicato e vide una sagoma scura appesa con dello spago ai rami di uno degli alberi che stavano dietro la casa.

"No sciu atra cosa"[78].

Cardia la osservò.

So veramente poco di lei pensò, *nessuna famiglia alle spalle, né ora né mai, ha sempre vissuto da sola. E a quanto mi ricordo, lei è sempre stata qui. Chissà se poi è vero ciò che dicono in paese...*

Le mani della donna tenevano saldamente ferma e socchiusa la porta, quasi a proteggere l'interno da quella visita inaspettata. Cardia aveva ottenuto delle risposte, anche se non erano quelle che avrebbe voluto, quindi si mise sull'attenti e salutò la donna portando la mano alla tempia.

"Grazie per il suo tempo, signora. Buona serata".

Fece cenno agli altri di seguirlo e si incamminarono verso casa di Efisio.

Mentre guardava gli uomini che iniziavano a ridiscendere la collina, senza mai perderli di vista continuò ad accompagnare la porta fino a quando il suo volto non scomparve dietro il battente.

---

[77] *No, non ho visto nessuno. Ho provato anche ad uscire di casa per togliere il tappeto steso là dietro, ma non è stato possibile e sono rientrata subito.*

[78] *Non so altro.*

Tornò a sedersi. Con i piedi poggiati sul bordo del camino riprese a dondolarsi spingendo leggermente, mentre con le mani ossute stringeva il nodo del fazzoletto sotto il mento.

"Funt cicchendu una pipia"[79].

Dal buio dietro la porta, una sagoma dello stesso colore della penombra prese forma lentamente, arrendendosi a quel poco di luce che filtrava dalle grosse tende alle finestre. L'uomo si fece avanti di qualche passo.

"Ddu sciu, funt cicchendu sa filla de is Sannas. Deu puru, ariseu, apu agiudau a ciccai ma oi no seu potziu andai, ca depemu abarrai cun mulleri mia..."[80]

Strinse il cappello tra le mani e fece una pausa in cui trattenne il respiro. Quando poi non seppe più resistere, finì la frase.

"Cantu depu abetai po is arresus¿"[81]

La sedia a dondolo continuava nel suo moto, accompagnato da un leggero scricchiolio sul pavimento. I minuti passavano e mille pensieri si insinuavano nella sua testa, mentre stava immobile di fronte alla porta d'ingresso. Non ci fu risposta alla domanda dell'uomo che ora reggeva il cappello stropicciato con una mano all'altezza della coscia. Quando ormai aveva perso ogni speranza di poter essere aiutato, si accorse che lo scricchiolio si era fermato.

"A cras. Cras cumentzaus is arresus impari a mulleri tua"[82].

Quelle parole gli arrivarono al cuore come una coltellata. Aveva sempre pensato che il suo animo sarebbe stato pronto. Erano mesi che viveva una vita divisa tra il dolore per la sua malattia e la frustrazione per non poter fare ormai più nulla per salvarla. Anche il dottor Pala, dopo un intenso periodo di trat-

---

[79] *Stanno cercando una bambina.*

[80] *Lo so, stanno cercando la figlia dei Sanna. Anche io, ieri sera, ho aiutato a cercare ma oggi non sono potuto andare, dovevo restare con mia moglie.*

[81] *Quanto devo aspettare per le preghiere¿*

[82] *A domani. Domani iniziamo le preghiere assieme a tua moglie.*

tamenti, aveva dovuto smettere di somministrarle le medicine, perché l'assuefazione rendeva vane tutte le cure. Ora invece era giunto il momento che non avrebbe mai voluto vivere, ma che nello stesso tempo sperava sarebbe arrivato il prima possibile.

Come poteva provare tutto questo? Due sentimenti così distanti l'uno dall'altro, uno di infinita tristezza, l'altro di pace e serenità. Sua moglie se ne sarebbe andata per sempre, ma avrebbe finalmente finito di soffrire. Era questo che lo rendeva così desolatamente disteso?

Non riusciva a darsi una risposta. L'uomo non si voltò a guardarla, non ne ebbe il coraggio. Annuì con la testa, tenendo lo sguardo sulla propria mano, ferma sul chiavistello della porta di fronte a sé e uscì dalla casa.

Rimasta sola e in silenzio la donna si alzò dalla sedia a dondolo e andò a cercare qualcosa sulla mensola del camino. Quando si risedette, tra le mani teneva una vecchia scatola di latta consumata dal tempo, la mise sulle ginocchia e l'aprì. Con le dita scostò una piccola bibbia, ma continuò a cercare sul fondo. Ora quella non le serviva. Toccò una spilla da balia, poi un bottone e una matassa di filo nero. Finalmente nell'angolo a sinistra trovò il rosario che stava cercando. Allora iniziò a pregare, tenendo i piccoli grani con il pollice piegato sull'indice.

E come una triste cantilena la sua voce secca e rauca riempì la stanza.

CAPITOLO 22
VOCI

I quattro uomini ridiscesero la collina in silenzio. Il vento li accompagnava lungo il sentiero con un sibilo fastidioso.

Un altro giorno perso.

"Maresciallo, chi è quella signora? All'inizio mi è sembrato che non volesse rispondervi", chiese Costa.

Cardia lo guardò pensieroso.

"È una del posto, abita qui da sempre. Fa la levatrice e la si aiuta come si può".

"Non l'avevo mai vista, neanche in paese".

"Sì, vive da sola. Non la si vede spesso in giro".

Efisio si rigirava il pezzettino di stoffa tra le mani, facendo attenzione a non rovinarlo più di quanto già non fosse. Seguiva in silenzio i due militari che parlavano tra loro e aspettava che finissero di consultarsi per poter avere delle informazioni. Lui e Luisu infatti erano rimasti in disparte, qualche decina di metri più giù durante quel breve colloquio con la signora, e non avevano potuto ascoltare i loro discorsi. Efisio allungò il passo e si avvicinò a Cardia, mentre Costa gli lasciava spazio, raggiungendo Luisu.

"Allora, maresciallo, cosa mi dite? Quella donna ha visto qualcosa?"

"No, Efisio. A quanto dice, non ha visto né sentito nulla. Quindi, nessun passo avanti".

Tra i due uomini calò il silenzio. Le voci di Luisu e Costa arrivavano pacate da qualche metro più indietro.

"Posso farvi una domanda? Com'è che la chiamate *"quella donna"*? Lei mi ha detto di conoscervi bene. Voi e tutta la vostra famiglia".

Efisio rimase stupito da quella richiesta. Cercò Luisu con la coda dell'occhio, ma era troppo distante per aver sentito qualcosa e ora discuteva con Costa.

"Io... io quella don... quella signora la conosco da quando sono nato, è vero. Tutti, la conoscono. Ma ho sempre cercato di starci lontano. Spesso Elena le porta del pane o delle uova. Ma girano delle strane storie attorno a lei".

"Quali strane storie? Non vi starete per caso riferendo a... "

"Esatto, maresciallo".

Cardia continuò a camminare pensieroso, lo sguardo basso sulla stradina. "Non mi vorrete dire che ci credete".

"Non so neanche io se crederci o no. Ma..."

"Mi state dicendo che "forse" non ci credete, ma nello stesso tempo voi e i vostri amici impedite ai bambini di andare a giocare lì vicino e ve la prendete con loro se lo fanno? Mi riferisco alla scenata del signor Cappai di qualche giorno fa".

Efisio si sentiva messo alle strette. In quel momento non avrebbe saputo cosa rispondere. Cardia si accorse della evidente difficoltà dell'uomo che aveva di fianco nel riuscire a contrastare le credenze popolari di cui il suo mondo era intriso.

"Efisio, sono tutte sciocchezze. So anche io quali siano le "voci" di cui parlate, ma non ci sono le prove".

Sotto sotto, Cardia non era troppo convinto di ciò che aveva appena detto, ma quello non era né il momento né il luogo per approfondire il discorso. Efisio non aveva bisogno di altri grilli per la testa, adesso. Ci sarebbe stata occasione quando tutta quella faccenda si sarebbe conclusa, magari davanti a un buon bicchiere di vino.

Poco più giù, scorsero due dei gruppi di persone che avevano ripreso le ricerche, e decisero di unirsi a loro.

La sera arrivò lenta, senza nessuna fretta, e per gli uomini giunse l'ora di tornare alla casa di Efisio, con le poche persone ancora rimaste che arrivavano alla spicciolata. Elena aspettava sulla porta con le mani giunte davanti alle labbra il ritorno del marito, nella speranza che quel fazzoletto rosso avesse portato qualche buona notizia. Mimminu, al suo fianco, si teneva forte al suo grembiule.

Quando il marito la raggiunse, un profondo silenzio si fece tutto intorno a loro. Lei capì, e in un pianto composto e silenzioso si portò le mani al volto. I suoi singhiozzi e i lunghi sospiri gelarono il cuore di Efisio, impotente davanti alla tragedia che gli stava spezzando le gambe. Le pesanti braccia e le mani callose la attirarono a sé nascondendola sul suo petto per soffocare quel pianto che cresceva d'impeto e che ora riempiva l'aia. Mimminu abbracciato ora alla vita del padre cercava conforto nella mano grossa che gli accarezzava la testa.

Sparsi per il cortile i volontari assistevano loro malgrado, con i cappelli in mano e lo sguardo basso, al dolore dei Sanna che li bruciava dentro. Cardia per primo, Costa, don Mondinu, i militari arrivati dalla città, i paesani. Il dolore era di tutti.

Efisio si scostò dolcemente dallo stretto abbraccio di Elena e si voltò per cercare negli occhi del maresciallo un segno che gli suggerisse la prossima mossa. Cardia fece cenno di rientrare in casa, si sarebbero visti di nuovo al prossimo sole.

CAPITOLO 23
MIMMINU E ILLU, UNA MATTINA

Fino a poco prima dell'alba la pioggia cadeva dritta a terra senza essere disturbata dal vento, rinfrescando l'aria. Il suono che produceva, sui fiori, sul tetto del fienile, era calmo, continuo. Ora che aveva smesso, la strada conservava ancora delle piccole pozzanghere sparse ovunque. Quella mattina sembrava che le nuvole avessero deciso di fermarsi più del solito sul paese, per dare un po' di respiro ai suoi abitanti. I passeri ai bordi della strada si bagnavano le ali nei ristagni d'acqua e volavano via spaventati a ogni minimo rumore.

Mimminu, già a lavoro di buon mattino, era ripartito dal paese con il carretto che il padre utilizzava per spostare le sementi e tornava a casa dopo aver fatto delle commissioni per Elena. Le provviste della dispensa iniziavano a scarseggiare e in vista di una nuova giornata di ricognizioni, aveva pensato di mandare suo figlio alla bottega di tzia Rosina, dove avrebbe trovato tutto ciò che occorreva. All'inizio dello sterrato che l'avrebbe riportato a casa, il bambino scorse Illu che arrivava in direzione opposta alla sua. Non sopportava quel ragazzino, era presuntuoso e ce l'aveva sempre con tutti senza motivo.

I due si incrociarono e solo per buona educazione lo salutò con un gesto della mano. L'altro neanche gli rispose ma fermò comunque il suo cavallo.

"Guarda guarda chi si rivede!" disse con un mezzo sorriso sulle labbra.

"Illu... anche tu sei sparito da qualche giorno..."

Greca proprio non sopportava quel suo modo di fare così arrogante. Ora anche lui capiva il perché.

"Ero in giro con gli animali. Mio padre deve rimanere a casa con mia madre e io devo occuparmi del pascolo".

"Alla festa è stato molto bravo. L'hanno applaudito tutti".

"Sì, lo so, me l'hanno detto. Io non ci sono andato. Troppa gente. Tu di sicuro eri lì a mangiare i ceci, vero? A te queste cose piacciono".

"Sì, e quindi? Ti interessa?" gli rispose Mimminu.

Possibile che fosse così indisponente? Ma perché, poi? Cosa gli aveva mai fatto? Eppure era così con tutti e anche in quell'occasione era riuscito a farlo innervosire, e ora cercava un pretesto per ripartire e si augurava che anche lui se ne andasse subito.

"Allora, l'avete trovata Greca?"

Mimminu sentiva che ora lo stava provocando apertamente. Non poteva non sapere che sua sorella non si trovava. Gli rispose guardandosi attorno con aria circospetta e abbassando la voce per paura che qualcuno scoprisse quel loro segreto.

"No purtroppo no. Se è stato Mommotti a prenderla, dopo che siete stati a casa sua, chissà dove l'ha portata".

Per un momento negli occhi di Illu riaffiorò lo stesso sguardo che aveva avuto quando era rientrato di corsa al fienile. Poi scacciò quel ricordo e si mise a ridere. Un suono fastidioso che a Mimminu parve di scherno nei suoi confronti.

"Cosa c'è? Perché ridi?" gli chiese, mentre scendeva dal carretto e gli si avvicinava, accarezzando il suo cavallo.

Ma lui continuava a sghignazzare, sempre più forte, quasi a perdere il fiato.

"E me lo chiedi?" replicò, alternando risate a colpi di tosse. "È proprio una cagasotto, *sorri tua*[83]. A me ha detto che non aveva paura e poi invece si è fatta prendere lo stesso!"

---

[83] *Tua sorella.*

A quella offesa Mimminu smise di ascoltarlo e non trattenendo più la rabbia lo prese per uno stivale e lo trascinò giù dal cavallo. In un momento gli fu sopra e con il pugno chiuso lo colpì con tutta la forza che aveva, ma l'altro era molto più grande di lui e quel colpo gli fece appena il solletico. Senza sforzo si sollevò da terra col ragazzino ancora addosso e afferratolo per il bavero della giacca, lo schiaffeggiò e lo scaraventò dentro una pozzanghera.

"O Mimminu, la prossima volta che ci provi ti ammazzo, ricordatelo. Poi vado a dire ai tuoi genitori che ti ha preso Mommotti!"

Si ripulì dagli schizzi di fango e risalì in groppa al suo animale, riprendendo a ridere.

"*Adiosu,*[84] e salutami in casa".

Il cavallo ripartì e lui non si voltò.

Rialzandosi da terra, tremante per l'azzuffata e con la testa che gli girava, poteva ancora sentire le risate in lontananza.

Brutu scimpru[85]. *Non ci sarà una prossima volta* pensò, risalendo sul carretto.

Ma Mimminu si sbagliava. Sarebbero passati molti anni prima che i due ripercorressero di nuovo quelle stesse strade.

---

84 *Addio.*

85 *Brutto scemo.*

CAPITOLO 24
VOGLIO ANDARE ANCHE IO

Un lungo muretto a secco costeggiava la strada e separava le zone non coltivate dalle proprietà di Efisio. In quella ultima parte di campo il grano doveva ancora essere mietuto, e l'ondeggiare delle alte spighe al vento aveva un qualcosa di magico. Mimminu sapeva che non si sarebbe mai abituato a quella danza ipnotica, a quel colore così chiaro che quasi faceva male agli occhi. Più in fondo, le ultime tracce dei covoni, andati persi a causa della forte pioggia.

Che peccato pensò, *tanto lavoro per nulla. Chissà babbu*[86] *quanto se la prenderà.*

Il bambino, ancora scosso per lo scontro di poco prima, aveva notato solo in quel momento di come le pietre del muretto fossero così diverse tra loro e incastrate così perfettamente.

L'asino continuava il suo cammino lento e pigro, e quando fu a poche decine di metri da casa, Mimminu scorse i suoi amici vicino al fienile. Subito si mise in piedi sulla pedana del carretto e portandosi le dita alla bocca emise un fischio altissimo che fece voltare i bambini nella sua direzione. Li salutò con la mano e loro ricambiarono. Si affrettò a scaricare le provviste e li raggiunse di corsa.

"Ciao Mimminu, come stai? Cosa hai fatto ai calzoni, sei caduto nel fango?"

---

86 *Babbo.*

"No, no, nulla Simone... mi sono sporcato con la ruota del carro. E voi cosa ci fate qui?"

"Volevamo sapere come stavi, così ho chiesto a Lucianu e Santinu se volevano venire con me. Mentre stavamo arrivando abbiamo visto da lontano anche Margherita che con una corsa si è unita a noi".

La bambina sorrideva dietro i boccoli castano chiaro che le sfioravano il viso.

Mimminu si guardò attorno e sicuro di non essere osservato invitò gli amici a entrare, prese per mano Margherita e in un attimo furono dentro.

Salì sulla scaletta di legno che portava al soppalco, mentre gli altri si tuffarono sulla paglia soffice.

"Io sono sicuro che Greca è stata presa da Mommotti. Sono sicurissimo".

Aveva parlato con voce alta e ferma, guardandoli da quel punto più alto.

Il soppalco era grande quasi quanto il fienile stesso, ed era stato costruito da Efisio solo qualche anno prima. Avevano bisogno di altro spazio per le sementi e quella era stata una buona idea di Luisu, che si era proposto di partecipare alle spese e ai lavori. A Mimminu piaceva salire lassù, anche se suo padre non voleva, diceva che era troppo in alto e se fosse caduto giù si sarebbe fatto molto male. Da lì poteva osservare tutto il granaio e a volte ci si nascondeva quando giocava a *mamma cua*[87] con gli amici. In un punto del tetto c'era un buco dove una trave aveva ceduto e che ancora non era stata riparata, da cui poteva affacciarsi e vedere i campi dall'alto.

Mentre parlava con i bambini, il suo pensiero andò alla collina. E alla casa. Il cuore iniziò a battergli forte. Strinse i pugni.

"Voglio andare anche io".

A quella frase gli altri più sotto smisero di ridere e di tirarsi il grano addosso. Si guardarono l'uno con l'altro con aria interrogativa.

---

[87] *Nascondino.*

"Sì, avete capito bene, voglio andare anche io a vedere la sua casa".

Mimminu li guardava nuovamente dalla cima delle scalette di legno.

"Siete pronti?" chiese.

Non pretendeva né sperava che tutti lo fossero, ma voleva una risposta subito. Voleva vedere anche lui da vicino come fosse quella casa e sperava di ritrovare Greca sana e salva.

I quattro si guardarono nuovamente l'un l'altro e annuirono, tranne Margherita, che con lo sguardo accigliato e le braccia conserte rifiutò quell'invito.

"Io non vengo, ho paura, vi aspetto qui".

Mimminu esitò qualche istante, avrebbe voluto che tutti partecipassero alle sue ragioni, ma l'adrenalina in corpo era tale da fargli dimenticare l'amicizia che provava anche per la piccola.

"Allora andiamo, ma non dobbiamo farci vedere dagli uomini del maresciallo".

Impiegarono solo qualche minuto ad attraversare il primo dei due campi di Efisio, ormai spogli dalle spighe di grano. I bambini potevano già distinguere la strada deserta che portava al paese.

"Se volete tornare indietro, questo è il momento".

Davanti a loro, gli eucalipti che facevano da paravento alla casa di Mommotti scuotevano i rami e le foglie in una danza nervosa creata da un forte vento di maestrale che si era levato repentino. Forse fu quel movimento, forse il ricordo della volta precedente, ma i due fratelli Pinna non sembravano più tanto sicuri di voler andare avanti. Mimminu se ne accorse e chiese a Simone di riaccompagnarli a casa. Anche lui non si mostrò troppo dispiaciuto per la decisione del suo amico, quindi senza farselo ripetere due volte prese per mano Santinu e Lucianu e se ne andarono. Mimminu rimase solo con le sue paure e con i suoi dubbi, nascosto dietro un grosso cespuglio di ginestra a pensare. Ora non era più tanto sicuro di voler stare lì e di andare a vedere come fosse da vicino quella maledetta casa.

Se sto qui non risolvo nulla. Ma anche se torno indietro non risolvo nulla. Se arrivo fino a lassù non è detto che scopra qualcosa, ma almeno ci avrò provato.

Mille pensieri rimbalzavano nella sua testa spaventata. La voglia di tornare indietro era forte tanto quanto quella di continuare e la sua indecisione lo bloccava. Poteva davvero trovare qualcosa? O magari Mommotti l'avrebbe visto prima che lui potesse arrivare alla casa e l'avrebbe preso? Forse l'avrebbe portato dove aveva nascosto Greca e...

In quell'istante qualcosa in movimento portò via ogni suo pensiero, lasciando spazio al silenzio.

Una figura nera, con un lungo mantello che sembrava volesse volar via da un momento all'altro, uscì dalla porta della casa. In mano aveva un grosso bastone. Il suo passo era veloce e deciso.

Mimminu si voltò in direzione dei suoi amici, ormai distanti. Loro erano in salvo.

Ora doveva decidere cosa fare. Rischiare di seguire il mostro o raggiungere gli altri? Strinse i pugni e respirò profondamente.

Si mise in piedi, ben nascosto dal cespuglio, e seguì quella forma nera con lo sguardo finché fu possibile vederla. Poi una leggera curva del terreno la nascose alla sua vista, fu in quel momento che decise di starle dietro. Voleva vedere dove stesse andando. Senza fare il minimo rumore, attraversò la strada, scavalcò il muretto a secco e si nascose dietro un altro cespuglio. Ricomparve alla sua vista qualche decina di metri più avanti. Il bambino si immobilizzò per la paura, ma ora non poteva lasciar perdere, non poteva andare via. La speranza di poter in qualche modo ritrovare Greca era l'unico motivo che lo portava a continuare quel gioco pericoloso.

La figura seguiva un sentiero stretto costeggiato da cespugli e alberi.

Ottimi nascondigli, pensò.

Attese qualche minuto che la distanza tra lui e Mommotti fosse abbastanza e si mosse. Raggiunse l'inizio della stradina e rimase nascosto dietro un albero. Trattenendo il respiro, si sporse di pochissimo e lo vide che continuava nel suo cammino.

Dove diavolo starà andando? si chiese. *Là in fondo c'è solo la casa di...*

Non finì la frase, perché in quel momento la sagoma si fermò d'improvviso, ruotando leggermente quella che poteva essere la sua testa in direzione di Mimminu.

Ogni cosa attorno a lui scomparve. Suoni, rumori, colori. Tutto. Rimase solo con quella cosa laggiù. Riuscì a guardarsi le mani, erano chiuse strette, bianche. Per qualche secondo dimenticò anche il caldo di quella mattina, tanto stava tremando. Ora la sua paura era concentrata in un unico punto su quella stradina.

Mi ha sentito pensò, *mi ha sentito e ora verrà a prendermi!*

Rimase immobile, non un respiro, non un battito di ciglia.

La sagoma allora tornò a guardare dinanzi a sé e riprese ad andare, con quel suo passo veloce di poco prima. Non gli ci volle molto per convincersi che era ora di rientrare. Lasciò che continuasse nel suo cammino mentre lui indietreggiò senza far rumore fino a che non si sentì sicuro di essere abbastanza lontano per voltarsi e mettersi a correre verso casa.

Entrò di nuovo nel fienile per raggiungere gli amici e dir loro cosa aveva visto, ma lo trovò vuoto, erano andati tutti via tranne Margherita. Era seduta su un sacco di grano con le gambe incrociate e il vestitino colorato che la copriva fino alle ginocchia.

Quando vide Mimminu il voltò le si illuminò.

"Ciao!" gli disse con gli occhi grandi.

"Margherita, dove sono gli altri?"

"Non lo so, ma li ho sentiti correre via poco fa, qui non si sono fermati. Avevo paura che non tornassi più, sai?"

Il ragazzino era fermo in mezzo al fienile con le mani sulle ginocchia per riprendere fiato, poi fece qualche passo e disubbidendo all'equilibrio si lasciò cadere in avanti sul fieno. Margherita rise divertita.

"Mi credi se ti dico che l'ho visto?" Mimminu aveva parlato con il volto ancora nascosto dal fieno e non ricevendo risposta, le rifece la domanda mentre si rigirava a guardare il soppalco dal di sotto. Frammenti di spighe si erano infilati nella maglietta e nei capelli e con uno sbuffo cercò di liberarsi di una che si era incollata alla bocca.

"Margherita, tu mi credi se ti dico che ho visto Mommotti?" La piccola divenne seria, saltò giù dal sacco e si sdraiò di fianco all'amico. Ora entrambi guardavano dal basso le travi del soffitto.

"Hai avuto paura?"

"Paura? Me la sono quasi fatta addosso! Lo stavo seguendo da dietro i cespugli ma si è fermato e ho pensato che mi avesse visto, allora sono rimasto fermo fermo. Ma appena ho potuto sono corso via. Lo so che è stato lui, io lo so".

L'affanno del ragazzino si era placato e il respiro ora andava all'unisono con quello dell'amica, le braccia distese lungo i fianchi quasi si toccavano, mentre la manina di Margherita aveva intrappolato due dita della mano di Mimminu. Solo il richiamo lontano di Mallena spezzò quel silenzio fatto di dubbi e paure. La piccola con un guizzo si voltò verso di lui, gli stampò un bacio sulla guancia e scappò via.

Lui spalancò gli occhi incredulo sollevandosi da quella posizione ma restando seduto. Si toccò il viso con la mano e sorrise.

CAPITOLO 25
LA FONTANA, ULTIMI GIORNI DI AGOSTO 1935

Erano passate tre settimane dalla scomparsa della bambina e nonostante le ricerche fossero partite subito, gli uomini avevano ritrovato solo un pezzetto sfilacciato di stoffa rossa.

A quella mobilitazione aveva partecipato, chi più chi meno, l'intera comunità. Tutte le colline, tutte le campagne dentro e fuori l'abitato erano state battute. Le vigne, i frutteti, gli uliveti, non esisteva più un metro quadro di terra che non fosse stato calpestato da Cardia e dalle sue squadre.

Il maresciallo anche quel tardo pomeriggio congedò tutti i presenti e rinnovò l'ormai consueta, triste richiesta agli uomini di tornare il giorno dopo.

Costa e don Mondinu a passo lento percorrevano in silenzio la strada verso casa, immersi nei loro pensieri.

I due uomini in fondo erano uguali, diversa divisa ma stesso compito. Entrambi in un modo o nell'altro si occupavano di anime perse, di anime che si erano allontanate dalla retta via. Uno intercedeva per il suo Dio tramite la confessione e male andando erano cinque Padre Nostro e qualche Ave Maria. L'altro intercedeva per Cardia e nel migliore dei casi erano un paio di notti in cella. Ma tutti e due avevano dedicato la vita a quella che era diventata la loro missione.

Nella piazza del paese lo sterrato in alcuni punti era ancora umido per la pioggia caduta durante l'ultima notte e il cielo grigio della giornata aveva fatto sì che il terreno non si asciugasse del tutto.

Al suo centro c'era una fontana, dove, sull'ultimo di tre gradini di pietra scolpiti a mano, stava un rubinetto. Era sormontato da una lavorazione in ferro battuto che il fabbro aveva regalato ai cittadini in occasione della sua inaugurazione qualche anno prima. In cima, tra due decorazioni, c'era una carrucola con una fune e un secchio di rame per pescare direttamente dal fondo. Di fianco, l'abbeveratoio per gli animali.

Don Mondinu abbassò ripetutamente la leva fino a quando il rubinetto gorgogliò. Costa, tenendo il berretto tra le ginocchia, si riempì le mani e si rinfrescò il viso. L'acqua era trasparente, fresca, e la pelle si dissetava e ripuliva dalla polvere dei campi. Ancora un pieno nelle mani per bagnare i capelli e un altro per il collo. Si passò un fazzoletto sul volto, facendo attenzione a non asciugarsi del tutto, quel refrigerio era davvero rigenerante.

Si diedero il cambio e il prete salì sul primo gradino mentre il carabiniere poggiava il suo copricapo sul legno posto sull'imboccatura del pozzo.

Con altri due affondi l'uomo poté bagnarsi le mani e inumidire il viso senza gocciolare sull'abito talare. Recuperato il berretto, Costa cercò di sollevare una di quelle assi per dare un'occhiata giù, ma il suo peso lo fece desistere dall'intento. In fondo la sua era solo curiosità e doveva rientrare in caserma. I due si diressero verso la chiesa, che si trovava proprio di fronte alla piazza. Il sacerdote strinse con entrambe le mani quella del giovane.

"Grazie della compagnia. La mia serata sarà dedicata interamente alle preghiere per le ricerche".

La sua voce tradiva stanchezza e preoccupazione.

"No, siamo noi che dobbiamo ringraziare i vostri fedeli. Io ora rientro, mi aspettano tanti timbri e carta da riempire, più il rapporto di oggi. Buona serata, padre. A domani".

Senza troppa fretta, Costa imboccò la strada che portava in caserma, quando quella sensazione che stava imparando a conoscere bene gli grattò nuovamente sulla nuca. Corrugò la fronte, sapeva di doverla assecondare perché significava che qualcosa di nuovo c'era, ma ancora non lo vedeva chiaramente.

Si chiuse il vecchio portone alle spalle e si diresse in ufficio. La M20 era lì, nella penombra. Aspettava lui. La foto del papa lo osservava da dietro il vetro con il suo sorriso bonario e dolce. Accese la lampada e si mise seduto alla sua scrivania.

Gli avvenimenti e i dettagli di quella lunga giornata cominciarono a scorrergli in testa. Le sue dita, veloci sui tasti, trasformavano i suoi pensieri in caratteri stampati.

Nonostante l'impegno, però, non riusciva a non pensare a quando lui e gli altri erano andati alla casa sulla collina. Con gli occhi della mente ripercorse il tragitto compiuto durante il sopralluogo prima di andare a parlare con quella strana donna. Riusciva a vedere ancora perfettamente il profondo solco lasciato dal torrente durante il temporale di quella stessa notte, le spighe strappate, l'erba, i rami. Erano ancora posti nella direzione che aveva preso il flusso. Quella traccia poi si restringeva dove aveva fatto una curva stretta. In quel punto i quattro uomini avevano compiuto il sentiero a ritroso e aveva notato che rami e cespugli si erano ammassati proprio lì. La vegetazione però era talmente alta che era stato difficile inoltrarsi là in mezzo per controllare. Poi c'erano quelle grosse tavole che…

Il solletico alla nuca tornò a farsi sentire. Questa volta più forte delle altre.

Le tavole. Quelle tavole.

Si ricordò che erano talmente grosse e spesse che l'acqua non avrebbe potuto trasportarle facilmente. Ma allora a cosa servivano? Forse si trovavano già in quel punto. Ma perché?

L'improvviso stridio di una civetta lo fece sobbalzare sulla sedia e i suoi pensieri volarono via in un istante. Tornato nel suo ufficio, dopo essere stato nei campi con il pensiero, si accorse che il caldo faceva di nuovo sudare la pelle, nonostante le finestre fossero aperte. Non un filo di vento entrava dall'esterno, sarebbe servita un'altra rinfrescata come quella di poco prima. Ora che ci ripensava, era stata davvero rigenerante. Rivedeva don Mondinu che a modo suo aveva dissetato la pelle senza usare troppa acqua.

Sorrise leggermente. La leva, il pozzo...

Quel momento l'aveva distratto per un poco dalla concentrazione sul rapporto, quando l'espressione divertita di poco prima si trasformò in un volto accigliato e le labbra strette. Cosa non riusciva a vedere? Cosa mancava? Fissava il nulla per cercare quella risposta che si nascondeva. Il suo sguardo iniziò a spaziare per la stanza. La macchina per scrivere, la sedia, la giacca sull'appendiabiti, la porta di legno dello stesso colore delle assi del pozzo della fontana. Il berretto che poco prima era lì sopra...

Le assi, pensava, *le assi pesanti forse come quelle...*

"Le assi!" esclamò all'improvviso.

Costa saltò giù dalla sedia, aprì l'anta di un armadietto e prese una lampada a olio. Dimenticando di portare con sé la giacca d'ordinanza, uscì di corsa dalla caserma e inforcò la bicicletta. Mille pensieri gli passavano davanti agli occhi, ma non fece in tempo a prenderne neanche uno, perché fu di nuovo subito sulla collina. Percorse esattamente gli stessi sentieri tra i campi che aveva preso quel giorno con gli altri uomini e arrivò sul solco lasciato dal torrente.

Ecco lì il punto esatto dove il solco si restringe e fa la curva.

Con il cuore in gola, fece luce e vide i detriti ammassati. Sotto un cespuglio strappato dalle sue radici e in parte nascoste dal fango, quelle vecchie tavole avevano lasciato scoperta una grossa pozzanghera. Il caldo di quei giorni avrebbe asciugato subito una pozza d'acqua superficiale, ma non l'acqua che risaliva dal terreno. Per avere una conferma dei suoi pensieri, prese un sasso e lo lanciò dentro.

Un pozzo! Queste dannate assi coprono un pozzo!

Rami e detriti avevano nascosto quasi tutto alla loro vista quella mattina. Illuminando il più possibile cercò di ripulire tutt'intorno per vedere meglio. L'acqua era alta e torbida. Foglie, spighe e pezzi di rami galleggiavano tranquilli su quella superficie nera. La terra accumulata vicino ai bordi iniziò a cedere sotto il peso del corpo del militare e a franare all'interno. Fece due passi indietro voltandosi all'improvviso e, lasciando la presa sulla lampada, cadde sulle ginocchia. Due falcate profonde lo rimisero in piedi e iniziò a correre velocemente tra i campi, fino a raggiungere il mezzo che aveva lasciato a bordo strada, vicino alla recinzione della casa di Efisio.

Rientrato nel piccolo cortile della caserma, scese al volo dalla bicicletta che continuò la sua corsa rovinando sul muro dell'edificio.

Porta dopo porta Costa buttava lo sguardo dentro ogni stanza nella speranza di trovare il maresciallo ancora sveglio, chiamandolo a gran voce. Il lungo corridoio all'ingresso della caserma portava all'archivio. Quando ci fu dentro, cercò l'armadio delle mappe topografiche del territorio. I rotoli di carta, ben sistemati, erano catalogati con dei numeri e a ciascuno di essi corrispondeva una diversa zona. Ogni fascicolo al suo interno, ogni faldone, ogni raccoglitore aveva la sua etichetta.

"Trovata!" esclamò ad alta voce dopo una veloce ricerca, sfilando dalla piramide di carta quella che gli interessava.

Con una bracciata liberò il grande tavolo al centro della stanza, facendo volare via documenti e cancelleria varia. La mappa si srotolò sul piano, mentre le mani scivolavano sul foglio lucido. Pose un tagliacarte d'avorio su un bordo e sul lato opposto un pesante calamaio. Il suo sguardo correva veloce sui disegni e subito intercettò la strada che portava alla casa di Efisio. Il dito seguiva il lungo tracciato di china che da lì andava alla collina, vide le tre case che sorgevano vicino, ma non l'ultima in fondo né quella sull'altura. Ma sulla destra...

"Eccolo!" esclamò, un piccolissimo cerchio con una 'X' all'interno.

Alle sue spalle la voce del maresciallo riempì la stanza.

"Eccolo cosa, Costa?"

"Maresciallo guardate qui! Quando ci siamo passati di fianco non abbiamo notato nulla, solo un mucchio di rami e cespugli. In questo punto c'erano anche delle assi di legno, a cui prima non avevo dato importanza. Poco fa ho effettuato un nuovo sopralluogo per fugare alcuni dubbi e ho seguito la traccia lasciata dall'acqua. Quelle assi! Quelle assi nascondono un pozzo!"

Cardia rimase in silenzio per qualche istante che al giovane sembrarono un'eternità.

"Maresciallo... la bambina..."

"Costa. Non ci pensate nemmeno".

Scacciò le parole del collega con un gesto nervoso della mano.

"Bisogna contattare subito il comando. Non vi preoccupate se troverete qualcuno addormentato, data l'ora. Quanto prima abbiamo bisogno di qualcosa che svuoti quel pozzo".

"Agli ordini, maresciallo!"

CAPITOLO 26
IL POZZO

Alcune delle persone che avevano partecipato alle ricerche fin dal primo giorno erano state solo di passaggio, come visitatori della festa al paese, ma avevano voluto comunque offrire il loro aiuto a Efisio. Quando le celebrazioni si erano concluse, quegli stessi uomini erano rientrati a casa, portandosi dietro il dramma che si stava consumando a poca distanza. La scomparsa della piccola Greca fu in breve tempo notizia chiacchierata in molti dei centri vicini, tanto che alcuni sindaci inviarono altri volontari per offrire il loro contributo.

Passarono due giorni prima che i vigili del fuoco arrivassero al paese, ma nel frattempo le ricognizioni proseguirono senza sosta, spingendosi ben oltre la collina, fino alle zone limitrofe.

In quel triste frangente la vita doveva comunque continuare, c'era il bestiame da accudire, i campi da ripulire, le botteghe e le falegnamerie da mandare avanti. Nonostante la tragedia che aveva colpito i Sanna fosse stata sentita e vissuta da tutta la comunità, solo uno sparuto numero di uomini restò a lungo al fianco di Efisio. Lui non ne era dispiaciuto, conosceva la fatica, e sapeva bene che ogni giorno perso a non curare le proprie attività si sarebbe tradotto in perdita di denaro e disagio per la propria famiglia.

Erano le regole, quelle spietate regole che imponevano a tutti, non solo a lui o alle persone che lo avevano aiutato senza peraltro chiedere nulla in cambio, di non poter rimandare neanche di un giorno il proprio lavoro. Chi lo aveva fatto, chi aveva messo l'amicizia nei suoi confronti prima di tutto il resto, lo aveva fatto per una scelta alla quale aveva pensato bene prima.

La squadra arrivò nel primo pomeriggio di una giornata calda e nuvolosa con una pompa a vapore e Cardia, con gli altri militari inviati dal comando, fecero strada per incontrare Costa nel punto che aveva indicato sulla mappa.

I campi di Efisio si riempirono nuovamente di persone. La gente andava e veniva, i curiosi erano tenuti alla larga. Tutta l'area circostante venne ripulita dall'alta vegetazione per poter posizionare la macchina che, dopo diverse ore di intenso lavoro, partì con un'improvvisa sbuffata di fumo, accompagnata dal vocio dei presenti. Un lungo tubo buttava l'acqua fangosa mista a detriti, foglie e spighe a una decina di metri a ridosso della collina.

Gli uomini rimasero in assoluto silenzio a poca distanza dall'apertura del pozzo, che lentamente iniziava a mostrare le sue pareti umide. Efisio, di fianco a Cardia, aspettava di potersi avvicinare per guardarci dentro. Costa aiutava un vigile del fuoco a mantenere il pesante tubo dello scarico, mentre don Mondinu, un poco più indietro, con le mani strette e le dita intrecciate pregava il suo Dio. A chi non era stato permesso di avvicinarsi, rimaneva l'attesa di qualcosa, nella speranza che quel qualcosa non ci fosse.

Solo il capo dei vigili del fuoco assieme a uno dei suoi aveva il permesso di stare proprio sull'imboccatura. Con le mani sulle ginocchia e il tronco proteso in avanti attendevano che il riflesso della luce sulla superficie dell'acqua smettesse di brillare.

Ma passò diverso tempo durante il quale l'acqua torbida continuò a defluire senza che avesse intenzione di esaurirsi. Ogni tanto il pompiere sollevando lo sguardo incrociava quello dei colleghi e mentre lo faceva scuoteva la testa perché il fondo non era ancora libero.

Efisio distribuiva occhiate interrogative fra i due vigili e di tanto in tanto, piegando la testa all'indietro, i suoi occhi puntavano in alto nel cielo mentre serrava i denti e stringeva i pugni. Vedeva che parlavano tra loro. Il più anziano, guardando Cardia, con rammarico continuava a indicare un punto indefinito dentro al pozzo, mentre con l'altra mano sembrava volesse soppesare l'aria tenendo il palmo rivolto verso l'alto.

Il maresciallo, sistemandosi il berretto d'ordinanza, fece qualche passo avanti, esortando Efisio ad aspettare ancora.

"C'è qualche problema?" disse rivolgendosi al pompiere che ora si risollevava dall'apertura.

"Maresciallo, il problema è che non si riesce a svuotarlo completamente, questa è una zona ricca di falde idriche e tutta l'acqua che aspiriamo risale subito e praticamente il livello rimane sempre lo stesso. Più in basso di questo tanto non riusciamo a scendere". La sua voce tradiva una nota di rabbia.

"Quindi escludiamo anche l'ipotesi di mandare giù qualcuno per una verifica?"

L'uomo strizzò le labbra e non rispose. Continuava a fissare sotto di loro il movimento vorticoso attorno al tubo, poi alzò lo sguardo verso il suo collaboratore che, senza aspettare la domanda, rispose sicuro.

"Certo che si può fare. Se manteniamo in funzione la macchina posso calarmi".

"Come, "si può fare"? Usai, aspettate un attimo, è rischioso".

"Sì, lo so che è rischioso, ma siamo addestrati ad affrontare situazioni complicate... e poi, l'ho fatto altre volte".

Il capo dei vigili rimase a guardarlo negli occhi per qualche istante, cercando in lui una minima esitazione che avrebbe messo in discussione quel gesto, ma non ne trovò neanche una traccia.

Con un cenno, invitò alcuni dei suoi uomini ad avvicinarsi. In breve prepararono una struttura con grossi tubi in ferro, al centro una larga carrucola, sulla quale scorreva una corda con intrecci e trefoli anneriti dall'usura.

Il volontario, aiutato dai colleghi, iniziò a infilare l'imbragatura con cinghie e fasce di cuoio per le cosce e per reggere il suo peso durante l'intera operazione.

Tutto era pronto.

"No! Vado io".

Gli uomini si girarono a cercare chi avesse pronunciato quelle parole. Cardia, sorridendo sornione, annuì in direzione di Efisio e si chiese perché ci avesse messo tanto.

"Signor Sanna, lei non può..." iniziò a parlare il capo dei vigili. Ma poi si rese conto che contro quegli occhi rossi pieni di speranza avrebbe potuto fare ben poco.

"Certo che posso. E non sarete voi o i vostri uomini a fermarmi".

Come quella di Luisu Vacca, anche la fama di Efisio Sanna era arrivata alle orecchie di molte persone, e non solo in paese. Quell'uomo grosso che non si faceva mettere i piedi in testa da nessuno, rispettoso delle forze dell'ordine, uomo senza Dio ma non per questo meno rispettabile, ora rivendicava il diritto di calarsi in quel pozzo. Da solo.

I vigili si guardarono l'un l'altro, cercando di valutare le dimensioni delle spalle di Efisio rispetto all'imboccatura del pozzo. Non rimaneva troppo spazio di manovra, ma poteva essere sufficiente.

"Va bene, signor Sanna. Vi do l'autorizzazione, ma sappiate che non sono d'accordo con ciò che state per fare. Non siete addestrato e non..."

"Continuate pure a parlare. Io nel frattempo mi preparo per scendere. Aiutatemi a vestirmi", nello stesso momento, con un gesto fluido e veloce tolse il panciotto e, dopo averlo ripiegato lo porse al prete.

Il vigile rimase in silenzio, stupito per la determinazione dell'uomo che aveva davanti.

Gli stivali in gomma alti fino all'inguine coprivano parzialmente le fasce di cuoio a cui erano collegate delle funi, una delle quali partiva dal gancio dietro la schiena di Efisio e si perdeva fra le grosse mani degli uomini in superficie, pronti a riportarlo su in caso di necessità. Tra le loro c'erano anche quelle del vigile che era stato sostituito e Cardia. Il prete, invece, usava le sue per stringere la corda del rosario.

Quando Efisio fu pronto diede il segnale e iniziò la sua discesa. L'imboccatura era stretta ma riusciva ugualmente a muoversi senza difficoltà, aiutandosi a tenere la posizione eretta poggiando una mano sulla parete umida sporca di terra. Nell'altra reggeva una pertica. Vedeva il bordo sopra di sé, osservava le pietre sporgenti che lentamente salivano, mentre il capitano continuava a impartire l'ordine di calarlo lentamente. Quella voce gli arrivava sempre meno chiara, come se fosse dietro uno spessore di gomma e nello stesso tempo si mischiava con il rumore del tubo sotto di lui.

La tensione sui muscoli della schiena iniziava a farsi sentire e una delle cinghie si era spostata, stringendogli la coscia. Con dei piccoli movimenti cercò di metterla a posto, e nonostante lo spazio fosse angusto, riuscì a lenire il dolore alla gamba. Gli occhi intanto si erano abituati alla penombra e quando vide qualcosa muoversi sotto di lui capì che era arrivato alla superficie dell'acqua. Ne ebbe la conferma nell'istante in cui uno degli stivali si immerse nel nero. Con una unica voce urlò all'esterno di fermarsi, e mentre la sua discesa si arrestava la corda rimase tesa.

Quando l'oscillazione si fermò e fu perfettamente immobile, prestando la massima attenzione per non perdere la presa sul bastone, lo fece scivolare lungo la mano, e a poco a poco scomparve dentro l'acqua. Piegandosi leggermente di lato, con un braccio avvinghiato stretto attorno alla corda, cercava con l'altro di immergere la sonda il più possibile.

Al massimo della estensione del braccio riuscì a sentire che qualcosa opponeva resistenza.

Allungandosi allo stremo, iniziò a grattare sul fondo, facendo riemergere foglie e detriti. Quel movimento circolare continuò per diversi minuti, nei quali non riuscì a sentire altro che la presenza di sassi e fanghiglia.

Innoi non c'est nudda, catzu[88].

Poi, per un lungo momento l'euforia per non aver trovato nulla di nulla, là sotto, invase il petto di Efisio, ma nonostante la straordinaria scoperta rimase concentrato in quell'operazione. Tale era la sua eccitazione che inizialmente non fece caso alle manciate di polvere. Prima solo qualche granello, poi sempre di più.

Incuriosito, sollevò la testa da quella scomoda posizione e vide dei grossi detriti di terra e pietre che precipitavano verso di lui. Fece appena in tempo a spostarsi di lato che un tonfo sordo e cupo riempì l'aria del pozzo accompagnando una sensazione improvvisa di vuoto allo stomaco che lo fece sobbalzare e ricadere pesantemente sulla fascia di cuoio sulla quale era seduto. Il tubo che arrivava dall'alto lo colpì violentemente sul viso, tanto che d'istinto lasciò la presa sul bastone e afferrò con entrambe le mani la corda che lo reggeva. Un rivolo di sangue iniziò a colargli dalla fronte, seguendo il profilo della guancia e sgocciolando da sotto il mento. Lo strappo rimbalzò sulla superficie dell'acqua sollevando tutt'attorno schizzi che lo bagnarono completamente.

Quando sentì il suono lontano di voci concitate arrivare assieme ad altri detriti più piccoli e polvere grossolana, urlò con tutta l'aria che aveva nei polmoni verso quel buco nel cielo che vedeva sopra di sé.

"Che succede?"

"Efisio! Efisio!" il capitano si affacciò, "State bene? Adesso la tiriamo fuori. Un montante ha ceduto, non muovetevi! Mi avete capito, non muovetevi!"

---

88 *Qui non c'è niente, cazzo!*

Il pollice alto verso il capitano diede il polso della situazione sotto terra.

Il caldo umido rendeva l'aria irrespirabile e la sete di ossigeno faceva bruciare i polmoni, appannava la vista.

L'uomo sul fondo sapeva che in quel momento i vigili stavano lavorando per portarlo fuori ma vedere la luce da quella posizione iniziava a non piacergli più. Nonostante i rumori dalla superficie, infatti, Efisio ne notò uno in particolare che avrebbe dovuto esserci, ma che in quel momento mancava. Con una mano lasciò la presa dalla corda e cercò di avvicinarsi e toccare il tubo. Come un pugno in pancia, realizzò ciò che aveva sospettato.

"Capitano! Capitano!"

Nessuno rispose.

"Capitano! Il tubo non aspira più! Mi sentite? Capitano!"

Un altro strattone fece scivolare ancora la corda verso il basso e ora, da seduto, affondò fino alla vita. Con terrore vedeva scomparire le pareti che lo circondavano mentre le sue mani tornavano a stringere sempre più forte l'unico appiglio a cui si potesse aggrappare. Altra terra cadde insieme a intere zolle che lo sfiorarono un'altra volta e andarono a impattare sulla superficie dell'acqua.

Con le braccia a protezione della testa chiamò ancora, ma ora il fiato non era abbastanza forte da abbandonare la gola e da sovrastare le voci che provenivano agitate da fuori. Sapeva che stava urlando, ma quasi non si sentiva più, solo un ronzio che si faceva lentamente spazio nella sua testa e nelle sue orecchie.

Allungò di nuovo il braccio per toccare il tubo ma non percepì alcuna vibrazione. Sì, aveva ragione, non l'avevano ancora riparato.

Dovete fare presto, pensò. Aveva mosso le gambe e si era accorto che l'acqua aveva raggiunto il bacino iniziando a entrare dentro gli stivali. Quel freddo improvviso lo ridestò e d'istinto cercò di sollevare gli arti al di sopra del livello. Sapeva che il suo peso stava aumentando e stirando ancora la corda sarebbe andato giù con tutta l'imbragatura.

In quei lunghi minuti la mancanza di ossigeno aveva rallentato i suoi riflessi, indebolito le sue forze e ora più nessun suono distinto giungeva alle sue orecchie. Sollevò lo sguardo per cercare la luce, ma l'imboccatura del pozzo non aveva più contorni distinti, come un occhio luminoso che si apriva e chiudeva fluttuando nell'aria.

L'acqua gli bagnava il petto e la pressione delle cinghie sulle gambe era diventata insopportabile, le ossa sembravano volersi rompere da un momento all'altro.

Con le poche forze rimaste cercò di sganciare il moschettone che lo teneva saldo alla fascia di cuoio per liberarsi da quel dolore e sperare di galleggiare, ma le dita non capivano come fare. Tentò inutilmente.

Chiuse gli occhi e portò la testa all'indietro, la corda tesa gli sfregava il collo mentre il fango gli bagnava la nuca e gli riempiva le orecchie.

Solo gli occhi della mente gli restituivano immagini di vita passata, il suo lavoro, la sua famiglia. Ma non c'era più tempo.

Respirò a fondo e trattenne il fiato, l'acqua si impadronì del suo volto.

Ora il ronzio pulsava in un suono basso e insistente, disturbando quegli ultimi attimi di lucidità. In un momento quel canto nella sua testa si allontanò e scomparve nel buio.

D'improvviso riuscì a tossire, spalancando la bocca in preda allo spasmo che richiamava aria. Nelle sue orecchie riecheggiava di nuovo quel suono basso e continuo che sentiva sempre più forte. I suoi polmoni si riempirono e si svuotarono, ancora e ancora, ma non bastava mai.

Spalancò gli occhi e la luce intensa lo accecò mentre iniziò a sputare acqua.

"Efisio! Efisio, mi sentite? Grazie a Dio!"

Quel ronzio ancora persisteva nella sua mente mentre le voci concitate attorno a lui cominciavano a prendere forma. L'uomo continuava a tossire per recuperare il respiro e calmare il petto. Una mano gli reggeva la nuca e con il viso rivolto verso il cielo era difficile resistere alla luce intensa del sole, gli occhi socchiusi ancora intrisi di acqua non gli consentivano di vedere chiaramente. Li coprì con il palmo della mano rivolto verso l'alto.

Tutti lo incitavano a riprendersi e molti si lasciavano andare a espressioni colorite contro quel colpo di sfortuna, esorcizzando con quelle stesse parole il pericolo appena scampato. Il disappunto di Don Mondinu era evidente mentre continuava a segnarsi ed elargire assoluzioni in ogni direzione.

In mezzo a quel trambusto solo una voce riuscì ora a distinguere chiaramente.

"Efisio! Efisio state bene¿"

Lui aprì gli occhi sfidando la luce del sole e sollevandosi di scatto vide Elena inginocchiata di fianco.

"Eleni! Ita ci fadeis a innoi¿"[89] Se la strinse al petto senza aspettare la sua risposta.

"Lei non c'è, Elena! Greca non c'è, lì sotto!" le sussurrò all'orecchio. Lei si scostò e lo guardò dritto negli occhi senza dire una parola ma annuendo lievemente.

"Cos'è successo¿" chiese passandosi le mani sulla fronte.

Il vigile Usai, l'uomo a cui si era sostituito nella discesa, si avvicinò ai due e, poggiando una mano sulla spalla di Efisio, rispose mesto.

"Uno dei montanti del castelletto ha ceduto sotto la terra friabile e ha fatto sbilanciare la struttura. Da lì in poi è andato tutto storto. I pali di ferro cadendo hanno schiacciato la pompa che aspirava l'acqua. È per quello che il livello è salito così in fretta, poi a causa del peso la corda è uscita dalla carrucola e si è incastrata. Cosa sia successo là sotto lo sapete solo voi, ma sono contento che stiate bene".

---

[89] *Elena! Cosa ci fate qui¿*

"Forse avremmo dovuto fermarvi prima", aggiunse il capitano.

L'uomo si guardava attorno, ancora in affanno e completamente fradicio. La sua mente però era lucida, nonostante faticasse a parlare.

"L'avreste fatto anche voi se aveste avuto paura di trovare vostra figlia là sotto".

Efisio respirava pesantemente. La ferita alla fronte continuava a sanguinare, rigandogli il viso paonazzo di sudore luccicante e fango. Il caldo e l'assenza d'aria sul fondo l'avevano spossato e ancora seduto e con addosso l'imbragatura iniziava a rendersi conto della gravità di quanto fosse successo. Il castelletto era lì ripiegato su un lato sopra l'imboccatura, a terra il tubo dell'acqua schiacciato dal montante. Ora capiva.

Costa, che era rimasto in disparte con Cardia per non intralciare le operazioni di salvataggio, si avvicinò al bordo del pozzo per provare a vedere qualcosa, ma il maresciallo intuì cosa avesse intenzione di fare e lo bloccò immediatamente. Entrambi avevano assistito all'incidente di pochi minuti prima, rimanendo impressionati da come Efisio avesse rischiato la vita e ne fosse uscito praticamente illeso, grazie anche all'aiuto della squadra.

"Costa... no. È troppo pericoloso stare lì".

Dal loro punto di osservazione videro che Efisio parlava ancora con i vigili. Quando ebbero finito, il capitano si voltò verso i due e si allontanò. A loro quello sembrò il momento giusto per avvicinarsi e avere delle informazioni.

Efisio cercava ancora di riprendere fiato mentre, rimettendosi in piedi, iniziava a liberarsi dagli stivali. Quando si accorse dei due carabinieri, che nel frattempo gli si erano avvicinati, tirò un lungo sospiro e li guardò dritto negli occhi.

"Sono arrivato quasi fino a giù, finché è stato possibile. Ho grattato il fondo con il bastone ma non ho avvertito nulla che potesse farci pensare a..." con un gesto della mano fece come per scacciare via quel pensiero.

"Poi purtroppo quando la struttura è crollata sono iniziati i problemi e..."

L'uomo aveva parlato col fiato corto, e dovette fermarsi per respirare.

Cardia gli si avvicinò e incurante del fango gli tese la mano e gliela strinse.

"Signor Sanna, oggi avete rischiato la vita per dare a tutti delle risposte, prima di tutto a voi stesso. Siamo felici che dovremo cercare altrove". Con aria solenne, negli occhi il rispetto per quell'uomo che era appena scampato alla morte, Cardia gli rivolse il saluto militare, portando la mano all'altezza della tempia. Impressionato, Costa imitò il suo comandante.

Efisio era rimasto immobile, grato per quel riconoscimento. Il braccio dietro la schiena nascondeva la mano stretta in un pugno, quasi non volesse lasciare andare l'ultima speranza. Ora lo sguardo pensieroso andava a terra, in mezzo al fango e all'erba secca, gialla. Le sue mascelle stringevano forte i denti, disegnando un falso sorriso che altro non era che uno sforzo per cercare di rimanere ancora attaccato a quella realtà che lentamente si stava dissolvendo.

"Forse non è ancora finita", disse, rivolto a Elena.

Quando la macchina riprese a sbuffare, il lungo tubo diede uno scossone e alcuni rivoli di liquido nero fuoriuscirono lenti. La corsa dell'acqua lungo il fianco della collina era riiniziata. Il pozzo però non era stato svuotato e nonostante il sole avesse lasciato da poche ore il suo picco, la luce brillava di nuovo sulla superficie.

CAPITOLO 27
TZIA LUCIA

Nenna quel pomeriggio era rimasta in casa di Elena con tzia Lucia, nonna di Lucianu e Santinu, i due fratellini, per tenere compagnia a Mimminu.

Seduti in cerchio, giocavano a lanciare a turno una piccola trottola, mentre le donne parlottavano tra loro a bassa voce, senza dire nulla di importante. La tensione e l'attesa rendevano ogni altro discorso inutile. Il ragazzino era poco interessato a quei giochi da bambini, ma era attratto da quella signora sorridente che aveva sempre una storia in tasca da raccontare.

Sul tavolo di fronte a lei aveva poggiato un vaso di terracotta basso e largo che pian piano riempiva con dei fagioli freschi. Osservava con quale facilità quelle mani ancora forti riuscissero ad aprire i baccelli e con un unico movimento del pollice svuotarne il suo interno direttamente nel recipiente. Ogni tanto i suoi occhi sbirciavano in direzione dei nipotini e Mimminu notava che anche quando lo sguardo non era diretto sul contenitore, i fagioli ci cadevano comunque dentro.

I bambini più piccoli sembrava non risentissero della situazione che si era creata, probabilmente ancora non lo capivano e Mimminu ne era contento. Preferiva che il peso che lui si sentiva sulle spalle non ricadesse anche su di loro. Si alzò dalla sedia e si avvicinò alla finestra, cercando di scacciare quei pensieri. Tzia Lucia lo osservava con un sorriso triste.

"Stai tranquillo. Tuo padre la riporterà a casa".

Lui annuì senza voltarsi. La testa lontana, in cerca degli occhi di Greca tra tutte le persone che in quei giorni entravano e uscivano da lì.

A un tratto gli tornò in mente quella giornata in cui era andato con la sua famiglia a giocare a casa degli amichetti. La ricordava perché nell'aria c'era odore di chiacchiere. Greca ne era ghiotta e, per fortuna, ne erano state preparate tantissime. C'era un lungo bancone retto da cavalletti in legno al centro della stanza da pranzo su cui si stendeva la pasta per poi farla a pezzettini, modellarla e infine metterla nell'olio della grossa padella di latta. Era il compleanno di Santinu e tutti erano eccitati e affamati. Nel primo pomeriggio erano arrivati anche Luisu e Mallena e con loro anche Margherita e Simone.

Quel giorno la nonna stava sgranando delle fave fresche, intenta a scegliere quali potessero essere consumate subito e quali sarebbero andate a seccare. Il movimento che faceva con il pollice era lo stesso che faceva con i fagioli.

Rivedeva se stesso e gli altri piccoli correre e inseguirsi per la stanza, mentre suo padre e Luisu discutevano su come costruire il nuovo soppalco del fienile.

Quando poi i due uomini erano andati fuori casa a sorseggiare del vino, la donna aveva chiesto a Greca se volesse sentire una delle sue storie. La ragazzina era stata la prima a fermare quell'infinita corsa e ad avvicinarsi a lei.

"Sì, nonna, raccontateci! Raccontateci!"

Così anche gli altri si erano calmati un poco e avevano preso posto sulle sedie della cucina. Quando il silenzio era calato nella stanza, quella storia iniziò.

"Sapete, bambini. Qui vicino, tanto tempo fa, in una casa grande come un castello, viveva una famiglia ricchissima e numerosa. La coppia infatti, aveva avuto nove figli, quattro femmine e cinque maschi. Il marito era un uomo molto buono e furbo. Aveva una stalla piena di animali, che tutti potevano andare a vedere e comprare. E sapete cosa faceva? Per ciascuna bestia che vendeva, conservava una parte dei

soldi guadagnati, e il rimanente lo usava per comprarne altre. Era così che era diventato ricco".

"Ma che animali erano?" aveva chiesto qualcuno.

"Oh, erano cavalli, asini, buoi..."

"Belli..." aveva risposto sognante qualcun altro.

"La moglie invece era capricciosa e cattiva con tutti. Però suo marito l'amava e sopportava quel comportamento. Purtroppo i loro figli avevano ereditato il brutto carattere della madre. Erano cresciuti come lei, ed erano diventati superbi e dispettosi. Un giorno, quella donna comprò un pendolo a una fiera, pensando che nella loro casa avrebbe trovato un bel posto in cui stare".

"Nonna, cosa è un pendolo?"

Con un sorriso sdentato aveva spiegato loro che era un tipo di orologio diverso da quello che normalmente gli uomini riponevano nella tasca della giacca. Era molto più grande, e aveva bisogno di un mobile tutto suo appoggiato a una parete.

"Dopo qualche giorno, però, si era accorta che non funzionava più. L'aveva comunque ripulito dalla polvere e lucidato e aveva chiesto al marito di provare a ripararlo. Finalmente il braccio del pendolo aveva iniziato di nuovo a muoversi. Sua moglie era contentissima ma la mattina di una domenica d'inverno, quell'orologio aveva suonato all'ora sbagliata. L'uomo e la donna non ci fecero caso, perché era molto antico e si dissero che qualche molla poteva essersi rotta. Quella stessa notte, il loro figlio più grande scomparve da casa e non fu mai più ritrovato. I suoi fratelli iniziarono allora ad avere paura, perché qualcuno aveva detto loro che c'era qualcosa che portava via i bambini cattivi. Era Mommotti che passava nelle case e prendeva i più monelli e disobbedienti".

"Mommotti?"

"Sì, Mommotti. Un signore vestito di nero che gira di notte per i paesi a portare via i bambini e mangiarseli a casa sua..."

"Nonna, ho paura..."

"Non devi preoccuparti, Santinu. Tu e i tuoi amici siete bravi. Finché continuerete a comportarvi bene nessuno verrà a prendervi".

La donna si prese qualche secondo per sistemarsi il fazzoletto ben stretto attorno alla testa. Impaziente di sentire altro, Greca aveva chiesto a tzia Lucia di continuare con quella storia così paurosa.

"Era passato dell'altro tempo e una notte il pendolo aveva suonato di nuovo quando non doveva. I ragazzini si erano spaventati, pensando che sarebbe potuto passare di nuovo Mommotti a prendere qualcuno di loro, ma non accadde niente... non quella notte. Fu durante quella successiva che la figlia più scortese della coppia sparì e anche di lei non si seppe più nulla".

"Nonna, ma era stato lui a prenderla?"

"Certo che sì".

"Ma dove li porta i bambini cattivi?"

"Nella sua casa... una casa tutta nera senza porte e senza finestre..."

"Nonna, nonna... ma voi l'avete mai sentito suonare quell'orologio?"

Un rumore in sottofondo, che però diventava sempre più forte, riportò Mimminu al presente. Incuriosito, andò alla porta e la prima cosa che notò fu un polverone spesso e alto. Non appena iniziò a diradarsi un poco, vide che una camionetta dei carabinieri si era fermata nello spiazzo antistante la casa. Due divise aspettavano sedute all'interno. Una di esse teneva un foglio in mano. Mimminu scorse in lontananza anche i suoi genitori con Costa e Cardia, che dovevano evidentemente aver incrociato la camionetta e ora arrivavano a passo svelto. Quando anche gli occupanti del mezzo si accorsero del loro superiore uscirono seri e si misero sull'attenti, in attesa che Cardia si avvicinasse.

"Comodi, comodi. Che succede?" gli sentì dire.

"Maresciallo, è arrivato questo dal comando, mentre voi eravate al pozzo".

Mimminu notò il passaggio del foglio nelle sue mani.

"Efisio, guardate qua. Guardate la data!"

Sapeva che suo padre non era troppo bravo a leggere, quindi trascorse quasi un minuto prima che sollevasse lo sguardo da quelle carte. Ma quando lo fece, l'espressione che aveva negli occhi sorprese Elena.

"Efisio, ma cosa..." chiese.

"Ve l'avevo detto, no? Era solo una questione di tempo... anzi, come potete vedere, di ore!" aggiunse Cardia.

Efisio porse il tutto a Costa, e anche lui lesse avidamente il dispaccio.

"Li hanno presi quella notte stessa, non troppo lontano da qui", disse Cardia, "e aveva detto che lui certa gente non la frequentava più", finì la frase Costa, scuotendo la testa.

"Due dei compari di quel Tore. Ve lo ricordate, Efisio?"

"Lo ricordo benissimo. Però sono convinto che sia la sua faccia a ricordare me. Ma a parte tutto, maresciallo, pensate che lui c'entri qualcosa in tutto questo?"

Cardia incrociò lo sguardo di Efisio e con un sospiro iniziò a parlargli.

"Non lo posso sapere. Uomini come quelli non cambiano. E non ci sono sbarre che possano farli migliorare. Ora il vero problema rimane *lui*. Facciamoci dire qualcosa dai suoi amici. Costa. Voglio sentire quei due. Organizzate un incontro per domani".

"Ma maresciallo... a quest'ora non so se..."

"Costa, al più tardi domattina voglio sentirli", Cardia nemmeno guardò il giovane carabiniere mentre impartiva quell'ordine. Non c'erano alternative.

Mimminu sentiva a malapena quelle parole, ma quando Elena scoppiò in lacrime sulla spalla di Efisio, i loro sguardi si incrociarono e lui gli fece cenno di avvicinarsi. Gli corse incontro e abbracciò entrambi.

Tutti gli altri, in disparte, lasciarono spazio a quell'intimità necessaria ai tre per prendere atto che forse Greca era davvero ancora viva.

CAPITOLO 28
DALL'ALTO

Mimminu forse aveva capito cosa stava succedendo. Greca non era neanche nel pozzo, pensò con un sospiro di sollievo. Ma allora dov'era finita?

Forse davvero lei aveva fatto qualcosa di male, quella volta contro Illu. Forse l'aveva colpito troppo forte e a Mommotti non era piaciuto il suo comportamento e l'aveva portata via. L'aveva mangiata. Sentì che stava per piangere, ma non voleva che i genitori vedessero i suoi occhi. Allora corse dentro casa, uscì dalla porta sul retro e in un attimo fu al fienile. Si richiuse il pesante portone alle spalle e si rifugiò con il suo dolore sul soppalco. La paglia morbida gli dava una sensazione di calore, lo avvolgeva. Si continuava a chiedere perché Mommotti avesse preso Greca e non lui. Perché? Anche lui odiava quel ragazzino, per come trattava tutti gli altri suoi amici e per come lo aveva malmenato. Gli avrebbe volentieri rotto quel brutto muso che aveva. Chiuse gli occhi e respirò a fondo. Respiri lunghi, intensi. L'odore del fieno gli riempiva il naso e i raggi di sole che filtravano dal buco sul tetto, nonostante tutto, lo facevano sentire al sicuro. Si mise in punta di piedi e si tirò su con le braccia. Si sistemò su una delle assi orizzontali che reggevano la copertura del tetto e da lì si mise a osservare le campagne attorno. Il sole era ancora abbastanza alto e poteva scorgere in lontananza le prime case del paese. Vedeva il campanile della chiesa, i campi di Efisio ormai quasi completamente falciati e ciò che rimaneva dei covoni che dovevano ancora essere portati via, ma che quella maledetta pioggia aveva disperso. Sapeva che dopo la mietitura ci sarebbe stata la parte che a lui più piaceva, quella della battitura. Suo padre gli faceva guidare il carretto col bue che sarebbe passato sulle spighe, in modo da svuotarle. Gli altri avrebbero pestato la terra con i bastoni, finché qualcuno si sarebbe spezzato e allora, come altre volte era successo, tutti avrebbero riso, nonostante il sudore e la fatica di quel lavoro. Più a destra, oltre le abitazioni, vedeva le ultime colline che facevano da recinto naturale ai campi del padre.

Ancora più in là c'era la casa di Illu, immersa in un'infinità di alberi. Al centro, quasi di fronte al suo punto di osservazione, c'era *l'altra* casa, quella piccola e vecchia dove gli altri erano stati pochi giorni prima.

E l'avevano visto. Quel mostro stava picchiando un uomo legato mani e piedi con un bastone. Anche Greca gli aveva detto di averlo scorto, e di lei si fidava ciecamente. Però se lei l'aveva visto, era per quello che l'aveva portata via? Ma allora perché non gli altri che erano con lei? Perché non Illu? Forse perché Mommotti non voleva che si sapesse che lui abitava lì? Sì, forse era proprio così. Forse non sarebbero dovuti andare fin lassù.

Poco più giù la pompa a vapore era stata rimessa in moto per essere portata via. Gli uomini in uniforme controllavano che nessuno si avvicinasse troppo a quel mostro di ferro verde, mentre tutta la gente iniziava a ridiscendere la collina, disegnando file disordinate di cappelli neri e grembiuli, in direzione della strada che li avrebbe riportati al paese.

Tutti tranne uno.

Un movimento diverso dagli altri lo distolse dai suoi pensieri. Nella moltitudine di persone che rientravano alle loro abitazioni, una sola di esse andava nella direzione opposta. Una figura scura si allontanava lentamente dalla casa. Strizzò gli occhi. Era Mommotti quello?

Mimminu ricordava con terrore l'altro incontro che aveva avuto con lui e anche se si era ripromesso di continuare a cercare Greca, ora non era più tanto sicuro di volerlo fare di nuovo. Ciò significava seguirlo un'altra volta, lungo il sentiero alberato, per vedere se avrebbe rapito qualcun altro, quel giorno.

Il cuore prese a battergli più forte, ma aveva già deciso. Saltò giù dal soppalco e in un attimo fu fuori.

L'inseguimento era iniziato.

CAPITOLO 29
VERSO CASA DI CAPPAI

Riuscì a raggiungerlo in pochi minuti, mantenendosi a distanza per non farsi scoprire. Questa volta Mimminu tolse i pesanti scarponcini e, lasciandoli ai piedi di un albero, lo seguì in assoluto silenzio. Ora che era di nuovo dietro a lui, distante, non aveva paura, l'aveva scampata una volta e pensava di riuscirci anche quella. Il percorso di Mommotti era lo stesso, sembrava che anche adesso si dirigesse verso la casa di Illu.

Spero proprio che stia andando a prendere lui, si disse, ma subito si vergognò di quel pensiero, perché Illu era *unu tontu*[90], come diceva Greca, ma non meritava di essere mangiato da un mostro.

Il sole continuava il suo percorso inesorabile verso il basso e già il primo rosa iniziava a sfiorare le vette dei monti più lontani.

Arrivato a una curva, dove le prime ombre iniziavano ad allungarsi cupe, si fermò. Mimminu, diversi metri più indietro, si nascose dietro un cespuglio e aspettò che riprendesse a camminare. Questa volta non sarebbe scappato. Quando lo rivide muoversi, aspettò qualche secondo prima di continuare a seguirlo. Sapeva che ormai dopo quella svolta in fondo si trovava la casa dei Cappai. Oltre non c'era nulla, se non vegetazione fitta mista ad alberi. Cosa ci stava andando a fare?

Quando la sagoma imboccò il cortile, il bambino rimase di-

---

90 *Un tonto.*

stante, accucciato a terra, per vedere cosa avrebbe fatto. La vide entrare e la porta si richiuse alle sue spalle ma stranamente si riaprì dopo qualche secondo, lasciando uscire una timida luce. Terrorizzato, con un salto fu in piedi e in pochi istanti arrivò anche lui nell'aia. Tenendosi basso, passò sotto le finestre che si affacciavano da quella parte e ne scorse una, l'ultima in fondo, che era leggermente illuminata da una luce gialla e soffusa. Decise di avvicinarsi ancora di più e guardare dentro.

Non sapeva se avrebbe retto il martellio del cuore nelle orecchie. Né se le sue gambe avrebbero fatto lo stesso, ma sapeva che non poteva cedere proprio adesso. No, non doveva.

CAPITOLO 30
È L'ORA

E così il giorno era arrivato. Toninu Cappai, scuro in volto, da dietro la porta di casa sua vide arrivare la donna da lontano.

Il passo lento e strascicato rendeva l'attesa di quell'ultimo pezzo di strada ancora più penosa. E ora? Sarebbe dovuto andare via? Avrebbe potuto assistere? Non poteva fare altro che aspettare ancora. Per l'ultima volta.

Quando fu davanti all'uscio, l'aprì senza che lei avesse bisogno di bussare e dopo che ebbe varcato la soglia gliela richiuse delicatamente alle spalle.

Si fermò immediatamente e guardò l'uomo dritto negli occhi.

"No. Lasciala aperta". Poi, senza troppi convenevoli, seguì un percorso che ormai conosceva bene e si diresse direttamente verso la stanza più grande, dove un letto matrimoniale era occupato da un corpo magro e pallido. Un fazzoletto raccoglieva i pochi capelli bianchi rimasti e ne incorniciava il viso, una leggera camicia da notte lo avvolgeva. Lui le andò dietro in silenzio, col cuore lento ma forte nel battito. Un nuovo sentimento, però, si faceva strada. Quella notte due persone avrebbero smesso di soffrire. Il suo non era egoismo. Nonostante lui fosse sempre stato duro, più con gli altri che con se stesso, in quel momento voleva che quello che un giorno era stato il corpo di sua moglie, smettesse di star male per sempre.

La donna si fermò davanti al letto e da sotto lo scialle nero estrasse una piccola scatola di latta. Poggiandola vicino ai piedi del corpo coperto da un lenzuolo, lo guardò negli occhi.

"Est s'ora. Si dda depis saludai, faiddu immoi"[91].

Si allontanò, lasciandolo solo nella stanza.

L'uomo si avvicinò, quasi timidamente, al corpo che giaceva sul letto. Si inginocchiò e con le mani prese quelle della moglie. Non riusciva a credere come tutto fosse degenerato in così poco tempo. E lui non si era mai accorto di nulla. Aveva avuto i primi sentori quando lei aveva iniziato a non riuscire più a muoversi normalmente, si lamentava sempre più spesso, si stancava solo a camminare. All'inizio avevano entrambi attribuito quei dolori all'umidità di stagione, poi all'età. Ma dopo l'ultima visita, quando il medico aveva pronunciato quelle parole, il loro mondo si era infranto in mille pezzi.

"Non si può fare più nulla", aveva detto, "bisogna solo pregare".

Aveva la bocca secca e la vista offuscata. Le mani gli tremavano, mentre cercava di accarezzarle il viso. Come aveva potuto trascurarla in quel modo?

"Cun is fueddus no seu mai stètiu bonu, ddu scieis, e s'incapat in sa vida mia apu chistionau prus cun is crabas cosa mia chi no cun sa famìllia cosa mia. E immoi... immoi chi si nd'andais m'abarrat su surrùngiu de s'essi abarrau acanta sceti candu nd'eis tentu abbisòngiu. M'apu a tragai sempri custu pesu in sa schina. Deu... deu no sciu ita si nai in prus, Gesuina. Mi dispraxit. No apu imparau is fueddus innantis e immoi chi dd'ia bolli fai, non ddus agatu. Perdonaimi, si podeis"[92].

La mano magra e tiepida strinse quella del marito, con una

---

91 *È ora. Se devi salutarla, fallo ora.*

92 *Con le parole non sono mai stato bravo, lo sapete. E forse nella mia vita ho parlato più con le capre che non con voi e con i ragazzi. E ora... ora che ve ne andate rimangono i miei rimorsi per esservi stato vicino solo quando ne avete avuto bisogno. Porterò per sempre questo peso sulla schiena. Io... io non so più cosa dirvi, Gesuina. Mi dispiace. Non ho usato le parole prima e ora che vorrei, non le trovo. Perdonatemi, se potete.*

forza che lui pensava che ormai non le appartenesse più. Si levò in piedi e si avvicinò al viso scavato per baciarla sulla fronte un'ultima volta.

Provò a muoversi, ma aveva usato le energie rimaste per quell'estremo gesto d'amore. Con un sospiro stanco, la mano affievolì la presa, fino a ricadere sul petto.

A pochi metri da quella scena, separato solo da un muro e da un vetro, Mimminu cercò di sporgersi il più possibile da quella finestra illuminata, ma era troppo in alto e lui era troppo basso per arrivarci anche in punta di piedi. Si guardò intorno per trovare qualcosa che potesse aiutarlo a elevarsi un po' di più. Vicino alla catasta della legna da ardere, poco più in là, scorse delle cassette di legno, quelle che si usavano per portare la frutta al mercato e valutò a occhio che avrebbero potuto reggere il suo peso. Ne prese una e la sistemò sotto la finestra, facendo attenzione a non fare rumore.

In casa, nella stanza scura, l'uomo l'aspettava in piedi di fianco al letto, lo sguardo perso nel vuoto. La donna tornò dentro dopo qualche minuto.

"Immoi 'nci dèpis bèssiri. Deu depu abarrai a soba cun issa"[93], disse, indicando con un cenno del capo il corpo steso sotto il lenzuolo bianco.

Lui si scosse e con una mano accarezzò quel viso che aveva amato a modo suo, per troppi pochi anni. Lentamente lasciò la stanza e la porta si serrò con un suono secco, ma ancora una volta la donna lo fermò.

"Lascia aperta anche quella".

Mimminu aveva risolto il problema dell'altezza, ma non quello della visuale. Delle grosse tende chiuse a metà impedivano di distinguere bene chi o cosa ci fosse all'interno. Anche

---

93 *Ora devi uscire. Io devo restare da sola con lei.*

la fievole luce delle candele non aiutava i suoi occhi. Nella penombra il bambino riusciva a vedere un grande letto, con qualcuno che vi stava sdraiato sopra e qualcun altro di fianco. Con un enorme sforzo riuscì a non urlare il nome di Toninu, tappandosi la bocca nell'incavo del braccio, evitando così di farsi scoprire. A un tratto, dall'angolo più scuro della stanza, emerse la sagoma nera che ormai aveva imparato a riconoscere. Con gli occhi socchiusi per la paura di vederla in faccia, cercava di controllare l'impulso di scappare via, di correre lontano da lì. Allora Mommotti era davvero entrato in quella casa. Era venuto per prendere qualcuno? Forse la persona che muoveva piano le lenzuola? I suoi pensieri furono spazzati via quando lo vide avvicinarsi. Dalle oscurità della sagoma emersero due lunghe braccia nere che iniziarono a compiere degli strani gesti sopra la testa del corpo disteso.

Se la sta portando via, pensò Mimminu, con il cuore che faceva di tutto per saltargli fuori dal petto.

In quello stesso momento da quella che pensava potesse essere la bocca del mostro, iniziò a uscire un suono lugubre, graffiante, basso. Sembrava stesse cantando, felice per il pasto che di lì a poco avrebbe consumato.

Caterina Talloru, spalle alla finestra, aveva iniziato a recitare le preghiere. Quelle stesse preghiere che neanche il medico aveva più potuto dire. La voce roca e cantilenante aveva rotto il silenzio in cui la stanza scura era caduta. Tra le mani ora teneva un pezzo di legno d'olivo, grosso e antico.

Mimminu non riusciva a capire cosa stesse facendo. Da quella posizione non vedeva quasi nulla. Tutt'a un tratto però, un movimento veloce e improvviso del braccio del mostro lo fece sussultare, in mano brandiva qualcosa, e lui scivolò dalla cassetta di legno. Quando risalì, la strana nenia era finita e le lenzuola ora erano immobili.

Gesuina... pensò, *l'ha presa. Mommotti ha preso la madre di Illu.*

CAPITOLO 31

IO HO VISTO

Attorno al ragazzino ora c'era solo il frinire dei grilli che iniziavano a salutare la notte che arrivava. Il vento che l'aveva accompagnato fino a quel momento era cessato del tutto. Aveva le orecchie che gli ronzavano forte, gli occhi erano ancora spalancati per ciò che aveva appena visto. Con lo sguardo dritto davanti a sé, appiccicato sulle spalle di Mommotti, quel Mommotti che ora aveva preso anche Gesuina, non si accorse del leggero scricchiolio proveniente dalla cassetta su cui era salito. Il legno cedette d'improvviso e il bambino rovinò a terra, rotolando lontano dalla finestra. A quel rumore il cane di Cappai iniziò ad abbaiare furioso. Mimminu si riprese dalla caduta e fu di nuovo in grado di avvertire ciò che lo circondava. Ora sentiva nitidamente il ringhio che si avvicinava. Doveva scappare subito. Non sapeva da dove sarebbe arrivato l'animale, allora decise di tornare indietro dal sentiero che aveva percorso per arrivare fin lì. Corse senza badare alle pietre che gli ferivano i piedi, corse senza che i rami bassi dei cespugli riuscissero a rallentarlo. Non si voltò mai indietro per vedere se fosse inseguito, ma sentiva che il latrato si faceva sempre più distante. Passò davanti all'albero dove aveva lasciato le scarpe e riuscì a prenderle al volo quasi senza fermarsi.

Arrivò nel suo cortile, ansimante. Non c'era tempo da perdere. Doveva parlare con Efisio. Subito. Corse verso l'ingresso e spalancò la porta tanto forte che questa andò a sbattere sulla parete.

"Papà! Mamma! Vi devo dire una cosa!"

Diversi visi si voltarono d'improvviso, spaventati dalle sue urla e dal frastuono che aveva appena fatto. Il bambino li guardava con gli occhi sbarrati dal terrore, in mano reggeva le scarpe. Sentiva ancora il latrato del cane che lo inseguiva. Una voce che non riconobbe subito smorzò il suo impeto.

"Ora non è il momento, figliolo".

"Ma è importante, don Mondinu! Io ho visto..."

A quel punto Efisio gli andò incontro con gli occhi di fuoco e, prendendolo per la maglietta, lo sollevò da terra e se lo avvicinò al viso.

"Hai capito cosa ti è stato detto? Non è il momento. Ora vai a giocare".

"Efisio! No! *Lassaddu stai!*"[94] lo implorò Elena, con un filo di voce appena percettibile.

L'uomo allentò la presa e lo lasciò andare. Per lui la discussione era finita in quel momento.

Ogni certezza, ogni necessità di riscatto erano svanite in quell'istante. Terrorizzato dal padre, oltre che da ciò che aveva visto, ma che non aveva potuto raccontare, Mimminu indietreggiò lentamente fino ad arrivare all'uscio di casa. Gli occhi gli bruciavano per le lacrime, ma non poté non pensare che quella, per lui, sarebbe stata l'ennesima sconfitta. Contro il mondo, contro suo padre, contro Mommotti. Si sbatté la porta alle spalle e ricominciò a correre.

---

[94] *Lasciatelo stare!*

CAPITOLO 32
FINE DI UN'EPOCA

Continuò la sua fuga fino al fienile e quando fu dentro volò su per le scalette che portavano al soppalco, nascondendosi dentro la paglia.

Silenzio.

Solo la quiete di quel luogo a lui amico, quel luogo che gli aveva fatto compagnia tante volte. Gli ultimi fili di luce che filtravano dal buco sul tetto lo illuminavano a malapena, rendendo il fieno di un color ocra scuro.

Il respiro di Mimminu era pesante, il petto si muoveva su e giù, alla ricerca di un po' d'aria.

Cosa vuole il prete a quest'ora?

Gli facevano male i piedi, sentiva che in qualche punto doveva essersi ferito. L'unico rumore attorno a lui era quel rantolo che non riusciva a placare, un sibilo costante e veloce, che seguiva il ritmo del suo torace.

Perché è ancora da babbo?

Immobile, ancora terrorizzato, non sollecitava un muscolo, non si azzardava nemmeno con le dita, aveva persino paura di inspirare, nonostante ne avesse un disperato bisogno. Dopo parecchi minuti in quella posizione inerte, il fiato iniziò a tornargli normale e i polmoni ripresero a funzionare.

Dal buco nel soffitto non passava più alcuna luce, era ora di tornare a casa. Provò a muoversi, ma le gambe risposero a fatica. Sollevò un braccio e questa volta lo vide spostarsi come voleva e a quel punto riuscì a rimettersi in piedi. Conosceva il soppalco come le sue tasche e non gli fu difficile trovare le scale e andare giù. Senza fare troppo rumore, uscì e si diresse verso casa. La luce della finestra illuminava parte del cortile, ormai era quasi notte. Si avvicinò un po' di più, i piedi ancora doloranti dopo la corsa nel buio. Si accorse che era parcheggiata anche la motocicletta di Cardia di fianco alla bicicletta del prete. Quindi? Cosa volevano? Erano lì anche prima?

Sentiva del brusio provenire dall'interno e decise di non entrare. La porta si era riaperta, e aveva lasciato una stretta fessura che gli permise di ascoltare e guardare senza essere visto.

"...e arrivati a questo punto non possiamo fare altro".

La voce del maresciallo arrivava bassa e rassegnata da un punto nella stanza che non poteva vedere. Dalla debole lama di luce il bambino scorgeva don Mondinu di spalle e l'uniforme di Costa. A quelle parole il cuore gli si chiuse stretto. Un'altra volta.

Aveva capito: i grandi si erano arresi. Mommotti aveva finito il suo lavoro, neanche loro erano riusciti a scoprire dove aveva portato Greca. Eppure lui solo poco prima l'aveva visto... aveva visto cosa aveva fatto alla madre di Illu... lui sapeva dove trovarlo, sapeva come prenderlo... ma non l'avevano fatto parlare.

Si inginocchiò davanti alla porta, senza forze, ma continuò ad ascoltare.

"Le vie del Signore a volte sono inspiegabili, Elena. Non potremo mai sapere i motivi per i quali..."

"Don Mondinu!" lo aveva interrotto bruscamente Efisio, "Io rispetto voi e il vostro lavoro, ma per favore, risparmiate me e mia moglie con le vostre maledette prediche della domenica!"

"Efisio, per favore, ascoltatemi..."

"No, ascoltatemi voi, ora. Mia figlia è sparita e cosa ha fatto il vostro dio per aiutarci? Niente come al solito! Niente di niente!"

Mimminu vide la madre che cercava di calmarlo, ma il suo abbraccio servì a poco.

"Lasciatemi stare, Elena. Adesso basta. Abbiamo bisogno di certezze, non di illusioni. Del vostro dio non me ne faccio nulla".

"E voi maresciallo", continuò l'uomo in preda ormai al più nero sconforto, "cosa vuol dire che 'arrivati a questo punto non possiamo fare altro'? *Ita catzu bolli nai?*"[95]

La voce iniziava a perdere forza, nonostante cercasse di gridare quelle domande con l'ultimo fiato che ancora gli restava nei polmoni. Mimminu si accorse che i nervi di Efisio avevano ceduto. Quelle parole erano dettate dalla disperazione. Non aveva mai sentito quel tono provenire dalla bocca del padre.

"Possibile che non ci sia altro da fare? Che non ci siano altri posti da controllare, altri casolari abbandonati, altre persone da interrogare... e quei due? Maresciallo, quei due maledetti che avete arrestato, cosa hanno detto? Li avete interrogati, li avete costretti a parlare?"

Lui, Efisio, l'uomo più forte che avesse mai conosciuto, l'uomo che con lui e sua sorella era sempre stato severo e rigido. Lui, ora, piangeva. E Mimminu non poteva farci nulla. Nessuno poteva farci più nulla. Mommotti aveva vinto.

Cardia, forse come mai in altre occasioni, non poté far altro che rimanere in silenzio. Anche se la parola *resa* non esisteva nel suo dizionario, suo malgrado questa volta aveva dovuto prendere atto dell'evidenza dei fatti. Non si poteva fare altro. Ora solo il Cardia *uomo* poteva dare il supporto necessario a quel padre che di fronte a lui nascondeva il viso fra le mani, lasciandosi andare a un pianto profondo.

Incapace di reagire, Mimminu si sedette sul gradino di fronte alla porta e incrociando le braccia sulle ginocchia iniziò a piangere anche lui. Lacrime amare, di sconfitta. Una sconfitta che avrebbe accompagnato la sua esistenza per molti anni.

---

[95] *Cosa cazzo vuol dire?*

Una pioggerella sottile iniziò a cadere al suolo, sollevando piccoli sbuffi di polvere davanti ai suoi piedi, ma lui non si mosse.

Nascose la testa tra le braccia, sentiva il respiro profondo arrivargli da dentro il corpo.

Quella pioggia silenziosa che gli bagnava i vestiti sembrava essere partecipe del suo dolore. Lo avvolgeva, gli impregnava le scarpe, lo abbracciava. Inesorabile, quel pianto del cielo non si sarebbe mai più fermato, non per lui. E così come per il tramonto di ogni giorno, niente di quello che era successo sarebbe potuto cambiare, né ora né mai. Quando Mimminu arrivò a capire veramente quale fosse il significato delle parole di Cardia, la tristezza si trasformò in rabbia. Rabbia per non essere riuscito a fermare Mommotti, per non essere riuscito a ritrovare Greca. Rabbia per non essere stato ascoltato.

Ora era solo. Solo come non era mai stato prima.

Sollevò un poco la testa poggiando la guancia sul dorso della mano e la pioggia gli bagnò il viso, confondendosi con le lacrime.

Il suo sguardo andò verso i campi. Quei campi che erano stati motivi di gioia e di dolore per lui e per i suoi genitori. Guardava lontano, oltre il buio.

Ma Greca non apparve, e così chiuse gli occhi.

Il buio sulle palpebre lentamente si disperse lasciando spazio a frammenti di ricordi che aveva vissuto con la sorella. Le corse a perdifiato su per la collina, le mani nell'impasto del pane della madre. Questi e altri mille momenti sarebbero rimasti indelebili nella sua memoria ma nascosti nel buio del suo dolore. Esattamente come i suoi occhi chiusi che strizzavano le ciglia a ogni nuovo ricordo, parte della sua esistenza sarebbe rimasta in questo stato di oscurità, dove le ombre lo avrebbero accompagnato negli anni a venire.

Schiuse gli occhi mentre la pioggia continuava il suo discorso, l'acqua deformava la vista ma a lui non importava, li richiuse e si lasciò coccolare da quella sensazione simile alle onde del mare quando ci si abbandona al sonno.

E così, giorno dopo giorno, ogni notte con la luce della abat-jour accesa, quel momento si ripeté uguale al precedente, con gli stessi ricordi, con lo stesso buio, con lo stesso ondeggiare.

SECONDA PARTE

CAPITOLO 33
IN TRENO, NOVEMBRE 1975

Uno scossone gli fece scivolare il gomito dal bordo inferiore del finestrino e quel movimento improvviso lo svegliò. Aprì gli occhi e si guardò attorno per cercare di ricordarsi dove fosse. Sbadigliò, assonnato.

"Mi sono addormentato, vero?"

"Solo *poco poco*..."

La donna che aveva di fronte lo guardava divertita, la testa leggermente inclinata da un lato.

"Hai il sonno pesante..." gli disse.

"Adoro viaggiare in treno. Su in città le occasioni non sono tantissime, purtroppo. Cerco di godermi questi momenti... le campagne, i fiori, i profumi".

"È il dondolio che ti frega Massimo", chiuse lei.

"Sì, Margherita, è proprio così".

I due risero.

Erano arrivati alla stazione giusto qualche minuto prima della partenza del locale che avrebbe terminato il suo lunghissimo viaggio di quasi quattro ore fino ad arrivare a Granosu.

Di primo mattino non avevano incontrato nessuno, se non il capostazione e il capotreno che scambiavano quattro chiacchiere.

Dentro il treno la situazione non era molto diversa. Dei due piccoli vagoni beige che componevano il convoglio, uno era la motrice, l'altro, riservato ai passeggeri, aveva solo pochi posti occupati. Si erano sistemati uno di fronte all'altro, entrambi accanto al finestrino. L'alba era ancora lontana e Massimo aspettava le prime luci naturali per rivivere quei momenti che da anni, ormai, non assaporava più, come il piacere di riscoprire quel misto di odori e colori.

Quando era un bambino con le ginocchia sbucciate e i lividi alle gambe e tutti lo chiamavano ancora Mimminu, aveva avuto il privilegio di essere svegliato dal primo sole che filtrava dalla finestra della sua stanza. Ricordava come fosse ieri che a quell'ora i suoi genitori erano già in piedi, così anche lui si alzava dal letto, facendo piano piano per non svegliare Greca, e andava a salutare quel nuovo giorno con loro. Rivedeva ancora suo padre seduto alla tavola che sorseggiava il caffè della mattina, e sua madre che preparava il pane per la giornata di lavoro. Ma dopo quella notte di cui Massimo ricordava pochissimo, Efisio aveva iniziato a berlo sull'uscio di casa. A volte andava in mezzo al cortile a cercare con gli occhi qualcosa oltre il recinto, oltre i campi, qualcosa che però non aveva mai trovato.

CAPITOLO 34
AL DI LÀ DEL VETRO

La campagna gli scorreva lenta di fianco, fuori dal finestrino. Quell'infinitesimo affaccio sul mondo lo riportava indietro nel tempo, quando era lui con i suoi amici a correre in mezzo al grano. A quel pensiero, avvertì di nuovo il fastidio delle punture delle spighe sulle gambe e gli venne spontaneo portarsi la mano al ginocchio e grattarlo.

La vecchia littorina puzzava di gasolio e Massimo aspettava che il treno si fermasse nelle piccole stazioni disseminate lungo il tragitto, perché quelli erano i momenti in cui il forte odore acre quasi scompariva, e il profumo dell'erba bagnata di pioggia pervadeva l'interno del vagone, come se il pavimento si trasformasse in un prato rigoglioso.

Ora anche la moglie davanti a sé aveva smesso di contrastare quel dolce ondeggiare e aveva gli occhi chiusi e il capo poggiato al sedile. Un cappottino del colore dell'acqua le cingeva le spalle, a loro volta protette da un vestito dai colori primaverili che scendeva fino al ginocchio. I capelli le ricadevano sul collo e qualche ciocca le copriva gli occhi. Di fianco a lei, sul sedile vuoto, un libro con la copertina di pelle.

S'atra pipìa[96], pensò Massimo.

Quante avventure avevano vissuto assieme. Le passeggiate fuori dal fienile, le corse nei campi, le spine. Poi tutto era cambiato. I tempi erano cambiati. Le persone avevano iniziato a

[96] *L'altra bambina.*

combattere un'altra guerra lontana che aveva lasciato i segni anche al paese. Quando quel periodo era finito, nel giro di pochi anni loro due avevano perso i contatti con gli altri del piccolo gruppo. E ora eccola lì, seduta davanti a lui, con quel mezzo sorriso che aveva sempre sulle labbra anche quando dormiva, espressione che non l'aveva mai abbandonata fin da quando era una piccola bambina di otto anni che si addormentava sui sacchi di grano nel fienile di suo padre. Margherita, la piccola Margherita, *s'atra pipìa*, come la chiamava Elena, perché lei e Greca erano state le uniche due femminucce che avessero vissuto in quel piccolissimo agglomerato di case, tanto tempo fa.

Dopo il suo trasferimento dal paese, che era stato il suo mondo per tanto tempo fino ai suoi diciannove anni, alla città di Fossate su al nord, Margherita si era dovuta adattare a quegli spazi nuovi. In realtà spazi molto stretti e con poco verde attorno, con il sole che quasi non riusciva ad arrivare a terra, e l'aria che aveva un odore diverso, non più di fiori e di erba, ma di qualcosa che sembrava stesse bruciando.

"Sono le fabbriche, Margherita. È il progresso", le aveva detto un giorno Mallena.

Non si era mai abituata a quel cambio di ambiente, e ogni giorno che trascorreva in città malediceva la guerra che le aveva portato via il padre. Era convinta che se lui non fosse partito, la sua famiglia sarebbe ancora stata nella sua vecchia casa, circondata dai campi, e ci sarebbe sempre stato il sole che l'avrebbe svegliata.

Suo padre, Luisu Vacca, il fraterno amico di Efisio, era uno degli uomini a non essere tornato dal fronte, insieme al fratello di Daddai, Paoletto Murru e a Gemiliano Usala. Di lui si diceva che fosse morto da eroe mentre cercava di salvare la vita di altri soldati.

Dopo la guerra, Mallena aveva passato quattro anni di lutto e poi ceduto alle lusinghe di un signore di città, che si era preso l'impegno di portarla via dal paese e dai suoi brutti ricordi. Aveva allora abbandonato le vesti nere e deciso di vendere tutto ciò che possedeva lì al paese a delle persone del posto con gran dispiacere di Margherita. Ma quell'uomo aveva dimostrato di essere una brava persona, e la promessa di una vita migliore era reale. Vedere la madre ricominciare a sorridere di nuovo l'aveva alla fine convinta che quella era stata la soluzione migliore.

Nella sua nuova città, Margherita aveva studiato per diventare infermiera e ben presto aveva iniziato a lavorare in una casa di riposo appena fuori città, lontano da quell'odore di bruciato che la faceva tossire e almeno per qualche ora al giorno riusciva a respirare aria pulita nella grande tenuta di quella struttura. Ma quell'aria non sarebbe mai stata come quella del suo paese.

Quando Massimo aveva deciso di portare più vicino a sé i suoi genitori, Elena aveva scelto di andare dove lei lavorava. Per tutti era stata una grande gioia, gradita oltre ogni limite, soprattutto per Margherita, perché dopo tanto tempo poteva rincontrare delle persone con cui aveva vissuto i primi anni della sua infanzia giù al paese. Per Efisio ed Elena ritrovare Margherita era stato un po' come rivedere la piccola Greca. Le due bambine avevano passato assieme molti pomeriggi ad aiutare nelle faccende di casa, qualche volta da Elena, altre volte da Mallena. Per Massimo, era stato un sollievo sapere che nella casa dove sarebbero andati a vivere i suoi genitori ci sarebbe stata una persona che, ne era sicuro, li avrebbe accuditi come fossero stati i propri.

Il giorno in cui avevano varcato la soglia della casa di riposo, Margherita quasi non aveva creduto ai suoi occhi. Erano trascorsi molti anni dall'ultima volta che si erano visti in occasione della laurea del marito.

"S'atra pipìa", aveva mormorato Elena, felice di rivederla.

Le due donne si erano abbracciate forte e Massimo aveva visto gli occhi di Efisio luccicare per qualche secondo. Poi la sua attenzione era stata attratta da una delle grandi finestre lungo le pareti bianche. Ci si era avvicinato lentamente, l'aveva osservata dall'alto in basso, da destra a sinistra, la mano ruvida che ne accarezzava la superficie. E l'aveva aperta. Un refolo di vento aveva smosso delicatamente le pagine dei giornali posti su un tavolino. Margherita si era chiesta il motivo di un gesto così strano, ed Elena aveva risposto a quella domanda silenziosa.

"Da quando Greca è scomparsa, non c'è stato un solo giorno in cui non abbia aspettato davanti alla porta di casa. Spera ancora di vederla spuntare dal sentiero in mezzo al campo".

Senza voltarsi, Efisio si era seduto su una delle poltrone davanti alla finestra, prendendo pieno possesso della sua nuova casa.

CAPITOLO 35
ERA UN ADDIO?

Il treno correva sui binari con quel suo ronzio estremamente rilassante, quel dondolio che cullava gli occhi e la testa. Dal finestrino, in lontananza, Massimo scorse qualcosa che si avvicinava veloce sui binari. Lo spostamento d'aria provocato dalle pareti della galleria arrivò all'improvviso quando ci passò dentro e il buio subito dopo. Gli sembrò di essere immerso in un'enorme vasca fluttuante nel nulla. Quando la luce tornò, veloce come se n'era andata, il treno continuò il suo viaggio attraverso le campagne.

Margherita si svegliò in modo brusco, *Una galleria*, pensò.

Scostò dagli occhi le ciocche di capelli e sorrise. Stavolta era il marito che la osservava.

"Incredibile come siamo tornati qui... dopo tutto questo tempo, vero? È servita una telefonata per farci muovere".

L'uomo riportò lo sguardo oltre il finestrino, ma non rispose. Ancora non aveva capito da quale sentimento farsi accompagnare in questo viaggio, sperava solo di non essere travolto dalla malinconia di quei giorni lontani.

Però un sentimento predominante c'era. Al di là dell'emozione di tornare al paese, oltre quella *maledetta telefonata*, oltre il ripercorrere le sue strade, i campi. Era lì con Margherita. L'amica di una vita, la compagna di studi, la moglie, confidente, caposaldo del suo precario equilibrio mentale. Era lei che l'aveva tenuto in piedi tutti quegli anni.

"A cosa stai pensando¿" gli chiese, cercando di farlo tornare al di qua del vetro.

Massimo la cercò con la coda dell'occhio.

"Quindi¿ Quello era un addio¿"

"Ma cosa…¿"

Lei spalancò gli occhi e la sua espressione divenne stupore, attonita nello stomaco e nell'animo, fino a quando un ampio sorriso le riempì il viso facendola arrossire di nuovo.

"Scemo!" Esclamò all'improvviso, mentre mimava il gesto di colpirlo con il libro.

"Quasi mi ero dimenticata di quel giorno. Ero praticamente certa che non ci saremo visti mai più".

CAPITOLO 36
UNA NUOVA VITA, MARZO 1946

La partenza era prevista per le sei del mattino successivo. Il treno avrebbe portato Mallena e i figli fino al porto, da cui poi si sarebbero imbarcati su una delle navi in rotta per il continente. Avrebbero affrontato un altro lungo viaggio fino alla città, dove la loro nuova casa li avrebbe accolti.

Margherita uscì di casa e si diresse verso il fienile, dove Massimo la aspettava fuori dalla porta.

"Andiamo dentro, fa freddo qui", le disse quasi bisbigliando.

Salirono i gradini che portavano al sottotetto e si sedettero sul fondo soffice.

"Quindi ci siamo... domani parti", la voce di Massimo era bassa.

Lei non disse nulla, si limitò a guardare in tutte le direzioni tranne che in quella dove era l'amico. Le sue mani non stavano ferme, una dentro l'altra si giravano e rigiravano, in un vortice senza fine.

"Margherita, stai bene?" Si diede immediatamente del cretino per averle fatto quella domanda. Era ovvio che non fosse così.

Finalmente le dita nervose si fermarono, e lo sguardo irrequieto incrociò quello di Massimo.

"No che non sto bene! Lo sai. O meglio... sto bene ma allo stesso tempo non sto bene. Sì, parto domani, avremo una nuova casa, una nuova vita. Ma non so se esserne felice. Qui restate voi... qui resti *tu*".

Sentire tremare la sua voce lo faceva star male. C'era qualcosa in quella ragazzina che non avrebbe mai voluto lasciare andare via, neanche in un milione di anni. Le prese le mani nelle sue, un sorriso appena accennato sulle labbra.

"Che problema c'è? Devi essere felice! E se tu sei felice, io sono felice. Il mare ci dividerà, ma saremo sempre comunque vicini!"

Il silenzio calò tra i due ragazzi. Ci sarebbero state altre mille cose che avrebbero voluto dirsi, ma chissà perché in quel momento a nessuno dei due veniva in mente niente. A un tratto Massimo batté il pugno sul palmo della mano.

"Sai che facciamo? Ci possiamo scrivere!"

Margherita gli strinse le mani, e poggiò la testa sul suo petto. Quel contatto fisico la faceva sentire al sicuro, e mai avrebbe voluto che finisse.

"Lo so, ma non sarà la stessa cosa. Mi mancherete tutti".

"Non sarà così difficile, vedrai. Hai tua madre vicina, tuo fratello. E poi, sai, quel signore... *s'ingegneri*[97], mi piace. Sì, mi piace proprio".

La sentì sorridere e stringersi ancora più forte a lui.

"Hai la capacità di farmi stare meglio anche quando tu stai peggio di me. Ti conosco bene, Massimo".

"Non preoccuparti per me. Ne ho passate di peggio... Sono sicuro che andrà a meraviglia. A te e a me".

Se la strinse forte al petto, cercando di dominare quell'impeto che aveva provato ormai molte altre volte, ma a cui non aveva mai dato permesso di esplodere. Rispettava troppo Margherita per pensare *certe cose*. Anche se avrebbe tanto voluto far tacere quella voce che gli implorava di accarezzarle le guance e baciarla, prima che partisse definitivamente. Ma era terrorizzato. Se l'avesse fatto, come sarebbe stato *dopo*? Come sarebbe potuto sopravvivere anche a questa assenza?

---

97 *L'ingegnere.*

Lei si scostò da lui, gli occhi rossi.

"Questo è un addio, quindi?" gli chiese.

"Vorrei che non lo fosse. Ma probabilmente lo sarà e..." rispose Massimo, cercando di mantenere la voce ferma. Ora si sentiva solo e indifeso come mai. Anche per lui sarebbe stato un nuovo inizio, ma senza la ragazza a cui non aveva mai avuto il coraggio di parlare in modo chiaro. Quella forse sarebbe stata l'occasione giusta se solo...

Non gli diede il tempo di finire la frase. La bocca di Margherita si poggiò sulla sua, tutto avvenne in un istante. L'istante più lungo che lui avesse mai vissuto.

Il mondo del ragazzo iniziò a girare attorno a quegli occhi chiusi. Non era la prima ragazza che baciava, ma era la prima volta che baciava Margherita. Anzi. Era lei che baciava Massimo. Di nuovo.

Non sapeva neanche lui da quanto stesse aspettando quel momento, e ora la voce che da sempre lo implorava di stringerla sembrava aver scordato le parole per esortarlo a farlo adesso, subito. Allora lo fece lui, nel modo più dolce che riuscì a trovare in quell'attimo. La cinse con le braccia e la strinse di nuovo vicina, senza mai smettere di baciare quelle labbra che tanto aveva sognato di amare.

Riaprirono gli occhi nello stesso istante. Lei aveva le guance rosse, lui non voleva lasciarla andare. Si scostarono di quel tanto che bastava per parlare.

"Come faccio a partire, ora? Dimmelo, ti prego. Come faccio a partire, ora?" chiese Margherita mentre gli carezzava i capelli.

"Potrei darti una risposta molto egoista... potrei dirti di non partire... ma non lo farò. Hai la tua nuova vita da vivere, da domani. Facciamo finta che questo di oggi sia il nostro arrivederci".

"Sai meglio di me che non sarà un arrivederci. Sarà difficile senza te".

"Sarà come è sempre stato, Margherita. Io ci sarò per te, e

tu, credo, ci sarai per me. Sempre. In questo momento non possiamo sperare altro".

La voce di Massimo si era indurita d'improvviso. Sentiva che se avesse continuato a pensare alla mattina dopo, non sarebbe riuscito a rimanere tranquillo. Scostò dolcemente Margherita da lui e insieme, mano nella mano, tornarono giù, all'ingresso del fienile.

"Ogni due settimane!" disse improvvisamente Massimo. La ragazza, sovrappensiero, non capì e lo guardò con aria interrogativa sobbalzando un poco.

"Ti scriverò! Ogni due settimane! Promesso!" rispose Massimo con un sorriso che di vero aveva ben poco. Lei se ne accorse, lei se ne accorgeva sempre, e per stemperare la tensione nei suoi occhi sorrise e gli tese il mignolo per suggellare quella promessa.

"Va bene. Ma se ne manchi anche solo una, torno subito qui e..."

Questa volta fu Massimo a non lasciarle finire la frase. Le posò un dito sulle labbra e parlò con voce bassa e sicura.

"Ho promesso. Non ne mancherò nemmeno una".

CAPITOLO 37
CARO IL MIO DOTTORE

“Hai visto...? Siamo quasi arrivati”.

Massimo aveva parlato con gli occhi ancora fissi al finestrino.

“Ormai manca poco. Senti... riguardo a quella telefonata hai valutato la possibilità che ciò che ti è stato riferito possa non corrispondere alla realtà? Voglio dire...”

“Certo che l’ho fatto, *lui* è stato molto chiaro. Quando l’ho risentito la mattina dopo mi ha parlato del ritrovamento di diverse ossa. Quelle... quelle ossa potrebbero essere di chiunque, lo so... Credo comunque che non lo sapremo mai con certezza”.

Iniziò a sfregarsi nervosamente le mani e a far scrocchiare le dita.

“Forse non avrei dovuto rispondere”.

“E perché no? Non ti sembra il caso di chiudere questa storia una volta per tutte?”

Massimo la guardò e non trovò il solito sorriso sul suo viso. Ora gli occhi erano stretti in un’espressione di rimprovero.

“Sembra quasi che tu abbia paura”.

Scosse la testa, sconsolato. “È successo tutto così in fretta dopo la telefonata. Mah. Non so davvero cosa pensare. Non c’è stato proprio il tempo. Poi ho comprato i biglietti ed eccoci qui”.

Tra i due calò un silenzio imbarazzato. Margherita non avrebbe voluto ribattere a quelle parole, che nient’altro erano che una scusa. Una scusa bella e buona. Quindi per una volta mise da parte la sua innata diplomazia e strizzando gli occhi cercò di non essere troppo sarcastica.

"Caro il mio dottore... non puoi *dirti* che non c'è stato il tempo... e tu lo sai. Eccome, se lo sai. Secondo me tu non vuoi affrontare il problema, *caro il mio dottore*".

Ora lei sorrideva ironica, sapendo di aver colpito nel centro.

Lui, per tutta risposta distolse immediatamente gli occhi dai suoi e guardò fuori dal finestrino.

"Sì, forse è come dici tu. Hai ragione, come sempre. Il tuo dottore ha paura".

"Ma paura di cosa?" chiese lei.

"Mi conosci meglio di chiunque altro Margherita. E sai tutti gli sforzi che ho sempre fatto per liberarmi da..." con un movimento della mano scacciò quel pensiero, "tu sai quanto ci abbia provato. Non ho affrontato il problema perché avevo paura di quello che sapevo sarebbe successo, perché è così ogni volta. L'incubo ritorna. E io non ho ancora imparato a difendermi. Proprio come qualche sera fa".

Massimo parlava con la voce bassa mentre con gli occhi cercava di seguire gli alberi che sfuggivano all'esterno.

"Stavo per uscire dallo studio, anzi ero già fuori quando il telefono ha squillato, ho pensato che fossi tu o che forse qualcuno degli ospiti della struttura avesse di nuovo bisogno di aiuto".

Lo scorrere veloce delle campagne sembrava aiutarlo a visualizzare quel ricordo vicinissimo. Si sentiva pronto a parlarne di nuovo, così Massimo iniziò a raccontare.

CAPITOLO 38
FINE SERATA, ULTIMI GIORNI DI OTTOBRE 1975

Il suono del liquore che scivolava leggero dalla bottiglia segnò la fine della serata.

Massimo aveva riempito il bicchiere a metà e si era avvicinato alla finestra. L'inverno era arrivato, prepotente e umido, senza lasciare il tempo alla città di abituarsi all'inesorabile calare delle temperature.

Il traffico lento e rumoroso della sera riempiva l'aria di suoni diversi, clacson furiosi, autoradio che sputavano canzonette, semplici vocii dei passanti indaffarati a rientrare a casa per la cena. Le luci della città, splendenti nei loro mille colori di vetrine, neon, avvisi, lampioni, illuminavano il cammino dei pedoni sui marciapiedi.

Sorseggiava quel liquore scuro e denso, sapore dell'anima della sua terra, dopo quell'intensa giornata di lavoro. Si sedette alla scrivania del suo studio, e si preparò a compilare le ultime scartoffie prima di chiudersi la porta alle spalle e rientrare a casa.

Cercò l'accendino e lo trovò dentro il primo cassetto. Di fianco, un pacchetto di bionde aperto da poco. La prima boccata fu di liberazione, il fumo si attorcigliava attorno alla lampada accesa sul piano scuro di mogano.

Erano da poco passate le nove e nell'antico palazzo signorile in cui lavorava i rumori degli altri uffici si erano gradualmente interrotti, facendo tornare il silenzio a curare la sua testa.

Clienti impegnativi, quella sera, con due nuovi casi e una pratica chiusa.

Il mirto colorava il bicchiere basso e largo, disegnando tracce scure sulle pareti di vetro.

Quando anche l'ultimo fascicolo era stato compilato, come di consueto l'uomo prese il bicchiere e andò alla sua poltrona, comodo rifugio contro la stanchezza. Chiuse gli occhi e assaporò quel gusto che lo riportava indietro nel tempo, quando a lui, del vino, era concesso solo il profumo.

La solitudine e la quiete del suo studio, con l'unica compagnia di quel bicchiere mezzo pieno. Dalla mattina alla sera non faceva altro che ascoltare le persone, i loro problemi, le loro vite, i loro difetti, i loro crimini. Parole, parole, sempre e solo parole. Lunghi discorsi a cui doveva fare attenzione, di cui doveva scovare i tranelli, le falle nei ragionamenti, le bugie, le invenzioni. Nel corso degli anni era riuscito sempre meglio a farsi scorrere addosso quei fiumi in piena, senza più sentirne il peso sulle spalle, senza più sentirsi parte del problema.

Aveva imparato che *lui* doveva essere la soluzione al problema.

Capitava spesso che Margherita avesse il turno di notte, e lui poteva trattenersi più a lungo in ufficio per sbrigare le sue cose. Si vergognava un po', ma quello era il momento della giornata che preferiva trascorrere tra i suoi libri e appunti.

L'ultimo goccio sparì tra le sue labbra, quel piccolo momento di fuga era finito. Indossò il cappello e uscì.

Il lungo corridoio fuori dalla porta era illuminato e silenzioso. Le pareti antistanti restituivano il suono dei suoi passi sul pavimento di marmo. La chiave aveva già fatto mezzo giro, quando il telefono squillò. Il suo primo impulso fu quello di andarsene senza rispondere, ma poi ci ripensò.

Sbuffando leggermente, riaprì la porta e con la ventiquattrore in una mano e il soprabito sul braccio si diresse a grandi passi verso la scrivania.

La sua vita cambiò.

Un'altra volta.

CAPITOLO 39
LA TELEFONATA

Rispose certo di chi ci fosse dall'altra parte.

"Ciao amore, oggi hai tardato a chiamare. Tutto bene? Stavo chiudendo lo studio quando ha squillato il telefono".

Il turno di Margherita alla casa di riposo stava per iniziare, ed era sua abitudine sentirlo prima che entrasse in servizio. Sapeva che l'avrebbe trovato ancora lì.

La voce si fece attendere, lasciando spazio al ronzio di sottofondo. Di quando in quando la sua intensità era interrotta da una serie di *tlak* in sequenza che si ripetevano di continuo, sempre più vicini e intermittenti.

Quei suoni metallici gli ricordavano quando si metteva in comunicazione con i genitori sull'isola, giù al paese, ma era solo una sensazione. Ormai erano anni che i suoi vecchi non erano più lì.

"Pronto? Margherita? C'è qualcuno?"

Ancora il ronzio. Portava con sé delle voci lontane e indistinguibili, mentre i clacson nella via sottostante urlavano il loro disappunto per un parcheggio in doppia fila. Socchiuse gli occhi e aggrottò la fronte, cercando di aguzzare l'udito. Riconosceva qualcosa in quei rumori. Frammenti di vita passata iniziarono a formarsi nella mente, sfuggenti, senza forma propria.

Strizzò gli occhi.

Era circondato dai campi e con una mano dovette proteggersi dal giallo accecante del grano nella luce intensa. Quando la abbassò si ritrovò sul soppalco del fienile. Un'ombra nera gli esplose in volto, facendolo trasalire. Dovette spostare un piede all'indietro per non perdere l'equilibrio. Dal buco sul tetto da dove spiava la casa sulla collina ora vedeva il patio di fronte alla veranda dal quale suo padre con un braccio alzato lo chiamava.

"Massimo?"

Aprì gli occhi. Passarono diversi secondi prima di riabituarsi alla penombra dell'ufficio, durante i quali, dalla cornetta, il sottofondo ambientale sembrava aver preso forma in una voce. Ma non quella della moglie.

"Massimo?"

Si ridestò dai suoi pensieri. Immobile davanti alla scrivania si guardava intorno per avere conferme di essere di nuovo al sicuro nel suo studio. Poi, rispose.

"Sì. Chi parla?"

"Massimo... Massimo Sanna?"

"Sono io, però mi perdoni. L'orario delle visite è terminato. Può richiamare domani mattina e..."

"Mimminu..."

Un ricordo violento lo strappò dal suo ufficio e lo scaraventò in mezzo a quella distesa di spighe ondeggianti, con ancora la valigetta in mano e l'impermeabile sul braccio. Cercava attorno a sé un volto che potesse rispondere al tono di quella voce, perché conosceva quella voce, ma ancora non la vedeva. Il vento soffiava forte, facendo sbandierare il soprabito e per non farlo volar via Massimo se lo strinse al petto. Poi qualcosa lo fece voltare. Davanti a lui, lontano, delle sagome tremolanti nel caldo prendevano forma. Lentamente Efisio emerse in tutta la sua grandezza. Il suo braccio forte cingeva Elena, che con le mani si copriva il viso. Con loro c'era il maresciallo, lo riconosceva dalle spalle larghe. Dietro di loro una forma più grande, scura, alta. La sua casa d'infanzia diventava nera, il fumo la ingoiava, avvolgeva le porte, si mangiava i muri. Poi là in mezzo vide un'altra figura, ma questa era diversa dalle altre. Questa era l'unica che sembrasse vederlo, l'unica che guardasse nella sua direzione.

Aprì gli occhi.

"C-Costa...?"

"Sì, sono io. Ti ricordi di me?"

"Costa, io... certo. Mi scusi, sono confuso. Nessuno mi chiamava Mimminu da anni ormai. Sì, certo che mi ricordo di lei. Vagamente, ma mi ricordo".

Massimo cercava di riprendersi.

"È passato davvero tanto tempo, a cosa devo questa chiamata?"

"Anzi, prima di tutto... mi perdoni, non le ho neppure chiesto come stia. È ancora al paese?"

"Non c'è problema, sto bene, Massimo, grazie. Sì, sono qui. Senti... so che è tardi, e ho tentennato parecchio prima di contattarti ma credo possa interessarti sapere che... abbiamo trovato qualcosa sulla collina".

"Trovato? Che significa trovato? Trovato cosa?"

Un formicolio cominciava a intorpidire il braccio che teneva l'impermeabile. Lentamente, senza che Massimo se ne accorgesse, l'arto si abbassò facendolo scivolare giù dalla piega del gomito fin sulla borsa e infine sul pavimento.

"Ossa, ossa umane. A una decina di metri dal pozzo. Te lo ricordi?"

La mano lasciò la presa sulla borsa, che cadde in piedi sul soprabito già in terra.

"Ossa? Mi sta dicendo che potrebbero essere..."

"Esatto. Per ora sono supposizioni, è per questo che non ti ho chiamato subito. Però pensavo fosse giusto che tu sapessi".

Massimo stringeva la cornetta in uno spasmo incontrollato. Impiegò qualche secondo prima di riuscire di nuovo a parlare.

"Dev'essere una delle prime volte che mi capita di rimanere senza parole. Sono passati talmente tanti anni che pensavo di aver allontanato questo dolore, ma evidentemente non è così".

Le timide luci dei lampioni in strada filtravano dalla finestra dello studio, illuminando poco oltre il davanzale. Massimo non avrebbe saputo dire se i rumori martellanti che ora sentiva provenissero dalla strada o dalla sua testa.

"Lo capisco. Certe ferite non guariscono mai. Si possono solo nascondere e bendare bene, ma al minimo colpo sono pronte a sanguinare di nuovo. E a volte, più forte di prima".

Ora Massimo era sicuro che quei rumori insistenti provenissero dalla sua testa.

"Massimo?"

Silenzio.

"Massimo sei ancora lì?"

Ronzio.

"Sì".

"Facciamo così, prenditi il tempo che ti serve, capisco che non sia facile".

Massimo rimase in silenzio per qualche secondo.

"Grazie per la telefonata Costa. Ora devo capire cosa sia meglio fare per me. Seguirò il suo consiglio, ci risentiamo. La saluto".

Quei rumori adesso erano talmente forti che gli impedirono di sentire cos'altro il carabiniere avesse ancora da dirgli.

Percepì la voce affievolirsi nel ricevitore, mentre Massimo lo accostava lentamente al telefono. L'uomo barcollò e la vista gli si annebbiò. Quando riuscì di nuovo a mettere a fuoco si ritrovò steso nel suo letto, a casa dei suoi genitori.

Si osservò le mani, le sue dita erano tornate piccole, erano le dita di un bambino. Stupito, scosse la testa e chiuse gli occhi. Quando li riaprì si ritrovò a sbirciare dal buco sul tetto verso la casa sulla collina. I fiori gialli erano ancora lì, gli stessi fiori che ora vedeva nella coroncina che

Greca portava la sera della festa, ma la luce nel fienile era cambiata. Le ombre si accalcavano velocemente nell'angolo in fondo, quello che ora era nero come una notte senza stelle. Una, più scura delle altre, si stava facendo largo verso di lui, come a cercare di raggiungerlo, quando la sua mano si aprì del tutto e il ricevitore cadde sul telefono con un suono secco chiudendo la comunicazione e il suo rumore di sottofondo. Le ombre sparirono, così come il fienile e i fiori gialli della casa. Di fronte a lui ora c'era solo il lettino che usava per i suoi pazienti. Giù in strada, il traffico sembrava essersi normalizzato.

Costa, pensò.

Raccolse il soprabito e la borsa e uscì, chiudendosi alle spalle la porta blindata mentre continuava sottovoce a ripetere quel nome.

CAPITOLO 40
BENTORNATI A CASA, NOVEMBRE 1975

Il treno iniziò a rallentare e alcune delle persone che erano sedute nel loro stesso scompartimento si prepararono per la discesa. Quello sarebbe stato il capolinea, avrebbe fatto una breve sosta e poi sarebbe ripartito in direzione opposta.

Massimo le aveva raccontato ancora quella storia senza quasi prendere fiato. Solo a un certo punto si era deciso ad allentare il nodo alla cravatta e sospirare profondamente. Margherita si era accorta immediatamente di come la sua espressione fosse cambiata mentre parlava delle ossa, così come la luce nei suoi occhi.

Aveva imparato a riconoscere quei momenti. I suoi sensi di colpa per la scomparsa di Greca erano tornati da quando l'aveva messa al corrente della telefonata, qualche sera prima, ma questa volta quel peso era molto più grande, perché *questa volta*, forse, c'era qualcosa.

Margherita ne era convinta, suo marito aveva scelto di diventare psichiatra prima di tutto per curare se stesso, ma era altrettanto convinta che ci fosse riuscito solo in parte. Infatti, nonostante gli strumenti dati dallo studio e dall'esperienza sul campo ancora non era capace di controllare quei mostri che arrivavano durante la notte e gli tiravano via le coperte dal letto. Come diceva lui, i mostri erano i suoi sensi di colpa, le coperte la corazza che si era costruito negli anni per combatterli.

Lei dal canto suo, durante tutto il racconto non l'aveva mai interrotto, lasciando che il marito esaurisse il suo ricordo. Solo alla fine fece la sua domanda piegandosi in avanti e poggiandogli una mano sul ginocchio.

"Ma se dici che non avremo mai la certezza, perché siamo qui?"

"Mi serviva, Margherita. Mi serviva tornare a casa. E poi l'hai detto anche tu. Dovevo chiudere il cerchio, e non ti ringrazierò mai abbastanza per aver accettato di accompagnarmi in questo viaggio".

Nonostante fossero sposati ormai da anni, lei mostrò la sua delicatezza e arrossì, nascondendo il viso dietro il libro.

"È sempre stato il mio sogno, Massimo. Non te ne ho mai parlato perché so che i pensieri che ti legano a questi posti continuano a crearti disagio. Ma tornare assieme a te nella terra in cui siamo nati, solo tu e io, mi sembra una favola, mi fai tornare ragazzina".

Margherita cercava di restare seria ma non tratteneva il sorriso che le illuminava il volto, nonostante si rendesse conto che *ragazzina* oramai non lo era più da tempo.

Ora era Massimo a essere piegato in avanti con i gomiti sulle ginocchia e le dita intrecciate. Guardava la moglie, cercando uno spiraglio tra le pagine.

"Fine del viaggio, siamo arrivati", disse.

Indossarono i cappotti, era un freddo mattino di novembre, presero le piccole valigie che avevano come bagaglio e si diressero verso le uscite.

La stazione era rimasta uguale, compresi gli stessi quattro binari di quando loro erano bambini. Erano sempre lì, dopo quarant'anni. C'era qualche cartello in più con il nome del paese e un sottopassaggio che era evidentemente stato ristrutturato da poco. Le vecchie campanelle di ferro che annunciavano arrivi e partenze erano state sostituite con degli altoparlanti di plastica, da cui ora proveniva un suono metallico. Era la voce del capostazione che annunciava la fine della corsa del treno. Presero il sottopassaggio, che ancora puzzava di vernice fresca. Quando riemersero, entrarono nella sala d'aspetto. Al suo interno c'era ora un piccolo bar in cui si potevano acquistare anche giornali e sigarette. Ai loro tempi lì c'era la biglietteria, che era stata spostata in un locale sulla sinistra.

"Bentornati a casa", disse Margherita guardandosi intorno.

Le altre persone che avevano condiviso il viaggio con loro pian piano si allontanarono, chi a piedi, chi in automobile. Quando rimasero soli si guardarono, incerti sul da farsi. In quel momento nel piazzale asfaltato si fermò un'auto blu, con tanto di lampeggianti sul tetto. I loro dubbi svanirono quando videro la scritta "Carabinieri" sulla fiancata. Dall'auto uscì un militare in divisa nera, un uomo sulla sessantina, fisico asciutto e i capelli ancora neri e foltissimi. Guardava nella loro direzione, sembrava aver capito chi fossero. Massimo era fermo, Margherita gli stava dietro di qualche passo, la valigia in una mano e la borsetta nell'incavo dell'altro gomito.

"Costa?"

"Massimo? Sei tu? Non avrei potuto immaginarti più diverso..."

Una vigorosa stretta di mano li riavvicinò dopo tantissimi anni. Fu lunga e intensa, durante la quale i due uomini, forse un po' imbarazzati, rimasero impacciati a guardarsi negli occhi e a scambiarsi timide pacche sulle spalle. La donna li guardava, immaginando chi potesse essere quell'uomo in divisa.

"Margherita! Margherita, vieni, avvicinati anche tu!"

"Ti presento il maresciallo Costa. È lui che..."

"Lo so, lo so... ultimamente mi hai parlato spesso di lui", rispose, tendendogli la mano.

"Io non la ricordo benissimo, maresciallo, al tempo della tragedia ero troppo piccola. Ma la ringrazio per tutto quello che ha fatto per la famiglia di Massimo, da allora fino a oggi".

Conservava delle immagini sbiadite del giorno in cui dalla città era arrivata una enorme macchina grigia e verde che era poi stata portata fin sulla collina davanti alle loro case. Quando il motore si era avviato, aveva iniziato a sputare delle grandi colonne di fumo bianco e da un tubo che spuntava dalla sua pancia fuoriusciva tantissima acqua. E poi c'era tutta quella gente intorno, il resto erano particolari raccontati da Massimo.

"Io invece ti ricordo bene... tu sei la figlia di Luisu Vacca, vero? Tuo padre è stato una gran brava persona. Ciò che ha fatto ha ispirato parte della mia vita. Il giorno del suo funerale tu e tuo fratello eravate seduti di fianco a tua madre. Forse non te ne eri accorta, ma la chiesa non era riuscita a contenere tutte le persone che erano venute a salutarlo per l'ultima volta..."

Invece Margherita ricordava praticamente tutto.

Anche quando lei e la sua famiglia avevano ricevuto la visita del podestà in persona. In mano teneva una busta color giallo ocra, aperta da un lato. Il suo viso era teso in un'espressione di profondo cordoglio. Mallena aveva capito subito che si trattava di cattive notizie dal fronte. Si lasciò andare su una sedia e chiese a Margherita di leggerle la lettera. Scritta a mano, quelle parole pregne di retorica e patriottismo spiegavano, quasi fosse stato un romanzo, come il soldato Vacca Giovanni Luigi avesse dato la sua vita per quella dei suoi compagni. Lui e la sua squadra si erano ritrovati in una conca naturale, circondati dal nemico, unica possibilità di salvezza una strettoia tra due costoni di roccia. Luisu aveva aspettato la notte e mentre i compagni distraevano i cecchini nemici, con l'aiuto dell'esplosivo aveva aperto un varco in un altro punto, permettendo ai suoi di fuggire e sorprendere il nemico alle spalle. Solo quando l'ultimo dei suoi compagni era stato fuori pericolo, anche lui aveva lasciato la conca, ma nella fuga era stato colpito a morte. Luisu aveva salvato la vita ad altri sette soldati, ed era stato insignito della medaglia al valor militare.

Margherita ricordava anche lo sguardo di sua madre in chiesa. Fisso dinanzi a lei, in mano teneva il fazzoletto che suo padre portava al collo quando lavorava.

"Grazie, signor Costa. È molto bello sentire queste parole".

"E poi tu e Greca eravate le uniche ragazzine di quel gruppo di marmocchi scatenati. Non so se ve lo ricordiate, ma quando ho iniziato, quello di Greca è stato il mio primo vero caso e se non ci fosse stato il buon Cardia, non avrei saputo come muovermi. È grazie ai suoi consigli se sono arrivato a ricoprire questa carica. Poco fa ho detto che tuo padre ha ispirato la mia vita. Con il suo gesto mi ha insegnato ad andare avanti nonostante le difficoltà, sempre con la testa alta e ora sono io al comando della stazione dei carabinieri del paese".

"Accidenti!"

"E sì. I capoccioni del comando generale hanno reputato che fossi all'altezza del compito, e così..."

A Costa non piaceva vantarsi dei suoi successi con gli altri, ma quelle che aveva davanti erano persone speciali, non *gli altri.*

"Sono contento che siate qui, mi spiace solo che l'occasione non sia quella di un viaggio di piacere", disse, distribuendo lo sguardo fra i due, ma poi si riferì a Massimo.

"Credo che la mia telefonata debba averti scosso parecchio, vero? A volte si vorrebbe che certi ricordi restassero sepolti per sempre, lasciando al tempo il compito di fare il resto".

"Sa, Costa, ho sempre saputo che presto o tardi avremmo dovuto chiudere questa storia, che il conto si sarebbe dovuto pagare. Solo non sapevo come questo sarebbe successo. O meglio, lo sapevo ma cercavo con tutte le mie forze di respingerlo".

Massimo cercava di alleviarsi l'animo da quell'incombenza, spaziando lontano con lo sguardo. In realtà voleva incrociare quello della moglie per farle capire che avrebbe messo tutto l'impegno necessario per chiudere la faccenda. Anche se sapeva perfettamente che se Margherita non avesse insistito, lui non si sarebbe mosso di un passo. Ancora una volta la ringraziava per sostenere la sua parte irrazionale.

"Certo, questo non è quello che faccio con i miei pazienti", disse Massimo volgendo lo sguardo al treno che stava ripar-

tendo lento.
"Sono uno psichiatra e cerco di aiutare le persone che per qualche ragione si sono perse nelle loro paure. È strano, vero? Ora sono io a essermi perso e non ho ancora capito come fare a ritrovarmi".
Ora, sorrise ironico con se stesso sollevando le spalle, *Sono quarant'anni che va avanti questa storia.*
"Da queste parti si diceva che a casa del fabbro c'erano solo spiedi di legno".
"Già. Ho sentito spesso questo modo di dire", chiuse il carabiniere annuendo e strizzando le labbra.
"Bene. Credo sia ora di andare. Ho da mostrarvi alcune cose in caserma".
Massimo e Margherita annuirono seri e si sistemarono nell'auto.

CAPITOLO 41
RUSSO, FINE OTTOBRE 1975

Nei giorni successivi all'arrivo della telefonata, Massimo aveva continuato a vivere le sue giornate con la voce di Costa nella testa:

Forse abbiamo trovato qualcosa.

Continuava a sentire quella frase anche mentre lavorava, mentre mangiava, mentre dormiva. Era stato precipitoso a interrompere la comunicazione prima di chiedere altre informazioni, ma in quel momento quelle parole lo avevano reso di nuovo fragile. Cosa doveva aspettarsi?

Il campanello dello studio suonò, allontanandolo dai suoi tarli.

La città era di nuovo immersa nella nebbia. Oltre i cornicioni dei palazzi più alti, sembrava si festeggiasse qualcosa con i fuochi d'artificio. A intervalli sempre più corti, la luce di un fulmine, ovattata dalla nebbia, cercava di farsi notare al di sotto della coltre grigia, fino alla strada. E dopo ogni lampo, il consueto borbottio che annunciava un brutto temporale in arrivo.

Ma è ancora troppo presto, constatò.

Ci sarebbe voluto ancora un po' prima che quella festa elettrica fosse visibile a tutti.

L'ultimo appuntamento della giornata avrebbe avuto termine entro un'ora. Distolse lo sguardo dall'orologio e lo riportò sul paziente.

Il signor Russo, steso sul lettino, aveva bisogno di fare quattro chiacchiere su qualcosa che ricordava come un sogno che lo assillava da giorni.

Com'è piccolo il mondo, pensò Massimo, *vuoi che ti parli del mio, di sogno?*

Russo raccontava di un viaggio in auto e di esso riusciva a ricordare anche i particolari più insignificanti, come il colore delle calze che indossava quel giorno, o la presenza di una zanzara all'interno dell'abitacolo.

Davanti a lui nessuna automobile, la strada era libera. Ai bordi della carreggiata la vegetazione cresceva rigogliosa tra i rifiuti accumulati in mezzo ai cespugli.

In prossimità di un cavalcavia, Russo raccontò che tutt'a un tratto la sua vista si era offuscata per un momento e si era ritrovato ad osservare la sua auto, ma dall'esterno.

"Sì, ero proprio fuori. Me lo ricordo come se stesse succedendo adesso. Se sapessi che non è possibile, giurerei che è accaduto davvero..."

Massimo continuava ad ascoltare il nuovo paziente con crescente interesse ma iniziò anche a osservare con estrema attenzione il suo linguaggio del corpo. Dopo decine di casi, aveva imparato a riconoscere i mitomani o comunque i bugiardi seriali. Chi mente, mentre racconta qualcosa, manda inconsciamente dei segnali con dei piccoli movimenti, anche impercettibili, che possono tradirlo, ma non chi è abituato a trattare con loro.

"Mi dica, signor Russo, cosa ha visto esattamente, quando si è trovato fuori dall'auto?"

"Ho visto… Sì, c'era qualcuno, sul ponte. Un uomo su una bicicletta. E mi guardava".

"È riuscito a riconoscerlo? Cosa poteva volere da lei?"

"Non saprei, dottore. Ma non conoscevo quel viso. Non credo di averlo mai visto prima".

"Quindi se non ho capito male, lo ha visto talmente bene da non sapere chi fosse. Mi sta dicendo che in un qualche istante vi siete trovati molto vicini l'uno all'altro?"

Russo sembrò spiazzato. Il suo sguardo vagò per la stanza, immersa nella penombra. L'unica luce accesa era la lampada sulla scrivania.

"Non so come spiegarmi, ma dopo che mi sono lasciato il cavalcavia alle spalle, mi sono ritrovato di nuovo al volante... però sono sicuro di averlo visto. Ho accostato subito, sono sceso e ho guardato verso il ponte, ma lui non c'era più".

Massimo rimase in silenzio qualche secondo.

"Come si è sentito, quando si è ritrovato di nuovo sul sedile? Fisicamente, intendo".

L'uomo sul lettino fissò un punto sul soffitto. A quella domanda, gli tornò in mente il senso di fastidio che aveva provato. Si portò le mani sull'addome, come per scacciarlo via il più presto possibile.

"Era... era come se con me ci fosse qualcun altro. Ma non c'era nessuno, ne sono sicuro. Non c'era nessuno di fianco a me, non c'era nessuno dietro e non c'era nessuno fuori. Ma ne avvertivo la presenza. Sì, ero solo. Almeno credo..."

A quelle ultime parole, Massimo si rese conto di aver spezzato la punta della matita sul foglio su cui stava scrivendo.

"E ora che mi ci fa pensare, ricordo anche di essere stato assalito da un fortissimo senso di nausea. Sì, nausea e capogiri".

Fissava la grafite, distante dall'involucro di legno che l'aveva contenuta fino a poco prima.

Sollevò le braccia dalla scrivania e si mise più comodo sullo schienale della poltrona. Incrociò le dita e se le portò al petto.

Almeno tu non hai visto le ombre, pensò con un mezzo sorriso sulla bocca.

"Signor Russo, a volte capita di compiere dei gesti in automatico, gesti che compiamo tutti i giorni, a cui non diamo troppo peso, proprio perché sono automatici. Pensi a cosa ha fatto prima di uscire da casa per venire qui. Ricorda se ha chiuso a chiave la porta d'ingresso?"

“Ma questo cosa c’entra, ora¿”

L’uomo iniziava a innervosirsi. Massimo aveva volutamente cambiato discorso, per osservarne la reazione. Il suo comportamento l’aveva convinto che non si stava inventando tutto. Chi mente, passa volentieri da un argomento all’altro. Chi non lo fa, rimane quasi offeso dal cambio di direzione della conversazione.

“Ricordo perfettamente di aver chiuso a chiave la porta di casa mia, *dottore!*”

Pronunciò l’ultima parola con una nota di stizza.

Non fu quel tono, né il paziente in sé a fargli prendere la decisione di uscire dagli schemi. Aveva deciso che non avrebbe seguito Russo. Non ce n’era bisogno.

“Va bene. La mia idea è quella che lei potrebbe essersi, diciamo così, estraniato per qualche secondo da ciò che stava facendo in quel momento e cioè guidare. È molto frequente, come le dicevo prima, il fatto di compiere dei gesti senza nemmeno accorgercene. Guidare è uno di questi. Non dovrebbe succedere, perché potrebbe diventare pericoloso per se stessi e per gli altri, ma nella maggior parte dei casi non possiamo farci nulla. Basta anche un piccolissimo particolare, un colore, un profumo, per scatenare nella nostra mente dei ricordi che per qualche secondo ci portano via, lontano. Lontano da dove siamo in quel momento e da ciò che stiamo facendo. A volte diamo loro il nome di *deja-vu*”.

“Ho paura che succeda di nuovo”.

“Secondo me non dovrebbe preoccuparsi più di tanto”.

Aveva declassato il caso da “forse sì” a “decisamente no”. L’uomo non stava mentendo, ne era sicuro. Ma non aveva bisogno di aiuto. Probabilmente si era fatto un sonnellino senza volerlo. Il suo era stato un brevissimo sogno ad occhi aperti.

Sbrigata quell’ultima pratica, Massimo chiuse il blocco su cui aveva scarabocchiato degli appunti. Appunti che, pensò, avrebbe anche potuto non prendere, visto che non c'era stato bisogno di alcuna terapia e probabilmente Russo non sarebbe più tornato. Ma la rigidità che si era imposto nell'organizzare il suo lavoro era più forte.

Quando era arrivato il suo primo paziente, tanti anni prima, aveva iniziato a tenere una sorta di diario sui progressi fatti su quel caso. Diario che si era poi trasformato in un vero e proprio fascicolo che, sulle prime, aveva preso posto sulla scrivania. Nel giro di pochissimo tempo, il numero di casi era aumentato e così le rispettive pratiche, fino a che anche i cassetti non erano stati più capaci di contenerle tutte. Allora Massimo si era deciso ad ampliare il suo mobilio, acquistando una gran bella libreria in legno con decine di ripiani e scaffali che avrebbero liberato quei cassetti ormai straripanti di carta.

Ogni fascicolo era redatto a mano in bella grafia, in cui, oltre a registrare i dati personali del paziente, prendeva appunti ordinati sulle loro abitudini, sui loro modi di fare, sul loro carattere.

Fosse stato un agente segreto, sarebbe stato il migliore.

CAPITOLO 42
RITORNO AL PASSATO

Il tragitto verso la caserma fu piuttosto veloce, ma per loro era stato comunque un tuffo nel passato, anche se Massimo stentava a riconoscere quei luoghi. A partire dalla stazione che poco era cambiata, infatti, tutta la parte di paese che ora percorreva, ai suoi tempi non esisteva.

Dopo la guerra, il piccolo centro era cresciuto molto in fretta e non si era badato troppo all'aspetto di strade e abitazioni. Alcune delle vie, ora asfaltate e con i lampioni a illuminarle, erano state in passato dei piccoli e stretti viottoli sterrati, dove a malapena riuscivano a passare due carri nello stesso momento. Strano vedere come alcune delle case che lui ricordava fossero ancora lì, certe con ancora le pietre a vista nei muri esterni, altre invece avevano rimodernato facciate e infissi ma avevano mantenuto i grandi portoni di legno come accesso al cortile. Altre ancora, ed erano la maggior parte, erano sorte in ogni angolo, ovunque ci fosse stato un posto abbastanza ampio dove costruire. Immaginava che i discendenti dei proprietari di quelli che un tempo erano stati campi di lavoro, dovessero aver ricevuto una consistente eredità, in passato. Se poi avevano sfruttato quegli spazi o per edificare o per rivendere, avevano di sicuro fatto degli ottimi investimenti.

"Scommetto che ti stai chiedendo se la casa dei tuoi genitori è ancora lì..." disse Costa. "Non sforzarti troppo. C'è ancora. I nuovi proprietari avevano ristrutturato tutto il complesso, a partire dalla casa fino ad arrivare alla vecchia stalla e al fienile. Hanno persino comprato parte dei campi lì di fronte, prima che venissero venduti a gente di fuori. Sai, il progresso. Si dice che un'importante società volesse edificare un grosso lotto di case popolari con l'avallo del comune. La politica era "costruisci per vendere e la gente arriverà, prima o poi". Quegli investitori avevano dei progetti per quelle aree e per quelle attorno. Avevano detto che i nuovi cantieri avrebbero richiesto manovalanza del posto e del circondario, e Dio solo sa quanto ce ne fosse bisogno. Senza pensare però che avrebbero imbruttito una delle più belle zone del paese".

"Com'è finita?" chiese Margherita.

"È finita che i terreni rimanenti, quelli nei pressi delle ex proprietà del signor Sanna sono stati venduti, fino all'ultimo centimetro quadrato, ma di quelle case, neanche l'ombra. Alla fine hanno solo cambiato proprietario. Sono rimasti esattamente com'erano quando c'eravate voi, ma molto più selvaggi e senza coltivazioni. Non ci sono nemmeno recinzioni a delimitarne i confini".

Progresso, pensò Margherita. Era la stessa parola che aveva usato sua madre quando si erano trasferite in città e le fece subito tornare in mente l'odore di bruciato con cui aveva suo malgrado imparato a convivere.

"Costa, che fine hanno fatto gli altri? I Pinna... I Cappai..." chiese a un tratto Massimo, rimasto in silenzio per tutto quel tempo con lo sguardo fuori dal finestrino stupito dal nuovo paesaggio.

"Mhmm... della famiglia Pinna non si è saputo più nulla. Anche loro hanno venduto casa e terreni e sono andati via, l'unico di cui si conosce qualcosa è Lucianu. È morto in un brutto incidente stradale. Un'auto proveniente in direzione opposta alla sua ha saltato la doppia striscia e l'ha preso in pieno. Deve essere stato terribile".

Costa sospirò a fondo. Nel corso degli anni gli era capitato spesso di aver dovuto fare dei rilievi per degli incidenti stradali e alcuni di essi l'avevano segnato nell'animo.

"Dei Cappai, invece, ricorderete che erano in cinque. Il signor Toninu è stato trovato senza vita, una decina di anni fa, mentre era in giro con le sue capre. Era molto anziano, ma non aveva mai rinunciato alla vita della campagna. Eppure, da quando suo figlio Giuliano aveva preso in mano l'attività del padre, le cose erano andate molto meglio. Avrebbe potuto godersi la vecchiaia stando in casa, senza più stancarsi troppo. L'hanno trovato seduto con la schiena contro un albero. Aveva ancora le *launeddas* in mano: un infarto".

Ci fu un momento di silenzio. Margherita lo ricordava appena, l'aveva visto poche volte, ma sapeva cosa fosse successo alla moglie. Si voltò a guardare in direzione di Massimo, e si accorse che la sua mente era altrove nonostante i suoi occhi seguissero meccanicamente gli oggetti correre al di là del vetro. L'aveva visto in quello stato anche un'altra volta e non era stato un bell'episodio.

La voce di Costa trascinò via Margherita da quel ricordo e la riportò sull'auto di servizio.

"Siamo quasi arrivati", disse il maresciallo, imboccando una stradina stretta.

Poi, riprese a raccontare della famiglia Cappai.

"I due figli grandi sono rimasti uguali a com'erano quarant'anni fa, senza famiglia e sempre in giro con le greggi. Per quanto riguarda sua moglie, immagino ricordiate che lei morì molto prima di lui".

Massimo ascoltava senza ribattere. Con le dita accarezzava la fronte come per tenere a bada l'istinto di urlare a Costa quello che sapeva, quello che aveva sempre saputo. *Quello che gli era stato negato di dire*. Non fece in tempo ad aprir bocca che la mano della moglie, dal sedile posteriore, gli strinse dolcemente la spalla, ricacciando indietro quelle parole di verità che avrebbero dovuto trovare spazio nel susseguirsi di tutta quella storia.

Così, prima che qualcuno potesse rispondere, l'auto si fermò. La corsa era finita.

"Venite con me".

All'interno della caserma i militari salutavano Costa al suo passaggio, mettendosi sull'attenti per qualche istante per poi riprendere ciò che stavano facendo. Del resto lui era il capo là dentro. Divertita dal comportamento degli altri militari nei confronti del maresciallo, Margherita seguiva sorridente i due uomini davanti a lei. Il lungo corridoio che percorrevano aveva ai suoi lati delle porte di legno, alcune chiuse altre aperte, dalle quali si scorgevano persone in divisa chine a lavoro sulle loro scrivanie. Costa arrivò al suo ufficio e fece sedere gli ospiti su due comode sedie. Massimo si guardava intorno, impaziente. Margherita aveva notato quell'altro cambio di umore sin da quando erano arrivati.

"Sai già perché sei qui, vero?" chiese a all'uomo. Appoggiandosi alla scrivania e guardandolo negli occhi.

"Sì. Almeno... credo. Al telefono mi ha detto che forse avete trovato qualcosa che può riguardare mia sorella..."

"È così".

Massimo non aspettava altro. Gli occhi gli si appannarono e una piccola lacrima iniziò a scendere ma lui la bloccò sul nascere con un dito della mano, un po' imbarazzato. Aveva aspettato sin da quando era un bambino quel genere di notizia e ora che era arrivata, anche se ancora non sapeva esattamente di cosa si trattasse, poteva liberare quell'amarezza che aveva tenuto stretta per quarant'anni.

Finalmente, pensò.

CAPITOLO 43
INCHIOSTRO NERO, PRIMI GIORNI DI NOVEMBRE 1975

Era già successo altre volte. In realtà andava sempre così. Come l'istamina che si accumula nell'organismo e questo, dopo del tempo, inizia a dare segnali di squilibrio, anche Massimo, quando attraversava dei periodi troppo intensi sotto l'aspetto lavorativo, iniziava a non essere più il medico attento e puntuale di sempre.

E così l'incubo che gli aveva tenuto compagnia sin da quando era bambino, era riapparso.

Come le altre volte, aveva interpretato il ritorno dell'ombra del fienile come una conseguenza del carico emotivo troppo stressante in quel momento della propria vita.

Molti anni prima, quando aveva iniziato a occuparsi totalmente dei suoi pazienti, aveva subito trovato difficoltà a ritagliare degli spazi per sé e per Margherita. Non che gli dispiacesse lavorare, adorava ciò che faceva, gli piacevano le persone ed era affascinato dalle loro teste, ma si accorgeva che a lungo andare quel volume di lavoro e stress non gli avrebbe giovato. E infatti l'ombra l'aveva ritrovato di nuovo, non solo durante il periodo di permanenza da Mallena all'inizio della sua avventura a Fossate, ma anche nella prima casa in cui era andato a vivere con Margherita.

Allora aveva cercato di applicare la sua professione su se stesso. Chiuse le tende, si stendeva sul lettino nella stanza in penombra e provava a farsi delle domande. Gli veniva da sorridere, ma più andava avanti a parlare (si era imposto di fare le domande e dare le risposte sempre ad alta voce) più aveva la percezione di stare ogni volta un po' meglio. Come faceva per gli altri pazienti, quelli ufficiali, cominciò a prendere appunti. All'inizio si era sentito ridicolo, mettendo nero su bianco ciò che lui già sapeva, ma seduta dopo seduta, lo scrivere, il vedere i suoi pensieri e le sue paure prendere forma tra virgole e punti, era diventata una necessità. Non era stato subito facilissimo. Quando si ha in testa una qualche paura è molto facile pensare ad altro piuttosto che al motivo di quel timore. Non si è mai troppo sinceri con se stessi quando ci si guarda dentro. Ma con le parole scritte, quelle stesse parole erano lì, appunti più che altro, non si poteva più scappare, non ci si poteva più nascondere e non sarebbero mai cambiate.

Teneva quello che ormai era diventato il suo diario personale nello stesso scaffale in cui conservava quelli dei suoi pazienti, ma non era ancora pronto a considerarsi uno "fuori" come loro, quindi posizionava il suo fascicolo in direzione opposta a quella degli altri.

Col passare del tempo, era riuscito a combattere e tenere sotto controllo la sua paura più profonda, l'ombra nera che aveva visto in sogno nei giorni successivi alla scomparsa della sorella, tanti anni prima, ma nonostante quel sogno smettesse di disturbare la sua vita e il suo sonno per dei periodi anche molto lunghi, periodi nei quali riusciva ad addormentarsi la notte senza stare per ore a fissare il soffitto, bastavano a volte dei piccoli episodi per far scatenare di nuovo le sue fobie. In quei momenti tornava al suo fascicolo, quello sistemato in modo diverso. Sfogliando le pagine, cercava di trarre forza dai suoi stessi insegnamenti, cercava di scovare quali fossero stati i motivi del ricomparire dell'ombra nelle volte precedenti. A volte bastava rileggere le parole scritte dalla sua mano, le stesse parole che avevano cambiato per sempre l'aspetto del foglio e che per sempre vi sarebbero rimaste impresse, per trovare le ragioni che avevano alterato il suo stato d'animo e di conseguenza, tranquillizzarlo e calmarlo. Ci riusciva quasi sempre.

Ora, con la telefonata di Costa, la sua mente aveva di nuovo iniziato a rimescolare la melma che giaceva inerte nella sua testa, e che, di tanto in tanto, gli ricordava che il fango si rapprende molto lentamente.

CAPITOLO 44
VIENI CON ME, FINE OTTOBRE 1975

Finito il colloquio con Russo, Massimo si sentiva stanco, aveva in corpo una strana sensazione che non provava da tanto tempo, e temeva che fosse la stessa che aveva spaventato il suo paziente per una sera. Sentiva di essere stato raggiunto un'altra volta.

Riempì il bicchiere con del mirto e per un istante la sua mente tornò al paese. Erano passati davvero tanti anni, ma le poche parole che aveva scambiato con Costa avevano riaperto quella brutta ferita. Forse ora la storia di Greca si stava per chiudere. Era stato trovato qualcosa che la riguardava, ed era sicuro che non l'avrebbe mai chiamato se non fosse stato veramente importante. Aveva aspettato a lungo un segno, non riuscendo ad immaginare in quale forma sarebbe potuto arrivare. Quel segno si era materializzato nella telefonata e ora sperava che quelli che si era finalmente deciso a chiamare con il loro nome, *i suoi disturbi*, potessero assopirsi per sempre.

Fuori dalla finestra, lentamente, la nebbia si era diradata quasi del tutto e i fulmini avevano iniziato a illuminare le facciate buie dei palazzi antistanti al suo. A intervalli irregolari un tuono più forte e sordo degli altri annunciava che il temporale doveva ancora dare il meglio di sé.

Versò l'ultimo goccio che rimaneva nella bottiglia e si accomodò sulla sua poltrona. La serata era stata lunga e pesante e, finalmente, quel nettare scuro avrebbe inebriato il suo palato, premio per un'altra giornata dedicata a salvare menti incerte.

Un fulmine illuminò la strada fuori dalla finestra e, senza volerlo, chiuse gli occhi.

Davanti a lui iniziarono a comparire i volti e i suoni della casa dei genitori, in quella estate lontana. Vedeva il profilo di Cardia in divisa nera, gli stivali lucidi e il berretto poggiato sul tavolo. La sua voce gli arrivava da lontano, le parole si mischiavano con il rumore dei tuoni. Elena era seduta su una sedia bassa e lo guardava. Cosa si stavano dicendo? A un tratto da dietro la figura del maresciallo si allungò il braccio di Efisio e un bicchiere andò ad infrangersi sul muro. Nello stesso momento un tuono più forte degli altri esplose nell'aria e si fuse con il rumore del vetro che andava in mille pezzi.

Massimo sussultò sulla poltrona e aprì gli occhi, ansimante per lo spavento. Lo studio era immerso nell'oscurità. Da fuori, la pioggia sferzava la finestra, formando lunghi e grossi rivoli d'acqua che scorrevano sul vetro.

Le luci che fino a poco prima avevano illuminato le strade erano scomparse. I black-out non erano rari, in quel periodo invernale, e aveva preso l'abitudine di conservare una piccola torcia nel cassetto.

Si mise in piedi e fatti due passi verso la scrivania schiacciò qualcosa di duro che produsse un suono come di un guscio di noce che si rompe.

Cosa diavolo...

Nel buio più completo Massimo passò la mano sotto la suola della scarpa per cercare di capire cosa avesse calpestato. Al passaggio delle dita, alcuni pezzi di vetro che si erano conficcati nella suola morbida gli graffiarono la pelle.

Il... il bicchiere di papà...

Nuove immagini presero forma nel buio. Ora don Mondinu aveva le mani giunte al petto come se fosse in preghiera. Sua madre piangeva e Cardia era vicinissimo ad Efisio, quasi a toccarlo.

Barcollante, cercò di scacciare quelle visioni allungando le braccia davanti a sé.

Con le dita trovò a tastoni la maniglia del cassetto in cui sapeva di aver riposto la torcia. Frugò sul fondo di legno tra fogli di carta e vecchie matite, ma non trovò nulla.

Si chiese dove potesse averla messa.

Un crepitio come di ramo d'albero che si spezza, proruppe attraverso la finestra seguito da un fulmine che illuminò la stanza. Massimo trasalì e iniziò a guardarsi intorno, non riuscendo a vedere nulla. La luce intensa di poco prima era rimasta impressa sulla sua retina, che ancora cercava di riadattarsi al buio.

Facendo attenzione a non urtare qualcosa si diresse verso la libreria dove teneva i fascicoli e vi si appoggiò con una mano mentre con l'altra continuava a cercare.

"Ma dove sei?" *mormorò.*

Un altro fulmine si fece strada dall'alto del palazzo di fronte, creando delle strane ombre all'interno dell'ufficio.

Con le spalle rivolte alla finestra non poté vedere la forma che lentamente stavano assumendo. Ad un tratto un rumore diverso dagli altri proveniente da fuori lo fece voltare di scatto.

E vide.

Nell'angolo più lontano dalla libreria l'uomo scorse quella che non poteva essere un'ombra provocata dalla improvvisa luce dei fulmini. Sorgeva lentamente dal buio, sembrava si muovesse a rallentatore. Due escrescenze attaccate al corpo centrale si allungavano dal corpo, come braccia protese verso l'interno della stanza.

"N-no..." *disse Massimo con un filo di voce rotto dal terrore.*

Lasciò la presa dallo scaffale e mentre la sua mano scivolava via, con la punta delle dita urtò qualcosa che, cadendo, produsse lo stesso suono delle ali di un uccello in gabbia che tenta di fuggire. All'ennesimo fulmine Massimo indietreggiò e inciampando su un laccio della scarpa si ritrovò a terra. Il suo fascicolo era aperto tra le sue gambe, i fogli sparsi dappertutto.

"S-stammi lontano..." *sussurrò.*

L'ombra scomparve per il tempo esatto in cui la luce del fulmine cercò di difendere l'uomo, mostrandogli, con il suo fulgore, che in quella stanza non c'era nulla di cui aver paura. Ma non bastò. Gli occhi sbarrati di Massimo vedevano quel buco nero con le braccia, più nero del buio della notte, che avanzava nella sua direzione, lenta e inesorabile. Il rumore dei tuoni che seguivano le luci improvvise ora sembrava mormorare il suo nome. Una voce bassissima e roca, graffiata, gli diceva di non preoccuparsi, gli diceva che lui era stato un bravo bambino e che non aveva nulla da temere. Massimo si trascinò all'indietro tremante, finché la libreria interruppe il suo strisciare. Non poteva più scappare. Glielo diceva anche la voce dell'ombra nel buio. Le braccia nere erano ormai a qualche metro dalle sue gambe, rannicchiate il più possibile vicino al corpo.

"Vieni con me, Mimminu", *gli disse la voce.*

Si coprì il volto con le braccia e urlò.

CAPITOLO 45
NON C'ERA NULLA, PRIMI GIORNI DI NOVEMBRE 1975

Il lungo giorno di Massimo era iniziato con una corsa a prendere Margherita a lavoro. Appena terminato il turno di notte, si erano diretti all'aeroporto in tutta fretta.

"Sei il solito ritardatario", gli aveva detto ridendo, mentre saliva in auto. Il volo sarebbe partito mentre la città ancora sonnecchiava sotto le coperte. A quell'ora del mattino il traffico era scarso e Massimo poté guidare spedito fino all'uscita sull'autostrada che li avrebbe portati al terminal.

Quando erano sbarcati in terra natia, due ore dopo, il sole non era ancora sorto. Avevano chiamato un taxi per farsi portare alla stazione e nonostante l'autista avesse guidato velocemente, erano arrivati appena in orario per salire sul treno.

Ora, dopo quasi sei ore complessive di viaggio, Massimo si ritrovava in piedi nell'ufficio del comandante di una caserma dei carabinieri del suo vecchio paese, con la donna che più gli era stata vicino in tutti quegli anni di sofferenze e con l'uomo che invece gli era stato più lontano. In quell'esatto istante, a un solo passo dal sapere cosa fosse successo a sua sorella cominciava a sentirsi finalmente un po' più leggero.

"Scusatemi..." bofonchiò.

Il maresciallo sorrise.

"Hai tutto il tempo che vuoi, Massimo. Prenditi quello che ti serve. Non ti devi scusare".

"No, grazie. Ora è tutto a posto".

Margherita si asciugò gli occhi, anche lei non era rimasta indifferente alla reazione umana del marito.

"Allora... quali novità ci sono?" chiese calmo, rimettendosi seduto.

"È presto detto. Avrete sentito al notiziario delle forti piogge che hanno tormentato questa zona, qualche mese fa". Da sotto un pesante fermacarte estrasse una cartelletta di color nocciola, con un elastico che le correva attorno e l'aprì.

"No, ma ho letto qualcosa in merito... l'articolo parlava addirittura di un nubifragio..."

"I soliti giornalisti", sentenziò Margherita.

"Questa volta non hanno esagerato. L'intensa quantità d'acqua che è caduta in quei quattro giorni ha provocato parecchi danni, nei paesi vicini. Qui da noi, invece, non ci sono stati particolari problemi. Ma qualcosa è successo. Ricordi la collina davanti alla casa dei tuoi genitori, Massimo?"

"E come potrei dimenticarla?" rispose. *Se solo sapessi...* pensò nello stesso momento.

"Quando stavamo cercando tua sorella non avevamo tralasciato nemmeno un angolo di quelle campagne, né di quelle vicine".

"Lo ricordo perfettamente".

"Come ricordo che mio padre ogni tanto raccontava di un tizio con il quale aveva avuto uno scontro durante la festa, la notte prima della scomparsa di Greca. C'eravamo anche noi e mia madre, ma sinceramente non ricordo bene quello che successe. Per tanto tempo si era convinto che quell'uomo potesse essere coinvolto in questa faccenda. Diceva che il maresciallo lo conosceva bene, ma non aveva mai rivelato granché su di lui. Si chiamava..." concluse Massimo, aggrottando la fronte e sollevando lo sguardo al soffitto, come se quel nome fosse scritto proprio lassù.

"Si chiamava Tore", lo aiutò Costa, "e posso dire che solo dopo anni ho scoperto perché Cardia non avesse mai rivelato nulla su... suo fratello".

"Suo fratello!" esclamarono all'unisono Massimo e Margherita, colpiti dallo stupore.

"Sì esatto, suo fratello. Salvatore era il fratello minore del maresciallo Cardia", proseguì Costa richiudendo la cartelletta, mentre, intrecciando le dita, stringeva i gomiti sul fascicolo. Dopo un profondo respiro si lasciò trasportare dai ricordi.

"Venti, forse venticinque anni fa, qualche anno prima del suo pensionamento, il maresciallo ricevette una comunicazione personale dal comando. Il corpo del fratello era stato ritrovato in una scarpata con una decina di pallettoni da caccia grossa sul volto e su tutto il corpo. Evidentemente un regolamento di conti. Probabilmente aveva avuto a che fare con gente peggiore di lui".

"Questa cosa non l'avrei mai immaginata", disse Massimo battendosi una mano sulla fronte.

Costa continuò.

"Gli passai io stesso la comunicazione. Non sembrò scomporsi troppo per quella notizia, almeno apparentemente. Sapeva che presto o tardi questo sarebbe successo. Ma aveva bisogno di parlarne con qualcuno e in quel momento c'ero solo io. Aveva bisogno di sfogarsi, di liberarsi da quel terribile segreto. Mi raccontò che Tore, fin da ragazzo, aveva iniziato subito a delinquere, distinguendosi da lui, dal fratello allievo carabiniere. Poi, pare che la vita li abbia divisi, uno sotto le armi e l'altro dentro e fuori dalle carceri, ma dopo l'ennesimo rilascio, Tore partecipò indirettamente a un rapimento, tra l'altro finito malissimo, e tornò dentro per parecchi anni. Quindi sparì dalla circolazione per poi ricompare a quella festa. Non dimenticherò mai l'espressione di Cardia quando lo vide a terra di fronte a Efisio, ma naturalmente non poteva dichiarare di conoscerlo".

"La preoccupazione di tuo padre, Massimo, era giusta, ma infondata. Quell'uomo era sì un poco di buono ma non aveva nulla a che fare con la scomparsa di tua sorella", concluse Costa riaprendo la cartelletta.

"Come fate a dirlo?"

"Bella domanda". Lo guardò dritto negli occhi, ora c'erano solo loro tre.

"Tu sai che per me Cardia è stato come un secondo padre, e io per lui sarei andato a spegnere il fuoco dell'inferno. Prima di andarsene, quel giorno, prima di andarsene da solo a piangere suo fratello, mi prese in disparte, proprio come sto facendo io ora con voi. Mi disse qualcosa che mi cambiò per sempre. Parole che tutt'ora risuonano nelle mie orecchie".

Nella stanza, ora, solo il ticchettio dell'orologio al muro.

"Mi disse *Mi fido di lui*, ma io non capii".

"Mi raccontò allora che suo fratello era stato tirato dentro l'affare del rapimento. Ma Tore non voleva partecipare, fu costretto. E sapete perché? Avevano minacciato di uccidere suo fratello, il maresciallo Cardia, se Tore non avesse fatto da basista. Era davvero un tipo losco, ma voleva bene a suo fratello. E allora partecipò. Ma quel giorno andò tutto storto, furono uccisi due dei rapitori e la vittima. Tore fu arrestato, ma si dichiarò sempre innocente. Cardia mi disse che in manette gli aveva giurato sulla loro testa che non avrebbe mai e poi mai potuto commettere quel tipo di reato, se non ne fosse stato obbligato in qualche modo. E lui si convinse. Era pur sempre suo fratello. "Mi fido di lui", mi disse un'altra volta, "se mi ha giurato che è innocente, allora lo è". Dopo, se ne andò e non lo vidi più per due giorni".

"Che storia", intervenne Margherita.

"Quindi, tornando alla possibilità che Tore potesse essere coinvolto con la sparizione di tua sorella... no, lui non c'entra. Non era tipo da rapimenti".

"Mai avrei immaginato che il maresciallo Cardia, dall'alto della sua onorata e limpida carriera avesse invece nell'anima un peso simile", ribatté Massimo.

"È proprio così".

"Ma torniamo al motivo per il quale siete qui". Costa fece una pausa per riorganizzare le idee mentre sfogliava le pagine di quel fascicolo.

Massimo e Margherita recuperarono l'attenzione.

"Allora. Ricordo che una notte non riuscivo proprio a dormire, ero nel mio ufficio e cercavo di stilare l'ennesimo verbale per il maresciallo Cardia. A un certo punto, non ricordo più come, mi sono venute in mente delle immagini che avevo visto durante l'ultima ispezione in quella zona, a cui però non avevo dato troppa importanza. Anche in quei giorni c'era stato un acquazzone e dei fortissimi venti di maestrale che hanno strappato via cespugli e rami. Quegli arbusti in qualche modo ne hanno smosso a loro volta degli altri già presenti al suolo. Ci sono tornato di corsa e ho trovato ciò che la mia mente aveva visto e registrato. Erano delle semplici, pesanti, vecchie assi".

"Assi?" chiese Margherita.

"Sì, dovevano coprire qualcosa. L'acqua di quella notte, mista ai detriti, passandoci sopra con violenza le aveva spostate dalla loro sede. Quel qualcosa era un pozzo che era lì chissà da quanto tempo e dopo che lo ritrovai chiedemmo al comando di inviarci qualcosa che potesse aiutarci a svuotarlo".

"Ricordo anche io la macchina che avevano mandato. Faceva tanto di quel fumo..."

"Proprio quella".

"Quando fu liberato almeno in parte dall'acqua, Efisio si calò al suo interno, poi è successo quel che è successo..." disse, continuando a sfogliare il fascicolo Sanna.

"Non c'era nulla, là sotto".

Costa distolse lo sguardo dai fogli che teneva in mano, continuando a sentire su di sé quello dell'uomo che gli stava davanti. Dopo una lunga pausa il maresciallo si schiarì la gola e con un sospiro iniziò a parlare.

"Abbiamo rinvenuto delle ossa. Ossa che forse erano dentro

il pozzo, e che l'acqua ha fatto riemergere chissà come. Purtroppo dalla posizione in cui sono state ritrovate, ora non possiamo più essere certi che là dentro non ci fosse nulla".

Il silenzio calò nella stanza. Massimo guardò prima Costa poi Margherita, poi di nuovo Costa con una espressione di sorpresa.

"Alcune di esse erano attorno all'imboccatura. Ma ne sono state trovate altre a diversi metri di distanza, probabilmente trascinate dallo scorrere dell'acqua".

"Mi sta dicendo che Greca potrebbe essere stata sempre lì sotto? Sul fondo di quel maledetto pozzo?"

"È un'ipotesi plausibile".

"Ma... avevate detto che non era possibile che fosse là sotto... avevate detto che non c'era *niente* là sotto..."

"Lo ricordo anche io, Massimo. E ricordo anche l'espressione di tuo padre quando era riemerso in superficie. Ero certo che se aveva detto che là sotto non c'era nulla, là sotto davvero non c'era nulla".

Ma le parole di Costa avevano perso quello spessore di sicurezza e convinzione che aveva mantenuto fino a quel momento, forse quel tarlo che continuava a rosicchiargli la corteccia da sempre aveva ragione di esistere. Forse quella povera ragazzina era stata davvero lì per tutto il tempo e suo padre non era riuscito a trovarla. Ma ora questo non poteva dirlo all'uomo che aveva di fronte e che reclamava delle risposte.

"Alcuni di quei reperti sono già sotto analisi. Ho avuto modo di dare un'occhiata ai primi risultati e i resti potrebbero essere compatibili con un soggetto femminile di circa dieci anni. Ma per ora, non abbiamo nessuna certezza".

Margherita ascoltava in silenzio la voce di Costa. Dal tono delle sue parole traspariva rabbia. Rabbia e tristezza per quelle ricerche che non avevano portato a nulla. Ma qualcos'altro c'era, qualcosa in quelle parole lasciava emergere i suoi dubbi, e solo lei l'aveva percepito.

"Ma allora se le ossa non si trovavano già nel pozzo, dov'erano? E come ci sono arrivate lì? E se sono arrivate fino a lì, dov'era Greca? Dov'era il suo... corpo?"

Massimo aveva mormorato quell'ultima frase con un tono sommesso, quasi avesse paura di pronunciarla.

"Ci stiamo ancora lavorando. Potrebbe essere che sul fondo del pozzo ci fosse una rientranza sufficientemente grande da trattenere un corpo di piccole dimensioni. I detriti che l'acqua ha portato con sé, accumulandosi l'uno sull'altro, poi, l'hanno tenuto sotto. Ma questo è un mio pensiero. Lì intorno non c'era nulla, quarant'anni fa. Anche noi non ci spieghiamo, assumendo l'ipotesi che le ossa non fossero là sotto, da dove siano potute arrivare".

Costa sospirò.

"Abbiamo bisogno di altro tempo Massimo. Il ritrovamento risale solo a qualche settimana fa. Le indagini sono di nuovo in corso. Resto costantemente in contatto con i ragazzi della scientifica e ti posso assicurare che stanno facendo di tutto per venirne a capo".

Tempo... pensò Massimo.

"Eis tentu corant'annus de diora!"[98] Quella frase gli uscì dalla bocca forse con un tono troppo alto rispetto a quanto lui in realtà avrebbe voluto. Quindi cercò di sdrammatizzare un po', ma tutto ciò che riuscì a fare fu emettere una risata strozzata, che sia a lui che agli altri in quella stanza, sembrò più un rantolo che altro.

Chiuse i pugni stretti sulle ginocchia e un'espressione di disappunto gli distorse il viso. *Se davvero Greca era nel pozzo, quando babbo l'aveva cercata, come aveva fatto a non trovarla? Mi sembra impossibile.*

"Massimo, forse capisco a cosa stia pensando, ma ora non so darti una risposta".

---

98 *Avete avuto quarant'anni di tempo!*

Margherita, che fino a quel momento si era tenuta in disparte, si avvicinò al marito e gli chiese se volesse andare a fare quattro passi all'esterno. Lui annuì e con un cenno i due si accomiatarono momentaneamente da Costa.

All'aperto l'aria era gelida, il fiato usciva dalle loro bocche come fumo denso. La stagione fredda era arrivata anche lì. La prima volta che aveva visto la neve, durante uno degli ultimi inverni che aveva trascorso al paese con i suoi amici era stata fantastica. Dio, quanto avevano riso. E quanta di quella neve bianca e gelata avevano mangiato. Allora tutto era più facile, a casa la minestra era sempre calda, il camino sempre acceso. E l'odore di bruciato non si sentiva.

"Sai, non credo dovresti incolpare qualcuno", gli disse, guardando davanti a sé.

Un'auto verde sfrecciò loro di fianco, incurante degli schizzi delle pozzanghere che sollevava al suo passaggio.

"Non lo sto facendo. Solo mi chiedo come abbiano fatto a non trovare nulla in tutti questi anni".

L'ingresso della caserma si affacciava su una strada che conduceva alla piazza della chiesa, poche decine di metri più in là. A parte l'asfalto, non era cambiata tantissimo. I due stretti marciapiedi ai lati erano ancora lì e su di essi ora si affacciavano alcuni negozi. Massimo ricordava ancora quando c'era passato di corsa a cavallo tanto, tanto tempo prima.

All'epoca delle ricerche, tutti, al paese, avevano accettato ciò che vigili del fuoco e Efisio avevano detto dopo che la grande macchina verde era stata spenta.

Non c'è niente là sotto.

Lo stato delle cose era quello, e nessuno poteva dire il contrario. Ma del resto, nessuno poteva neanche confermarlo. Allora la macchina se n'era andata, portandosi via un immenso segreto, ma lasciando al paese una residua sensazione di speranza.

La famiglia di Massimo si era dovuta adeguare, anche se mai

si abituò, alla decisione di sospendere le ricerche da parte delle autorità. Ma fosse stato per *Mimminu*, lui avrebbe continuato in eterno a cercare, finché non avesse trovato la sua amata sorella. Col passare del tempo, però, si era accorto che forse i vigili avevano avuto ragione. Non esisteva più alcun luogo in cui lui o i volontari non avessero guardato, scavato, setacciato. Non ne fu mai totalmente convinto ma arrivò un momento in cui dovette decidere cosa fare della sua vita. Quando scelse di andarsene, molti anni dopo, non stava solo dicendo addio al paese, stava cercando di lasciarsi alle spalle i suoi sensi di colpa.

"Posso solo immaginare come ti senta. E mi dispiace. Però penso che dovresti cercare di voltare pagina. Una volta per tutte".

Annuì leggermente col capo, lo sguardo perso nel vuoto.

Grossi nuvoloni grigi iniziavano ad accumularsi sulle loro teste, quasi a testimoniare lo stato d'animo dell'uomo.

"È tutto così vicino, ora..."

"Infatti... non rovinare tutto con i tuoi soliti musi lunghi. È successo e basta. Non puoi dare la colpa a nessuno, perché probabilmente non si saprà mai come e dove tua sorella sia scomparsa. Mettiti l'anima in pace..."

Margherita frugò nella borsa che teneva a tracolla e prese un fazzoletto. Si asciugò il naso e lo rimise in tasca.

"E poi non siamo ancora certi che quelle ossa appartengano a Greca".

"Ho aspettato fino a oggi combattendo contro i miei demoni per non essere riuscito a ritrovarla. Ho trascorso parte della mia vita sveglio per paura di addormentarmi, e risvegliarmi in preda al panico con ancora la sensazione di terrore nei denti e ora mi dicono che hanno bisogno di altro tempo? *Altro tempo*, Margherita, dopo quarant'anni!"

"Non è colpa tua, Massimo. Te lo dico da sempre. *Non è colpa tua*. E non è colpa di Costa o di chissà chi se quei resti sono riemersi solo ora. D'altronde, in quel pozzo, come sapevamo, non c'era nulla".

"Lo so, lo so, lo so, dannazione. Ma questa montagna è la più alta che abbia mai dovuto scalare. Non so quanta corda abbia ancora nello zaino".

"Ne hai abbastanza, amore... ne sono più che sicura. E poi... puoi sempre contare su di me".

"So anche questo. Grazie, Margherita".

"Ora ti va di rientrare?"

"Andiamo".

Costa era al telefono, e non appena li vide rientrare, chiuse la comunicazione e si fece loro incontro.

"Massimo io..." iniziò, ma prima che potesse continuare, lui lo interruppe con un gesto della mano, cercando di minimizzare la sua reazione di poco prima.

"No, non si preoccupi, il mio è stato un momento di sconforto. So che state facendo il possibile per venirne a capo e mi rendo conto che serve del tempo, solo che questa maledetta ferita mi opprime il petto e spesso, come ora, non riesco a domarla". Massimo tese la mano verso il maresciallo e lui ricambiò calorosamente.

Margherita guardò i due uomini davanti a lei.

Com'è facile per voi maschietti pensò, *basta una stretta di mano e una birra, ed è tutto a posto.*

"Andiamo a pranzo. Dove ci porta, Costa?"

Ecco, appunto, pensò Margherita, sfiorata da un sorriso.

CAPITOLO 46
IL FASCICOLO, FINE OTTOBRE 1975

Lentamente, molto lentamente, Massimo riaprì gli occhi.

L'ufficio era di nuovo illuminato, la plafoniera sopra di lui era accesa. Il temporale mandava gli ultimi brontolii in lontananza.

Le sue mani stringevano forte i braccioli della poltrona, le nocche bianche per lo sforzo. La mascella dolorante per aver tenuto serrati i denti in una stretta incontrollata.

Per tutto il tempo. Chissà quanto.

Nella stanza il rumore del suo respiro ancora veloce e affannato copriva gli altri suoni provenienti dall'esterno.

Immobile, il corpo non compiva alcuna azione, ancora terrorizzato dall'incubo. Un dolore al petto, i polmoni quasi non ce la facevano più.

Con la testa reclinata all'indietro e gli occhi fissi al soffitto, ogni tentativo di spostarsi corrispondeva a una scarica di adrenalina che lo scuoteva fino all'addome. Rimase così, in quella posizione, finché si accorse che riusciva a muovere gli occhi. Li ruotò di lato, prima da una parte poi dall'altra. Pian piano sentì che il sangue affluiva di nuovo alle mani. Le rilasciò dai braccioli e sollevò il capo. Il respiro si calmò un poco e il petto gli diede tregua. Anche le scariche cessarono.

Le luci del palazzo di fronte avevano ripreso a funzionare, e i lampioni sul marciapiede illuminavano di nuovo il cammino dei pedoni. Quanto aveva dormito?

Si mise in piedi, sicuro del suo equilibrio, ma qualcosa scricchiolò sotto le scarpe. Poi si ricordò del bicchiere. Doveva essergli scivolato di mano quando si era assopito.

Strano, pensò... *anche nel sogno ho rotto un bicchiere.*

Si guardò intorno, cercando di evitare il vetro a terra. Voleva essere sicuro che quello di poco prima fosse stato solo uno dei suoi incubi. Lo sguardo vagò per la stanza, fino a fermarsi sulla libreria, dove intravide una cartella in particolare. Le gambe non erano ancora del tutto stabili, e con passo barcollante si diresse da quella parte, fino ad arrivare allo scaffale. Prese il fascicolo e lo aprì. Si sedette in terra, le spalle poggiate al mobile, e iniziò a leggere.

C'era una finestra, a casa di Cappai, alla quale mi affacciai per vedere meglio oltre, all'interno della stanza. Cos'era quella cosa davanti al letto? E cosa stava facendo a Gesuina? Era un'ombra? Era... Mommotti?

Era la sua grafia, e aveva davanti agli occhi solo una piccola parte delle parole scritte da lui stesso, anni prima. Ancora gli si rizzavano i peli sulle braccia, ma lo doveva ammettere, quelle parole l'avevano aiutato molte volte a superare i periodi di crisi che la *sua* ombra gli portava in dono, di tanto in tanto.

Sollevò lo sguardo dalla sua pratica e, di nuovo in piedi, la risistemò dov'era.

Sì, è tutto a posto, pensò, mentre si strofinava gli occhi stanchi. Si affacciò alla finestra. Il temporale era passato, la pioggia defluiva pacifica nei tombini, la gente rimasta in strada poteva chiudere gli ombrelli.

Il rintocco del grosso orologio appeso alla parete gli fece girare la testa di scatto. Poi ricordò.

Accidenti, è tardissimo. Ora chi la sente Margherita. Infilò il soprabito e lasciò lo studio, borbottando tra sé e sé.

Era di nuovo l'ora di cena. Ormai non c'era giorno che non rientrasse a casa prima che fosse buio e il tempo trascorso assieme era sempre meno.

Il tragitto fino a casa era breve, ma il traffico non permetteva di andare troppo veloce. Inevitabilmente, fu costretto a rimproverarsi per quell'ennesimo ritardo.

Meno male che oggi non ha il turno di notte, o chissà quando ci saremo rivisti.

Quando entrò nel parcheggio condominiale si accorse subito della luce spenta in cucina. L'altra, quella della sala, era accesa.

La lunga chiave sbloccò la serratura della porta, che quando iniziava a ruotare emetteva un fastidioso cigolio, sembrava che l'olio che aggiungeva di tanto in tanto non bastasse mai.

Cercando di fare silenzio, poggiò le sue cose nello svuota tasche dell'ingresso e spinse la ventiquattrore tra il muro e il portaombrelli. Appese soprabito e giacca su uno dei pomelli di ottone dell'appendiabiti e sbirciò oltre la porta della sala da pranzo. Nessun movimento, la luce soffusa faceva da custode al silenzio della casa.

In cucina, la tavola era apparecchiata. Al centro il recipiente per la pasta, coperto da un piatto, per evitare che si sfreddasse troppo. Massimo ci poggiò la mano e strinse le labbra, rammaricato.

Appena tiepido pensò, *dev'essere pronto da molto.*

La luce bassa della lampada a terra illuminava parte della libreria e la poltrona di pelle della sala. Margherita era rannicchiata con le gambe raccolte su un lato, addormentata sul braccio. Con due dita le scostò una ciocca di capelli, liberando la fronte e parte del viso.

"Margherita", la scosse in modo impercettibile, sembrava gli dispiacesse svegliarla.

"Margherita..."

La donna reclamò al disturbo del suo sonno, farfugliando qualcosa di incomprensibile, mentre si sfregava il naso sul braccio, gli occhi ancora chiusi.

"Sono a casa... Margherita..." con una mano sulla spalla la scosse ancora.

Finalmente il sonno allentò la presa e la donna aprì gli occhi.

"Amore! Sei rientrato... scusa, mi sono addormentata... ma che ora è?" chiese, mettendosi seduta e tendendo le mani verso di lui per un abbraccio.

"No, non scusarti, la colpa è mia. È molto tardi. Hai fame? Mangiamo qualcosa?" chiese lui.

La baciò sulla tempia e si accomodarono al tavolo. Lei assonnata, ma sempre bella anche con i capelli scompigliati. Lui, colpevole per quell'ennesimo ritardo.

La cena ormai era fredda, ma i due non ci fecero caso. Erano assieme, questo bastava. Massimo chiacchierò con lei in modo assolutamente superficiale, evitando discorsi troppo difficili o di parlare di lavoro e di quella pesante giornata in particolare. Non se ne accorse, ma Margherita lo osservava, guardava i suoi gesti, i movimenti delle mani, l'aggrottarsi della fronte. Per lei era un fantastico libro aperto.

Interruppe quel flusso di ciarle di poco conto con una domanda semplice e diretta, quella che lui non avrebbe voluto sentire. Quella a cui non avrebbe voluto rispondere.

"Com'è andata in studio, oggi?" gli chiese con la testa leggermente inclinata da un lato e i polsi sotto il mento.

Lui tagliò corto, non ne voleva proprio parlare. La forchetta andava giù pesante in mezzo ai fili di pasta, quasi a coprire il suono di quella domanda. Il suo sguardo era sulla goccia di olio sul bordo del piatto. Margherita si passò il fazzoletto sulla bocca e lo poggiò di fianco al bicchiere. Si avvicinò a lui e gli prese delicatamente il viso tra le mani.

Come faceva sempre.

I suoi occhi gli studiavano il volto, ora vicinissimo. Lentamente, il pollice scorse sulla tempia, rigata da un piccolo tratto violaceo.

"Questa è la vena della stanchezza..." gli disse sottovoce. "È sempre lì quando torni dallo studio a quest'ora".

"Questa invece è quella della preoccupazione", continuò,

mentre col polpastrello dell'indice sfiorava una grossa vena a fior di pelle che dal lato destro della fronte andava a perdersi sull'arcata sopracciliare. "Non la vedevo da tanto. Davvero va tutto bene?"

Massimo si ritrovò con le spalle al muro. La guardò, e si arrese a quegli occhi.

Come faceva sempre.

Poggiò la forchetta e richiuse con attenzione il coltello col manico d'osso, quello che gli aveva regalato il padre. Intrecciò le mani al petto.

"È l'ombra", disse. "È tornata. L'ho rivista oggi. Stasera ho sentito un paziente che mi ha fatto scattare qualcosa. È come se avesse riacceso le paure e i pensieri che avevo respinto con tutta la razionalità e professionalità di cui sono capace. Proprio come l'incubo che ebbi quella notte a casa di tua madre, ricordi? Venisti tu a svegliarmi, mi trovasti rannicchiato fra il comodino e il letto".

Un filo di sudore gli rigò la fronte.

"Russo, si chiamava. L'ho liquidato quasi subito, non aveva davvero bisogno d'aiuto".

Il suo sguardo si perse dentro il bicchiere, in quel tanto d'acqua che gliel'aveva sempre fatto considerare come mezzo vuoto.

"Stavo per andar via, mi stavo gustando un mirto. Sai, sulla mia poltrona. Mi sono addormentato". La sua attenzione andò sul tozzo di pane che aveva tagliato prima di iniziare a parlare, "E poi è arrivato. L'incubo è ricominciato". Margherita gli poggiò una mano sul braccio e gli chiese di continuare a raccontare.

"Non so se sia stata la mia immaginazione. Mi svegliavo di continuo, ma ogni volta che succedeva non sapevo se stessi ancora sognando", ora aveva lo sguardo fisso, sulla parete di fronte a lui, "ho pure rotto il bicchiere ma non ho idea di come abbia fatto... mi sarà caduto di mano, non so". Scosse la testa, piano.

"L'ultima volta che ho sognato di svegliarmi non ero più sulla poltrona".

La moglie trasalì, gli si fece più vicino.

"Non eri più... sulla poltrona?" gli chiese stupita.

Lui si prese qualche secondo per pensare, poi riuscì a raccogliere le idee.

"La libreria. Mi sono ritrovato a urlare in terra, ai piedi della libreria, nell'angolo dove c'è la pianta che mi hai regalato tu. Avevo le gambe raccolte al petto ed ero circondato dai miei scritti".

"E poi?"

"E poi mi sono svegliato davvero".

Margherita l'aveva ascoltato senza quasi fiatare. Era da tanto che non lo vedeva così turbato.

"Ero convinto di essermi lasciato tutto alle spalle, ma quella telefonata di Costa... la nostra vita assieme, lo studio, i progetti. Pensavo davvero avessero fatto da antidoto al veleno che mi ha accompagnato giorno e notte in tutti questi anni. Invece no. Quella telefonata è come se avesse cancellato tutto in un minuto". Si versò del vino nero e lo mandò giù in un sorso.

Lei lo aveva accarezzato, aveva mantenuto il contatto fisico per tutto il tempo, senza mai smettere.

"Sai come la penso. Quella chiamata ha rimesso tutto in dubbio. Forse c'è un senso, forse no. Ma se qualcosa succede, vuol dire che c'è un motivo. E prima o poi lo scopriremo".

Margherita si fece spazio tra il tavolo e la pancia di Massimo. Si sedette sulle sue gambe e lo riempì di baci.

Quella era la cura che lui preferiva.

CAPITOLO 47
ANCHE LA BAMBINA

Lungo la strada che portava alla chiesa c'era il ristorante in cui Costa invitò a pranzo Massimo e Margherita.

I tre rimasero a parlare tra loro, mettendosi al corrente su come avessero vissuto le proprie vite, e lo fecero quasi senza interruzione per tutta la durata del pasto. Costa aveva mostrato loro le foto della sua famiglia e rivelato la sua grande passione per la caccia.

Margherita gli aveva parlato di come si fosse trasformata la sua vita dopo il trasferimento nella nuova città. Suo fratello aveva accettato quasi subito quell'uomo che era così diverso da suo padre, anche se a causa del suo lavoro, *s'ingegneri* era spesso lontano da casa. Simone ora era a capo di un negozio di elettrodomestici, mentre sua madre, nonostante l'età, aveva ancora una vista eccellente e continuava a cucire a mano le sue tovaglie di lino. Non mancò di esibire con un certo orgoglio anche la fede che portava al dito e il marito che aveva di fianco.

Sembrava che non fossero mai passati gli anni che invece li avevano divisi per così tanto tempo, portandoli in direzioni diverse. Per Massimo era una strana e familiare sensazione tornare a sentire, dalle altre persone nella sala, le sue cadenze, quelle consonanti doppie che sottolineavano ogni parola. Cercava di assorbire il più possibile da quell'immersione nella terra in cui era nato, per poi consumare quelle riserve piano piano durante la sua permanenza in città.

Margherita era completamente a suo agio, là in mezzo. Ogni tanto, mentre si infervorava in un qualche discorso, le tornava nella voce quella inflessione che caratterizzava le sue origini. Ora che poteva farlo liberamente, perché tutti l'avrebbero capita mentre parlava la sua *vera lingua*, poteva aggiungere qualche frase scherzosa. Non che lei normalmente non fosse divertente. Il fatto era che in italiano quella stessa battuta non avrebbe reso il reale senso di ciò che voleva dire.

"Dove alloggiate per la notte?" chiese Costa, dopo un lungo sorso di vino.

"Andiamo *Da Davide*. È un albergo con ristorante che sta sulla via principale, non credo sia troppo distante da qui".

"Capito. Sì, è un buon posto. Forse vi ricorderete la vecchia locanda di Daddai, è quella. Volete che vi accompagni?"

"Grazie, sarebbe un grosso favore".

"Bene, però prima vorrei fare un'altra cosa..."

I due lo guardarono con aria interrogativa.

"Sono sicuro che vi farà piacere..." continuò il maresciallo.

"Mmm... mi piacciono le sorprese", disse Margherita.

"Se siete d'accordo, allora, andiamo".

Al termine di un breve viaggio, l'auto si fermò ai piedi di una palazzina elegante sviluppata su quattro livelli, color grigio chiaro.

"Costa, dove ci sta portando?" chiese Massimo, che iniziava a intuire qualcosa.

"Da un vecchio amico".

Arrivati al secondo piano, all'inizio di un corridoio disseminato di vasi di fiori, Costa si diresse al 4B e bussò. Dopo qualche secondo, dall'interno i tre udirono un rumore di chiavi che giravano nella toppa della serratura e l'uscio si socchiuse.

Una vecchina curva sul suo bastone sbirciava furtiva dal piccolo spiraglio che si era formato tra lo stipite e l'anta. Ma, quando vide chi ci fosse dall'altra parte, la donna sorrise e il suo sguardo vispo si illuminò, aprendo la porta nello stesso momento per accoglierlo in un amorevole abbraccio.

"Erino! Che sorpresa! Entrate, entrate pure!" disse la donna, con un tono di voce soffuso, in netto contrasto con la tenera irruenza di poco prima.

Margherita non capiva chi stessero andando a trovare. Non aveva mai visto quella donna e, anche se si sforzava di ricordare quei lineamenti, non riusciva a collegarli a nessuno di sua conoscenza.

"Giovanna, questi sono due vecchi amici, miei e di tuo fratello..."

"È un piacere conoscervi. Venite. Vi porto da lui, ma non so se..." la donna rimase un momento in silenzio, "non so se si sveglierà. Non parla più tanto e dorme sempre. Quando è sveglio, a volte non mi riconosce".

La casa aveva la carta da parati con un motivo floreale stilizzato e il mobilio era composto da pezzi di antiquariato elegantemente accostati l'uno con l'altro. Un ampio andito che attraversava tutto l'appartamento portava a una stanza luminosa, colma di cimeli di ogni tipo. Una spada di ordinanza era appesa per la fascia e in una teca di legno e vetro c'erano due vecchie pistole perfettamente conservate. Sistemati ordinatamente sul muro, gli annuari dei carabinieri sovrastavano un piccolo tavolo ovale su cui erano posati diversi contenitori blu, all'interno dei quali erano conservate delle medaglie. Davanti all'ampia finestra e di fianco al camino acceso, una poltrona in stile retrò dava le spalle agli ospiti e Massimo e Margherita non potevano vedere chi ci fosse seduto.

"Francesco..." sussurrò la donna.

"Francesco... sei sveglio?"

L'uomo non diede segno di averla sentita.

"Francesco... ci sono ospiti..."

Massimo si avvicinò alla donna e le poggiò una mano sul braccio.

"Posso provarci io?" le chiese timoroso.

La donna annuì e si tirò indietro di qualche passo.

Massimo si avvicinò di fianco alla poltrona e poté vedere la figura che stava seduta su di essa. Un'elegante vestaglia color amaranto avvolgeva la sagoma di Francesco Cardia, il maresciallo amico di tutti, quello stesso maresciallo che quando Greca era scomparsa aveva condotto le indagini per la sua ricerca. Le mani sul bracciolo avevano la pelle bianca e sottile, le vene scure in rilievo.

"Maresciallo... Maresciallo Cardia... Mi sentite?"

L'uomo non si mosse, ma Massimo vide un guizzo degli occhi che cercavano di raggiungere il suo sguardo. Allora si pose proprio dinanzi a lui, in modo che non dovesse sforzarsi troppo.

"Maresciallo Cardia... sono..."

In quel momento l'uomo sulla poltrona sgranò gli occhi e lo guardò dritto in viso, con una espressione che sembrava stupita. Un dito tremante si sollevò a indicarlo.

"Il figlio di Efisio ed Elena..."

Massimo si voltò verso i suoi amici e sorrise.

"Si, maresciallo... sono io. Come state? Da quanto tempo non ci si vede".

"È da molto che sono andati via..."

Spiazzato, Massimo continuò a rispondergli.

"E sì, sono passati davvero tanti anni da quando hanno lasciato il paese..."

"Anche la bambina..."

Gli occhi di Cardia erano fissi su di lui. Il dito tremante era tornato al suo posto.

"Il figlio di Efisio ed Elena..."

"Sì, maresciallo... sono Mim..."

"È da molto che sono andati via..."

Massimo riuscì a trattenere la commozione.

Com'è strana la vita, pensò. *Hai vissuto gran parte della tua ad aiutare gli altri senza chiedere nulla in cambio e ora ti porta via la parte di te che hai sempre usato per farlo. Hai salvato tante persone, ma ora chi salverà te?*

"Anche la bambina..."

Margherita prese un fazzoletto dalla borsa e si asciugò gli occhi. Costa le si fece vicino e le strinse un braccio con delicatezza. Nonostante fossero ormai molti anni che l'amico peggiorava continuamente, lui non si era mai abituato a vederlo in quelle condizioni. Con gli occhi lucidi, Massimo si levò in piedi e si avvicinò all'orecchio di Cardia.

"Grazie, maresciallo", sussurrò.

Gli accarezzò la mano scheletrica e lo baciò sulla fronte.

"Il figlio di Efisio ed Elena..."

La donna con un cenno fece capire agli ospiti che era ora di lasciar riposare il fratello. Uscirono dalla stanza e Massimo si voltò a guardare un'ultima volta quell'amico che non lo avrebbe mai più riconosciuto.

"È da molto che sono andati via..."

CAPITOLO 48
MASSIMO E GIULIANO

Quando l'auto di Costa si fu allontanata, Massimo e Margherita entrarono nella hall dell'albergo. Sulla destra una piccola, modesta reception; sulla sinistra, il ristorante. Le pareti vetrate inondavano di luce alcuni clienti che stavano seduti, sorseggiando qualcosa e parlando tra loro.

Una volta che furono sistemati e rinfrescati, passarono al bar per un caffè, facendosi strada tra i tavoli, dai quali arrivava un allegro brusio.

"Guarda guarda chi si rivede!"

Quelle parole provenienti da qualche parte per un momento sovrastarono le altre, perdendosi tra la gente e i fatti loro. Nessuno ci fece caso.

"Cos'è, *Mimminu*, non mi riconosci più?"

Massimo si fermò all'istante al centro della sala, cercando di capire da dove fosse arrivata la frase, ma non trovò nessun viso conosciuto a cui potesse appartenere quella voce. L'unica persona in quel momento rivolta nella sua direzione era un uomo alto, con i capelli tagliati cortissimi e una folta barba scura. Gli aveva parlato con la schiena e i gomiti poggiati sul bancone, uno dei piedi sulla sbarra d'ottone vicino a terra e il capo leggermente inclinato da una parte.

"Povero *Mimminu*, da quando sei scappato ti è scappata anche la memoria".

Era la seconda volta che quella persona lo chiamava in quel modo e solo chi lo aveva frequentato da bambino poteva conoscere quel nome. Massimo aguzzò la vista in direzione dello sconosciuto, avvicinandosi a passo lento. Quel taglio d'occhi e il sarcasmo che aveva percepito dall'uomo, fecero sì che ora i due nuovi arrivati all'albergo riconoscessero chi si erano ritrovati davanti.

"*Illu*?! Giuliano? Sei tu?" pronunciarono il suo nome quasi all'unisono.

"E bravo *Mimminu*..." esclamò, producendo una sonora risata, che di vero aveva solo il timbro.

Gli si avvicinarono per salutarlo, ma lui rimase immobile. Quando Margherita gli fu abbastanza vicino da potergli stringere la mano, senza staccarsi dal suo posto guardò Massimo con la coda dell'occhio, continuando volontariamente a ignorarlo. Lui, che fino a quel momento aveva tenuto la mano tesa, lasciò andare il braccio lungo il corpo.

"Non sei cambiato per niente, *Illu*".

Il tono era lo stesso che Giuliano aveva usato poco prima nei suoi confronti.

"Forse avrei dovuto colpirti più forte, quel giorno..." disse, pentendosi subito di quella frase.

"Se mi avessi colpito più forte oggi non saresti qui".

A quelle parole lei indietreggiò leggermente, non sapendo a cosa si riferissero.

"Ah, ma è passato tanto tempo. Lasciamo perdere. Allora, cosa sei venuto a fare qui?"

A Massimo sembrava di essere di nuovo sulla strada di ritorno dal paese, sul carretto, quando aveva reagito alla sua ultima provocazione. Gli era saltato addosso, ma il suo esile corpicino non aveva potuto nulla contro la stazza dell'altro. Però in fondo aveva ragione lui e l'aveva appena detto. *È passato tanto tempo*, lasciamo perdere.

“No, aspetta, non dirmi nulla…”

Per una frazione di secondo la donna percepì una flessione nell’ostilità nella sua voce.

“Sei qui per tua sorella, vero?”

CAPITOLO 49
LA LETTERA, FINE OTTOBRE 1975

La pioggia cadeva forte sul parabrezza, i tergicristalli faticavano a scacciare l'acqua dal vetro. Massimo andava lento, preoccupandosi del traffico impazzito di quel pomeriggio d'inverno. Finalmente si lasciò il frastuono di luci e clacson alle spalle e imboccò una strada che portava ad una zona residenziale più tranquilla.

La sua guida si rilassò e l'uomo poté immergersi nel paesaggio che lo accompagnava. Le case in quella zona erano basse e molto colorate. Ogni volta che passava per quelle vie si stupiva di quanto verde la città avesse risparmiato.

Le aiuole erano ben curate e anche i fiori al loro interno sembravano più rossi, più gialli, più viola. Fiori gialli. Ancora ricordava *quei* fiori gialli, lassù sulla collina. Quanto tempo era che non tornava al paese? Ormai non lo ricordava più.

Dopo quello che era successo alla sua famiglia, le cose erano cambiate velocemente. Negli anni successivi a quella sfortunata notte, i Sanna avevano cercato di condurre una parvenza di vita normale. I campi infatti non erano scomparsi e avevano bisogno di cure costanti per dare dei buoni frutti. La verità era che si doveva andare avanti per forza. Efisio aveva raddoppiato il suo impegno per allontanare i pensieri negativi, anche aiutato da Luisu e Pramèriu, che mai si erano tirati indietro nel darsi una mano a vicenda, come d'altronde si era sempre fatto in quella piccola comunità. Ma i venti di guerra erano arrivati anche da quelle parti e diversi uomini, a Granosu, avevano ritenuto opportuno imbracciare le armi, più per un discorso economico che non per un atto di vero patriottismo. Due di loro, i più fortunati, erano tornati e avevano ripreso le attività che avevano interrotto. In tre avevano lasciato ai figli una triste eredità di orfani di guerra. Durante e dopo questi anni, nel corso dei quali il paese aveva comunque pagato poco in termini di vite umane, Efisio era rimasto da solo a dover badare ai suoi terreni.

Luisu era partito volontario per il fronte e non ne aveva mai fatto ritorno. Pramèriu aveva invece trovato lavoro in un importante mobilificio e si era trasferito in città. Quando Massimo aveva finito la scuola superiore al paese, allora, Efisio gli aveva chiesto se volesse aiutarlo per qualche settimana nel lavoro dei campi. Lui aveva accettato di buon grado, pensando che sarebbe stato solo un periodo di transizione. Quel periodo, però, si era protratto molto oltre il tempo che gli aveva proposto il padre, periodo durante il quale Massimo aveva assecondato e coltivato un desiderio che lentamente si era rifatto strada nei suoi pensieri, quello di riprendere a studiare. Non gli era mai pesato il lavoro nei campi, ma sentiva che la sua strada non era quella. Gli mancava qualcosa, ed era convinto che avrebbe trovato quel qualcosa nei suoi libri.

La famiglia di Margherita invece aveva lasciato il paese nel gennaio del 1946 e lui aveva continuato a scriverle regolarmente. Certo, le lettere le arrivavano in città molto in ritardo, alcune si perdevano proprio, ma le aveva fatto una promessa e l'avrebbe mantenuta. D'altra parte, però, era difficile tenere quel ritmo, perché la vita al paese non era proprio un divertimento e non c'era tantissimo di cui parlare. Una volta le scrisse di come si fosse rotto un braccio cadendo da cavallo, un'altra di come le giornate nei campi sembrassero non finire mai. E poi c'era sua madre che non riusciva a darsi pace, nonostante ormai fossero passati undici anni da quel lontano 1935. Ma il tema principale delle lettere era sempre lo studio. Ogni volta le raccontava di quel suo desiderio che gli accendeva l'animo. Non avendo però il tempo per farlo, si accontentava di leggere. Leggeva qualsiasi cosa, leggeva *di* qualsiasi cosa. Aveva scoperto che nella bottega del barbiere c'erano sempre quotidiani e riviste freschi di stampa. Allora aspettava fuori dalla porta che i clienti arrivassero in tanti, poi entrava anche lui, in modo da essere tra gli ultimi a dovere essere servito, così poteva immergersi nella lettura per quanto avesse voluto. Aveva messo da parte qualche moneta per comprarsi un libro tutto suo, e lo acquistò. Era usato, vecchio e sgualcito, con la copertina rovinata, ma quel titolo lo attraeva: "Ventimila leghe sotto i mari".

Margherita, dal canto suo, da dire ne aveva eccome. La vita in città era completamente diversa da quella del paese. Non c'erano spighe, non c'era quasi erba e gli alberi erano davvero pochi. E poi c'era l'odore. Mio Dio, gli scriveva, qui c'è un odore di bruciato che mi dà il voltastomaco. La scuola le piaceva, anche se i suoi compagni di classe la prendevano un po' in giro quando parlava, a causa delle sue doppie. Non aveva ancora la minima idea di quanto fosse grande Fossate, ma giurava che prima o poi l'avrebbe scoperto.

Dopo diversi mesi di quella corrispondenza serrata, era arrivato un momento in cui Massimo aveva pensato che non sarebbe mai riuscito nel suo intento, e pian piano si lasciò andare. Continuava a lavorare in campagna col padre, cercando di non pensare a cosa, forse, si stava perdendo.

All'inizio non voleva discuterne apertamente con i genitori, sapeva che le sue braccia erano indispensabili nei campi, e la madre non avrebbe voluto che si allontanasse da lei.

Ma sentiva il bisogno di tornare sui banchi, voleva confrontarsi con gli altri, sentire anche le loro idee, le mura di casa non gli bastavano più. Allora cambiò strategia, iniziando gradualmente a parlarne in modo più libero e fuori dai denti, ma passò del tempo prima che i suoi sforzi venissero premiati.

Del resto, sotto sotto sospettava che loro si fossero accorti di come lui fosse cambiato in quell'ultimo periodo. Dopo il lavoro Massimo spariva e tornava all'ora di cena. E passava tutto il suo poco tempo libero a leggere ciò che gli capitava tra le mani.

Il giorno che arrivò la lettera di Margherita, Massimo era appena rientrato dal paese con un carico di mangime.

"C'è qualcosa per te, in camera tua", gli disse Elena quando lui entrò in casa. Era la frase che usava ogni volta che arrivava qualche busta dal nord. Sapeva che non poteva che essere di Margherita, e, ogni volta, glielo diceva con un mezzo sorriso sulle labbra. *S'atra pipia*, la chiamava.

Massimo tolse le scarpe e la aprì.

Il suo sguardo, prima veloce sulle parole, a un tratto iniziò a rallentare e tornare alla riga precedente. Una, due, tre volte. E ogni volta che ricominciava a leggere, i suoi occhi si facevano più grandi.

Caro Massimo,

oggi stranamente qui non piove, sarà un caso? Dimmi, come state tutti?

È passato un po' di tempo dalla mia ultima lettera, ti chiedo scusa, ma non avevo il coraggio di scriverti, perché non sapevo come avresti reagito a quello che sto per dirti. Continuavi a scrivermi della scuola e di quanto ti sarebbe piaciuto riprendere a studiare. Queste parole vanno ormai avanti da troppo tempo, e ogni volta che le leggo mi viene una stretta al cuore. So che tu ci stai male, ma il tuo senso del dovere e la lealtà nei confronti di tuo padre non ti permettono di lasciare la campagna e tornare sui libri, come avresti sempre voluto fare. Massimo, ho parlato con mia madre e le ho raccontato del tuo desiderio. Lei sarebbe contenta se tu volessi venire da noi, e riprendere gli studi qui. Saresti nostro ospite, in tutto e per tutto. Il mio patrigno è d'accordo, è stato lui a spingermi a scriverti queste due righe. Sai, lui è molto riconoscente alla tua famiglia per tutto ciò che avete fatto per noi, quando non vedevamo via d'uscita. Voi ci siete sempre stati, signor Efisio, Elena, tu. Quando avevamo bisogno di qualcosa eravate sempre pronti ad aiutarci, nonostante la tragedia che vi aveva colpito. Mia madre questo non l'ha mai dimenticato, e stava solamente aspettando il momento giusto per sdebitarsi. Lei crede che quel momento sia arrivato.

E poi la casa è grande, ci sono addirittura delle stanze che non utilizziamo. Sembra tutto perfetto. Ma cosa diranno i tuoi genitori?

Non rimane che la tua risposta, Massimo.

Un abbraccio.

Margherita.

Dopo la morte di Luisu, la sua famiglia aveva incontrato serie difficoltà ad avere una vita dignitosa. Con due bambini a carico, Mallena aveva trovato lavoro come aiutante in uno dei forni del pane del paese. Riusciva così ad avere un salario e del tempo libero, per continuare a cucire la sera in casa. Efisio e Luisu erano cresciuti assieme, avevano affrontato la fame negli stessi periodi, e col sudore e la buona volontà, alla fine, erano riusciti a uscire dalla povertà. La famiglia dell'uno era la famiglia dell'altro e quando si venne a sapere che Luisu non sarebbe più tornato, Efisio si sentì in dovere di sostenere la vedova e i figli del suo grande amico, mettendo a loro disposizione tutto ciò di cui avrebbero avuto bisogno.

Poi era arrivato *s'ingegneri* e le cose erano cambiate in meglio. Si era portato via Mallena e i bambini, con la promessa che un giorno avrebbe trovato il modo per contraccambiare gli sforzi che aveva fatto per la sua nuova moglie e i suoi figli.

CAPITOLO 50
UNA NUOVA VITA, 1946

La tattica di Massimo iniziò a dare i suoi frutti quando durante una delle lunghe chiacchierate con don Mondinu, Elena gli aveva parlato del desiderio del figlio, e della opportunità che Mallena aveva offerto a Massimo, ormai ventiduenne, di andare a vivere con la sua famiglia per proseguire gli studi. Il prete si era mostrato entusiasta e aveva offerto anche il suo aiuto se ne avessero avuto bisogno.

Ma le sue parole erano state come un macigno sul cuore per Elena, che non poteva pensare che il suo unico bambino rimasto potesse allontanarsi così tanto da loro, *solo* per studiare. Efisio invece l'aveva presa decisamente meglio, non aveva pianto come Elena, ma si era limitato ad andarsene a fumare la pipa nell'aia, sbattendosi la porta alle spalle.

A casa dei Sanna erano seguite numerose discussioni, sempre molto dure, fino a quando Massimo aveva iniziato a notare un graduale cambiamento. Quelle stesse discussioni si erano trasformate lentamente, in chiacchierate costruttive e pacate, perché i genitori avevano capito quanto sarebbe stato importante per lui quella possibilità. Fu così che Efisio ed Elena una sera, dopo la cena, avevano dato il loro benestare a Massimo per quella sua partenza. Prima lo stupore, poi la gioia, aveva fatto sobbalzare il ragazzino sulla sedia, che, travolgente nella sua felicità, aveva corso attorno alla tavola agitando i pugni per aria, facendo ridere e commuovere allo stesso tempo i due genitori. Sapevano entrambi che per loro si chiudeva un ciclo e ne iniziava un altro, fatto di speranza e solitudine, rassegnazione per quell'ennesimo distacco ma anche fiducia nelle potenzialità del *piccolo* Massimo.

Gli inizi nella nuova città, in mezzo a persone così diverse da quelle che conosceva lui, persone che non avevano il suo stesso accento, persone che a stento avevano visto un animale, vivo, per lo meno, quegli inizi erano stati faticosi per Mimminu, ma da subito aveva stretto i denti e aveva proseguito senza curarsi di null'altro, anche perché la vicinanza di Margherita e il calore della sua famiglia lo facevano sentire come a casa e questo fu per lui un grossissimo aiuto.

Non sarò un Sanna per niente, aveva pensato.

Nel momento esatto in cui Massimo era sceso dal treno che lo aveva condotto fino a incrociare di nuovo lo sguardo di Margherita che, ferma sul marciapiede, aspettava il suo arrivo, tutti quei mesi carichi di assenza e lontananza trascorsi distante da lei erano stati spazzati via. In una fresca mattina di ottobre un lungo abbraccio li aveva riuniti, questa volta per sempre.

Il periodo di assestamento nella nuova casa durò solo qualche giorno. Massimo aveva una stanza tutta sua, con un letto comodo e una finestra che dava sulla via sottostante. Aveva visto più automobili in quel breve periodo che non in tutta la sua vita passata, al paese. Le regole della famiglia erano poche e semplici. Di alcune non ne capiva il senso, come il lavare le mani prima del pranzo e della cena, ma si adeguò subito.

Dopo una settimana aveva iniziato a seguire i suoi primi corsi alla facoltà di medicina e per i successivi otto anni quasi non si fermò più, alternando ore di studio serrato a piccoli lavoretti che gli permettevano di rendersi un po' più indipendente.

Durante quel lungo periodo i rapporti con Margherita erano lentamente, ma inesorabilmente cambiati e quelli che in un primo momento erano stati innocenti sentimenti adolescenziali avevano gradualmente lasciato spazio a desideri e sensazioni che andavano più in là delle loro prime caste effusioni.

Mallena si era accorta con gioia che tra i due ragazzi l'amicizia era andata oltre, e aveva subito chiesto loro di parlare della loro situazione sentimentale anche con il patrigno di sua figlia.

Il tutto fu nient'altro che una formalità, perché anche *s'ingegneri*, per quel poco che stava a casa, aveva avuto modo di notare le espressioni dei due giovani e rimanerne compiaciuto. Massimo gli piaceva. Vedeva in lui un radioso futuro, ed era contento che entrasse a far parte della loro famiglia. D'altronde, in un certo qual modo, lui gli doveva la sua.

Margherita lavorava già da qualche anno in una casa di riposo quando Massimo terminò gli studi. Il giorno in cui era stato proclamato dottore in medicina, i suoi genitori avevano compreso appieno quanto fosse stato importante quel traguardo per il figlio che non aveva mai rinnegato le sue origini contadine, ma che in questo modo avrebbe potuto garantire un futuro migliore a tutta la famiglia. Ora non potevano che essere felici per aver fatto la scelta giusta per lui, anni prima. Elena aveva persino visto Efisio sorridere per ben due volte nel giro di una decina di minuti.

Massimo aveva lavorato come assistente del primario in una struttura ospedaliera pubblica quando ancora non aveva completato gli studi, e la conferma di quel posto per un ulteriore periodo di prova fu una ovvia conseguenza.

Col passare del tempo i due ragazzi iniziarono a sentire la necessità di abbandonare quella casa che li aveva protetti e coccolati e costruirsi finalmente una vita assieme. Sapevano però che non sarebbe stato facile pagare un affitto, far fronte al costo della vita.

Tutto sembrava un qualcosa di inarrivabile, ai loro occhi. Finché una sera si erano ritrovati soli in casa, Mallena e s'ingegneri erano fuori città per un viaggio di piacere.

"Oggi cucinerò per te", aveva detto Massimo, stappando una bottiglia di vino delle vigne di Efisio.

"Ma quella è una delle *buone*...", aveva risposto sorpresa, "hai sempre detto che l'avresti aperta per un'occasione speciale!"

"Infatti... Questa serata è una di quelle".

Con calma aveva riempito due calici e porto uno alla fidanzata.

"Ricordi quel colloquio di qualche giorno fa?" sorrise con l'angolo della bocca, "Ho avuto quel posto da interno all'ospedale militare..."

Glielo aveva detto d'improvviso, con voce ferma e bassa.

Poi, tutto era accaduto in pochi istanti. Margherita aveva spalancato gli occhi per lo stupore ed era esplosa in una gioia incontenibile. Incurante dei calici pieni che schizzavano vino tutto intorno gli aveva buttato le braccia al collo e baciato sulle labbra. Lui non aveva capito e senza volere si era scostato il tanto per incrociare i suoi occhi che andavano dal suo sguardo alla bocca, dalla bocca al suo sguardo, mentre tutt'attorno il silenzio attendeva. Di nuovo lei lo aveva baciato e i due si erano persi in un infinito abbraccio che aveva avvicinato i loro cuori come mai prima. Erano rimasti così, per lunghi istanti, stretti l'uno dentro l'altra, in piedi in mezzo alla cucina. Lei teneva la testa poggiata sul suo petto come fosse un morbido cuscino, protetta dalla mano dell'uomo che amava e che ora le accarezzava i capelli, cingendola delicatamente.

"Massimo io..."

"Sssh... non dire nulla", le aveva sussurrato all'orecchio.

"Non immagini quanto abbia desiderato questo momento. Avevo sempre pensato che il nostro tempo fosse scaduto dopo la tua partenza dal paese, ma il mio arrivo in città mi ha smentito. Da quando sono qui ho cercato in tutti i modi di tenere a bada i miei sentimenti, perché mi sembrava irrispettoso nei confronti di tua madre. Ma adesso… adesso credo che…"

Allora l'aveva baciata, stavolta senza alcuna esitazione, eliminando in un solo colpo gli ultimi dubbi sul suo amore.

Si erano accomodati sul divano e tra un bacio e l'altro avevano iniziato a chiacchierare di tutto e di niente. I toni erano cambiati, gli sguardi erano cambiati e anche solo l'intrecciare le dita delle loro mani provocava nei due ragazzi delle scariche che gli arrivavano fino al cervello.

Fuori dalla finestra aveva iniziato a piovere e le gocce arrivavano forte sulle persiane di legno, producendo un gran baccano. Ma a loro, ora, non interessava.

Durante la cena, tra una chiacchiera e l'altra i due avevano ricordato anche gli anni trascorsi al paese. Il pensiero era andato inevitabilmente a Greca, e ai giorni successivi alla sua scomparsa. Massimo aveva cambiato progressivamente umore, diventando cupo e sfuggente, quasi pentito di essere arrivato a parlare di quel periodo così difficile per lui. Margherita si era accorta di quella metamorfosi ma l'aveva attribuita al dolore ancora vivo per la perdita della sorella. Però c'era qualcos'altro.

"Massimo, è tutto a posto?" gli aveva chiesto.

Lui l'aveva guardata, e all'inizio sembrava non sapere da dove iniziare, ma poi, forse anche grazie al vino frizzante, aveva preso coraggio e, allentato il nodo della cravatta, era stato tutto più semplice.

"Tu lo sai, era da tanto chevolevo riprendere a studiare. Ciò che è capitato alla mia famiglia mi ha cambiato nel profondo. Ma io volevo capire come fare per arrivare alla cima di questa montagna senza impazzire del tutto. È da un bel po' di tempo che…"

Si era fermato un momento, prendendo il calice col vino e vuotandolo in un unico sorso. "È da un bel po' di tempo che vedo *cose*".

"Sai, ho voluto studiare psichiatria perché da quando Greca

se n'è andata vedo *un'ombra*".

Margherita non aveva capito cosa lui le avesse voluto dire, ma quando aveva ripreso a parlare, le erano tornate in mente le volte che lei, Massimo, il vecchio Mimminu, e gli altri bambini, si incontravano nel fienile di Efisio. E parlavano sempre di... come lo chiamavano? *Mommotti*.

Tutti, tra loro, ne avevano paura. Tutti tranne Greca e Giuliano, anche se quei due non avevano mai dato a vedere se davvero ne avessero timore.

"Viene a trovarmi mentre dormo, Margherita. Ricordi quando sei corsa a svegliarmi perché stavo urlando nel sonno? Quando mi hai trovato rannicchiato in terra... Ti dissi che non ricordavo nulla di quell'incubo, e che forse era solo un brutto sogno per la stanchezza. Non era vero. Ricordavo tutto... quell'ombra si stava impossessando di me".

L'aveva guardata negli occhi e si era accorto della sua espressione.

"Si, lo so, sembrano i discorsi di un pazzo... A volte fanno ridere anche me... Ma ti assicuro che quando cala la sera, ho quasi paura di andare a dormire".

"Ma perché non me l'hai mai detto? Ci conosciamo e stiamo assieme da tanto di quel tempo... avremmo potuto affrontare questa... questa *cosa* assieme! Avrei potuto aiutarti".

"Vieni qui", gli aveva detto, portandoselo al petto e stringendolo forte.

"Questa ombra... vuoi parlarmene?"

Massimo l'aveva guardata dritta negli occhi, ma poi, quasi si vergognasse, aveva abbassato lo sguardo sul pavimento.

"La prima volta è stata durante un altro sogno. È la stessa ombra che avevo visto nel fienile quando Greca era scomparsa. Lì, però, lei c'era ancora. Era seduta sui sacchi di grano e giocava con dei fiori. Quella cosa era sorta da dietro le sue spalle. Io la chiamavo ma lei non mi sentiva. Le volevo dire di scappare, di andare via da lì, ma non riuscivo a sentire la mia voce. Neanche lei poteva sentirmi”.

Le mani di Massimo si stringevano l’una con l’altra, sbiancando le nocche e fermando la circolazione del sangue. Uno dei pollici ne sfregava il dorso, in un movimento compulsivo che Margherita aveva subito notato, ma di cui lui sembrava non accorgersi.

Poi aveva riportato il suo sguardo sul viso della ragazza. Ma il naso aveva iniziato a tapparsi e gli occhi gli si erano velati di lacrime.

“Più si avvicinava a Greca, più l’ombra diventava grande. Allargava le braccia e apriva le dita delle mani e aveva degli artigli, ne sono sicuro, Margherita. Degli artigli lunghissimi. E io non potevo farci nulla. Nulla di nulla”.

“Massimo, era solo un sogno”, mentre lo diceva gli aveva preso le mani tra le sue.

“È tornata a farmi visita. Sono di nuovo lì, nel fienile. Ma questa volta non c’è Greca sui sacchi. Ci sono io”.

Ora era lui a stringerle forte le mani.

“Allora, come quella prima volta io urlo, chiamo quell’altro me stesso seduto su quei dannati sacchi, ma lui non mi sente. Cerco di agitare le braccia per farmi vedere, per farmi notare, ma lui non fa nulla. Non si muove nemmeno. E l’ombra spunta dall’angolo più buio del fienile. Si fa sempre più grande, allunga gli artigli e cerca di prenderlo...”

“Massimo...”

“È questo il momento in cui mi sveglio. Nel sogno non riesco a sentire la mia voce, ma nella realtà sì. Sembra paradossale, ma sono le urla che caccio mentre dormo e vedo quell’ombra, che mi svegliano e mi salvano...”

L’espressione del viso era totalmente assente. Lo sguardo perso nel vuoto.

“E quella volta, quando ho riaperto gli occhi tu eri lì, e io per terra di fianco al letto”.

“Massimo io...”

"Sono incasinato come un bambino, vero? Un medico dei pazzi a cui serve un medico dei pazzi..."

A quelle parole lui stesso aveva riso e un po' della tensione era scivolata via.

"Sai, da piccolo ero convinto di aver visto veramente quell'ombra. Ne ero certo", le aveva detto.

"Anche tu sai a cosa mi riferisco, vero?"

"Ricordo qualcosa, sì... ma pensavo fosse solo un gioco".

"No. Per me non era un gioco. Ricordi quella prima volta sulla collina? Ricordi? Ecco, anche io l'ho vista. Diverse volte".

La poltrona di Margherita aveva iniziato a diventare scomoda. I discorsi che Massimo le stava facendo la mettevano a disagio. Le tornavano in mente stracci di memoria... cosa aveva visto lei, quel giorno?

"Per me Mommotti è diventato un'ossessione. La notte, nella mia stanza, non dormivo più. Avevo sempre davanti agli occhi l'ombra. Quell'ombra dietro Greca, nel fienile. Pensavo che... anzi, ero sicuro che fosse stato lui a portare via mia sorella. Ne ero talmente certo che mi sono convinto che quella casa fosse la *sua* casa".

"Ma ora basta parlarne. Per me è molto difficile, anche se sto provando a uscirne".

"E ora sai tutto... Questo è ciò che mi succede. Questo è quello che sono le mie paure, le mie fissazioni, i miei momenti critici. Gli anni trascorsi al paese mi hanno cambiato, mi hanno reso una persona difficile, ma sono certo che ciò per cui ho studiato oltre ad aiutare gli altri darà i mezzi anche a me per scacciare questi fantasmi".

Aveva trattenuto il fiato per qualche secondo, poi aveva ripreso a parlare, guardandola dritta negli occhi.

"E tu? Ora che sai come sono diventato, cosa ho davvero dentro, sei sicura di voler stare con uno come me?"

Lei non aveva risposto, ma la sua espressione era di gratitudine per aver voluto condividere con lei le pagine più complicate della sua vita.

"E se un giorno ti chiedessi di sposarmi?"

Si era seduta sulle sue gambe, gesto che avrebbe ripetuto spesso, nel corso della loro vita assieme, e buttandogli le braccia al collo lo aveva baciato di nuovo. Poi, avvicinata la bocca al suo orecchio, gli aveva sospirato vicino.

"Senza se e senza ma".

CAPITOLO 51
UNA SOLA CONDIZIONE, 1955

Una sofferta specializzazione in psichiatria, dopo ulteriori tre anni di studio diede l'opportunità a Massimo di pensare concretamente al proprio futuro con Margherita, lasciare la casa di Mallena e trasferirsi in un appartamento tutto loro.

Quando il suo iniziò a diventare un nome conosciuto non solo come medico ma anche come giovane psichiatra, il numero dei pazienti crebbe velocemente e poté mettersi in proprio in un piccolo studio privato in cui il dottor Massimo Sanna, psichiatra, aveva ora una targhetta tutta sua, attaccata alla porta.

Erano passati altri quindici anni e a Granosu Efisio non si era ancora fatto convincere dal progresso, continuando a coltivare la terra in modo tradizionale, ma la tecnologia era arrivata anche dalle loro parti e le grandi macchine agricole stavano in modo lento ma inesorabile, rimpiazzando l'uomo. Dopo averci pensato su, aveva deciso che forse quelle diavolerie gli avrebbero permesso di lavorare più velocemente e con meno fatica, tanto più che la sua schiena iniziava a tradirlo sempre più spesso. Così i raccolti successivi avevano iniziato ad essere più consistenti aumentando anche il suo volume d'affari. Era stato in quel periodo di grandi cambiamenti che la malinconia che Elena si portava nel cuore aveva iniziato a trasformarsi gradualmente in qualcosa di più grave.

Molti anni prima, era stata catapultata in un vortice di emozioni e situazioni che era stata incapace di gestire. Tutt'a un tratto attorno a lei si era ritrovata con decine di persone che le facevano domande, persone che le offrivano il loro aiuto, persone che entravano e uscivano silenziosamente dalla sua casa. Ma l'unica persona che in quel momento avrebbe voluto vicino, che avrebbe voluto stringere e abbracciare non era lì, non c'era più. Non era mai riuscita a farsi una ragione di quella scomparsa improvvisa. Senza neanche il tempo di salutarla, senza neanche il tempo di vederla un'ultima volta. Cosa era successo a Greca? Nessuno lo sapeva, nessuno la trovava. Con il passare dei giorni, aveva iniziato a mangiare sempre meno, fino a diventare solo l'ombra della donna forte che era sempre stata.

Non era mai riuscita a lasciarsi alle spalle quella perdita, e gradualmente il suo stato fisico e mentale era peggiorato notevolmente e aveva iniziato a presentare i primi sintomi della depressione.

Efisio quasi non riconosceva più la donna che gli stava accanto. Più volte l'aveva trovata seduta in piena notte sul letto della figlia, gli occhi rossi di pianto. Lui cercava di farle forza, la abbracciava, la accarezzava, la implorava di *lasciarla andare*. Lei lo guardava e ogni volta la sua risposta era la stessa.

"Non ci riesco".

Aveva persino dubitato dell'esistenza del suo Dio, in una di quelle innumerevoli notti insonni trascorse a fissare il buio mentre pensava a sua figlia. Non c'era stato giorno in cui non si fosse domandata se non fosse stata colpa sua, o di qualcuno della sua famiglia. Forse non le avevano voluto troppo bene? Forse, il contrario? O l'avevano trascurata? No, questo non era possibile. Allora forse la colpa era di chi ci osserva da lassù, aveva detto una volta a don Mondinu. Quella mattina Elena non aveva avuto la forza di alzarsi dal letto. I capelli disfatti, il viso magro e pallido, alla donna ormai non interessava più nemmeno il suo aspetto, neanche davanti agli estranei, benché il parroco non lo fosse. Quando aveva esposto quella sua nuova idea al prete, questi si era fatto il segno della croce e aveva guardato la donna in modo benevolo e paziente.

"Dio ha scritto per ciascuno di noi delle pagine che non ci è dato comprendere subito", le aveva detto, accarezzandole la mano.

"Forse Dio ha scritto quelle pagine in una lingua che noi non capiamo, don Mondinu".

"Saremmo tutti dei presuntuosi peccatori se anche solo osassimo cercare di capire quel libro, mia cara".

"Ma allora che senso ha avere un libro che non si sa leggere o comprendere? Tanto vale non averlo..."

"Cara Elena, è proprio quando cerchiamo di leggere quelle parole, quando cerchiamo di interpretare ciò che ci succede, giudicare chi ci circonda, che diveniamo più sensibili e più maturi alle sue volontà. Anche quando commettiamo degli errori".

"Allora lui mi sta mettendo alla prova?"

"È proprio così. Proprio come fece con Abramo. Lui ci mette alla prova in ogni scelta che facciamo, in ogni azione che compiamo. Ma non è lui che sceglie noi, ricordatevelo. Siamo noi che scegliamo lui, Elena. E quando lo facciamo, allora sarà fatta la sua volontà. In quel momento, solo in quel momento saremo pronti a sedere di fianco a lui".

Efisio non aveva i mezzi per contrastare quello stato di cose.

Oltre alle parole, dettate più dal profondo affetto per Elena, che usava con lei quando stava peggio del solito, non avrebbe saputo come affrontare quel problema. Quando ne parlò con Massimo, lui propose alla madre di sentirsi almeno una volta alla settimana, così iniziarono una sorta di terapia a distanza, in cui lei sembrò migliorare un poco.

Quei colloqui, perché di quello si trattava, e le discussioni con don Mondinu che Massimo le aveva consigliato di continuare, avevano lentamente colmato il senso di vuoto che sentiva dentro.

Giorno dopo giorno, settimana dopo settimana, mese dopo mese, Elena era riuscita anche grazie alla pazienza e all'amore di Efisio, a non vedere più il mondo immerso in un unico colore scuro.

Ma per lui era diventato troppo gravoso seguire sia il lavoro che accudire la moglie, quindi iniziò a malincuore a trascurare sempre di più i campi per dedicarsi a lei.

Non aveva mai passato tanto tempo in casa quanto in quel brutto periodo ed era stata una difficoltà anche per lui il dover abituarsi alla vita domestica. Nei suoi momenti più bui Elena trascorreva le giornate seduta sulla sedia a dondolo nel patio, con lo sguardo assente. A Efisio toccava preparare da mangiare, spazzare la casa, fare il bucato, attività che suo malgrado dovette apprendere velocemente.

Massimo dal canto suo pensava di sapere cosa avrebbe giovato a sua madre. Era convinto che una "terapia d'urto" avrebbe potuto funzionare. Quando parlò della sua idea a Efisio, lui fu subito d'accordo.

"Io e tua madre siamo nati qui. I miei genitori sono nati qui. Tu e *tua sorella* siete nati qui". La voce gli si era affievolita, quando aveva pronunciato quelle due parole.

"Sai che abbiamo sempre vissuto qui, il mio viaggio più lontano dal paese, prima di venire alla tua laurea, era stato in città. Io... io non vorrei mai allontanarmi da qui e lasciare tutto in mano ad altre persone, perché è così che finirà, lo so. Ma ti giuro, te lo giuro sul dio di tua madre, se c'è anche la minima speranza che lei possa migliorare, se c'è anche solo una unica possibilità che lei possa tornare a sorridere, ecco, io sono pronto a lasciare tutto, non mi interessa più nulla. Voglio solo che lei stia bene".

In quel momento era caduta la linea, e Massimo non seppe mai se fosse stato Efisio a interrompere la telefonata. Conoscendo suo padre, probabilmente aveva voluto evitare di farsi sentir piangere.

Nel giro di un anno e mezzo la cura di Massimo aveva dato i suoi frutti. La sua idea di far cambiare aria ai suoi genitori, la fase finale della terapia, aveva avuto inizio con il loro trasferimento in una casa di riposo. Ma non una qualsiasi. In un momento di lucidità, infatti, Elena aveva ben compreso quali fossero gli obiettivi di Massimo, e aveva dato il suo benestare.

"Ma a una sola condizione", aveva detto, "voglio andare dove lavora Margherita".

In realtà, Massimo non aveva mai pensato ad altre opzioni, e quando sentì quelle parole pronunciate da sua madre, in piena consapevolezza, non poté che esserne felice.

CAPITOLO 52
MOMENTO SBAGLIATO, FINE OTTOBRE 1975

Immerso in quei pensieri, arrivò in vista del lungo viale alberato che portava alla casa di riposo. Era un'imponente struttura situata su un promontorio che dominava la città, le cui luci arrivavano senza il filtro di altre costruzioni. Circondata da un enorme giardino stava lì, quieta e silenziosa, ad accogliere chi più ne avesse avuto bisogno.

Senza entrare, Massimo sbirciò nella grande sala comune, dove sapeva che a quell'ora avrebbe trovato i genitori. Nella stanza, decine di finestre si affacciavano all'esterno, con il chiaro scopo di non far sentire le persone che ospitava come dei reclusi. Il pavimento di marmo bianco rifletteva le luci provenienti dal soffitto. Al suo interno vi erano poltrone, divani e tavoli apparentemente messi lì a caso, ma ad un attento studio dell'ambiente, Massimo aveva notato che tutti gli arredi erano sistemati in modo che dalla guardiola la caposala o chi per lei potesse avere la più ampia e chiara visione possibile. A un tratto sentì sulla spalla un leggero tocco. Sorrise e si voltò.

"Ti avevo già visto..."

La donna che aveva davanti era vestita di bianco, la consueta divisa delle infermiere della casa di riposo.

La baciò sulle labbra. Lei come ogni volta arrossì leggermente, si imbarazzava a salutare il marito davanti ai colleghi e agli ospiti.

Massimo aveva collaborato diverse volte col personale medico, prestando il suo contributo professionale per aiutare qualcuno dei più anziani che iniziava a perdere il lume. Il suo modo di rapportarsi a loro, e riuscire nell'immediato a intuire le loro aspettative agendo alla base del problema, aveva fatto sì che il suo nome come psichiatra fosse conosciuto e apprezzato anche fuori città. Alla fine, era il metodo che utilizzava anche con i suoi pazienti dello studio. Margherita non perdeva occasione per elogiarne i pregi, anche se lui cercava ogni volta di minimizzare. E da quella professionalità e notorietà, che peraltro lui non aveva cercato, scaturivano le gentilezze e i segni d'affetto da parte di medici e infermieri dell'intera struttura.

"Buongiorno dottor Sanna!" stretta di mano, "Salve dottore come sta?" pacca sulla spalla, "Si ricordi che mi deve ancora far assaggiare quel mirto fatto in casa di cui mi ha parlato, dottore!" gli aveva detto una volta il primario. E di tutto questo neanche a dirlo, Margherita ne era orgogliosa.

"Ciao, come mai oggi qui?"

"Sono venuto a vedere i miei vecchi e... parlare con te. Ho preso una decisione".

La donna cambiò espressione.

"Decisione? Che decisione?"

Massimo le si piazzò davanti e con le mani la tenne afferrandola per le spalle.

"Domani..."

Un improvviso frastuono, amplificato dall'eco del lungo corridoio dietro di loro, li fece voltare. Uno dei carrelli di ferro delle medicine era rovesciato sul pavimento e numerose fialette, contenitori di plastica e siringhe rotolavano in ogni direzione. Diverse urla si accavallavano rincorrendosi da una stanza all'altra mentre le porte a molla del corridoio sbandieravano come se fossero spinte da un forte vento. Due operatori in divisa verde inseguivano nelle camere un uomo vestito da un pigiama intero che gli lasciava scoperte solo le caviglie le mani e la testa e che in mano brandiva un bastone.

Margherita lasciò Massimo sul posto, ancora con le braccia sollevate, e assieme ad altro personale medico corse in loro aiuto. Lui la osservava da lontano mentre parlava con i colleghi che ora indicavano l'interno della stanza, lei invece con un cenno della testa indicò il marito. La vide riavvicinarsi a passo svelto.

"È il paziente della 21. Un principio di schizofrenia paranoide grave".

Povero diavolo, pensò Massimo.

"Quanti anni ha?"

"Ne ha sessantotto. È successo già un'altra volta e ce l'aveva con i militari. È da un po' che il suo comportamento era strano. Ce lo dovevamo aspettare", disse con il fiato corto.

"E no Margherita, non ci si può mai aspettare nulla, con questo tipo di disturbi. Dimmi, con chi se l'è presa, stavolta?"

"Non ho capito bene ma continua a urlare qualcosa su qualcuno che lo starebbe spiando".

Altre urla dal corridoio fecero trasalire Margherita.

"Senti. Puoi fare qualcosa?"

"Ci posso provare. È sotto farmaci?"

"Sì, i suoi antipsicotici".

"Va bene. Fammi pensare un attimo".

Massimo si tolse la giacca e mentre lo faceva borbottava le patologie di un altro poveraccio che seguiva da qualche tempo in studio.

Manie di persecuzione, schizofrenia, principio di demenza... *però sì, potrebbe funzionare,* pensò.

La situazione ora era relativamente calma. Alcuni inservienti asciugavano il pavimento, c'erano ancora delle bottiglie in frantumi e alcune sedie fuori posto. Si avviarono assieme verso la stanza e a pochi metri dalla porta Massimo fece cenno alla moglie di stare indietro.

Si allentò il nodo della cravatta e si arruffò i capelli. Cercò dell'acqua e se la passò sul viso. Infine, guardò Margherita e le fece un occhiolino.

Prese la rincorsa e si scaraventò contro la porta a vetri della stanza 21.

CAPITOLO 53
STANZA 21

La porta si spalancò con un frastuono assordante, colpendo le spallette dei pilastri con le ante di legno e il vetro fragile e sottile. Massimo si guardò rapidamente attorno per trovare un posto in cui nascondersi e si infilò nello spazio vuoto tra un armadio e il muro. Si mise ad ansimare rumorosamente, mentre con gli occhi cercava l'uomo. Lo trovò rannicchiato nell'angolo della stanza opposto al suo, con una scopa in mano imbracciata a mo' di fucile. Il pigiama color crema avvolgeva un corpo esile e ossuto, corti capelli brizzolati. I suoi occhi erano sbarrati e guardavano nella sua direzione. Impietrito, osservava senza respirare quell'individuo tutto sudato che aveva appena invaso la sua stanza.

"C-chi sei? Ti hanno mandato loro? Perché sei qui?"

"Zitto! Zitto ti prego, non farti sentire, se mi scoprono per me è finita!" rispose Massimo, fingendosi affannato.

"Chi ti scopre? Quelli che stanno spiando me? O sei venuto tu per uccidermi?"

Il suo tono era agitato, l'angoscia di essere trovato lo faceva piagnucolare.

"Spiando te? Ma io… io neppure ti conosco, perché dovrei ucciderti? Ti prego adesso abbassa la voce! Abbassa la voce!" Riuscì a dirglielo con un bisbiglio appena percettibile, ma con una forza che convinse l'altro a tacere per un momento.

L'uomo scrutò a lungo quello nascosto dietro il mobile, senza mai abbassare il suo fucile.

"Ma se non mi vuoi uccidere, perché ti stanno seguendo?"

Massimo teneva la testa rivolta verso la vetrata, mentre cercava di inquadrare il volto dell'individuo, posto al limite del suo campo visivo.

"Perché li ho fregati! Li ho fregati tutti, questa volta! Ho distrutto tutti i loro archivi!"

Con la coda dell'occhio vide le gambe lunghe e magre dall'altra parte della stanza che si riavvicinavano al corpo.

"Ho distrutto tutto! Nomi e cognomi di tutti quelli che stavano spiando! Di tutti quelli che volevano eliminare! Io sono uno del controspionaggio, mica uno qualsiasi!"

Massimo trattenne una risata, poi rientrò nel ruolo.

"Però ho commesso un solo, unico errore. Il mio nome no, quello non sono riuscito a cancellarlo. È l'unico rimasto. È per questo che sto scappando, loro mi vogliono morto. Ormai sono l'unico che sa chi siano. Si chiamano..."

Con la testa china si mise a tamburellare con le dita al centro della fronte per ricordarsi un nome che in realtà non conosceva.

"Le Farfalle Blu!" urlò l'altro, brandendo il bastone. "Sono loro che mi spiano giorno e notte!"

"Sì esatto! Sono loro!" ammise Massimo.

"Però ora non devi più preoccuparti. Tutti i loro progetti sono stati annullati, distrutti, cancellati! I loro archivi non esistono più! Tutti i nomi sono stati cancellati! Per sempre!" Come da prassi in quei casi, Massimo ripeteva di continuo le parole chiave che sarebbero arrivate al subconscio del paziente, fino a, sperava, convincerlo che sarebbe stato tutto a posto.

Ora anche l'altro ansimava, guardandosi continuamente intorno.

"Sai una cosa? Puoi stare tranquillo, ora. Ho distrutto tutto".

Mentre lo diceva, si sporse per osservare la reazione dell'altro.

"Cosa vuol dire che hai distrutto tutto? Tutto tutto?"

Finalmente aveva rilassato i muscoli del corpo. Ora la sua postura non era più sulla difensiva e sembrava solo essere in preda alla tensione dei nervi. Anche la sua voce si era calmata, non tremava più. Il fucile era tornato ad essere una scopa.

"Vuol dire che questa gente, i tuoi nemici, non hanno più nulla in mano! Ho distrutto tutte le loro attrezzature, tutti gli archivi, tutti i nomi! Tutto! Tutto!"

Massimo continuava a dividere il suo sguardo tra la porta e l'angolo in fondo alla stanza.

"Tutti gli archivi, dici? Ed è rimasto solo il tuo nome?"

"Sì! Tutti! Dal primo all'ultimo! Sono certo che tu li avrai visti almeno una volta quegli archivi, no?"

"Io? Io no. Non li ho mai visti ma... sono sicuro che c'erano!"

"Impossibile! Se non li hai visti, allora non esistono! Dico bene? *O ho ragione...?*"

Si mise ad indicare qualcosa che non c'era più e che in realtà non c'era mai stato, mentre un sorriso appena accennato nascondeva un enorme sforzo per non ridere.

Come se quella domanda fosse stata la parola d'ordine per risvegliarlo da una ipnosi, l'uomo tornò in sé, in un momento di lucidità. Corrugò la fronte, non ancora sicuro di ciò che quell'agente segreto gli aveva chiesto. Cos'aveva detto? Lasciò andare la scopa, si mise in piedi. Fece qualche passo in avanti dal suo angolo nascosto e studiò con attenzione il soffitto e le pareti della stanza. Le labbra strette e gli occhi socchiusi denotavano massima concentrazione. La sua sicurezza ora vacillava.

"Hai ragione... non ci sono! Non ci sono più!"

A quel punto Massimo lasciò la sua postazione, avvicinandosi alla porta, con aria sospettosa. Aprì una delle due ante e scrutò l'altro, che ora si guardava in giro stranito, come se si fosse appena svegliato da uno strano sonno, una mano che si grattava la testa.

"Ora devo andare, non c'è nessuno. Li ho seminati. Ricordati, tu non mi hai mai visto!"

L'uomo annuì e distolse lo sguardo, continuando nelle sue ricerche minuziose.

Sorridendo, Massimo uscì in silenzio dalla stanza 21.

Il corridoio era di nuovo libero e due inservienti con un cenno gli chiesero se potessero entrare senza problemi. Lui, ancora sorridente rispose di sì e tornò da Margherita.

"Ci sei riuscito? L'hai calmato?"

"Sì. Spero solo che rimanga convinto di ciò che non ha più visto il più a lungo possibile".

"Ma come hai fatto?"

"Ci sono degli studi che preferiscono utilizzare l'approccio diretto su questo tipo di episodi, piuttosto che stare a cercarne le cause. A volte funziona. In fondo è solo una profonda opera di persuasione. Ma non voglio annoiarti parlando di cervelli andati. Vieni, prendiamo un caffè".

Si diressero al distributore e dovettero attendere solo qualche istante prima che una brodaglia calda e fumante riempisse i due bicchieri.

"Sì lo so, non è la moka di casa", disse Margherita vedendo lo sguardo schifato di Massimo.

"Quindi? Mi stavi dicendo qualcosa su una certa decisione..."

CAPITOLO 54
DUE BIGLIETTI

Massimo sollevò i suoi pensieri da quell'orribile caffè e la guardò negli occhi.

"So perfettamente che ami questo lavoro e so delle difficoltà che avete ogni volta che qualcuno si assenta, ma so anche che non prendi un giorno di ferie da anni. Domani… ecco, domani…"

Con un gesto della mano estrasse dalla tasca della giacca due biglietti d'aereo e glieli porse.

"Margherita, vorrei che domani venissi con me. Vorrei che domani tornassi con me al paese. Solo per qualche giorno".

Gli occhi della donna si illuminarono e non rispose, ma lo abbracciò stretto, questa volta senza arrossire.

"Quindi è un sì? Hai detto di sì?"

Margherita liberò il marito da quell'abbraccio e sorridendo annuì con gioia.

"Però ora basta, mi stai facendo emozionare. Andiamo dai tuoi".

"Sicura che non avrai problemi?"

"Non preoccuparti, lascia fare a me".

Lo prese a braccetto, come faceva sempre, e lo condusse dentro la sala.

"Aspetta. Non voglio entrare, preferisco non disturbarli in questo momento, voglio solo guardarli un attimo da lontano. Credo che sia meglio per ora aspettare di avere delle certezze e delle risposte, riaprire in loro questa ferita senza conferme non è giusto”.

“D’accordo. Sì, credo tu abbia ragione”, disse la donna fermandosi davanti alla vetrata che separava il corridoio dalla grande sala.

“Ecco tuo padrc”.

Efisio era in piedi davanti alla finestra aperta. Ogni giorno, passava gran parte del suo tempo a guardare fuori. A spaziare con lo sguardo, lontano. Lì, oltre i *suoi* campi.

“Non ha mai smesso di cercarla”.

Margherita aveva sussurrato quella frase all’orecchio di Massimo, pur sapendo che Efisio non l’avrebbe sentita.

“Sapessi quante volte ha litigato con la caposala, per quella finestra sempre aperta...”

“Ma... la caposala sei tu!”

“Appunto!”

I due risero, complici.

CAPITOLO 55
LA VECCHIA CASA, AL PAESE, 1975

"Quindi? Sei qui per tua sorella?"

Massimo annuì meravigliato, guardando la moglie.

"Sì, ma come fai a..."

"La notizia del ritrovamento delle ossa è passata pressoché inosservata, al paese, ma non a me. Io conosco tutta la storia e immaginavo che saresti tornato, prima o poi. Mi ricordo di quanto foste legati e di come la difendevi, così come lei faceva con tutti gli altri. Era l'unica che riuscisse a intimorirmi, sai? Non tu o i tuoi amichetti. Solo lei. E ancora non ho capito come facesse", disse, ridendo imbarazzato.

Allora non sei così stronzo come sembrava, pensò Margherita.

"È sempre stata la migliore di tutti noi".

"Sì, va bene, ma ora non iniziare con le frasi a effetto, *Mimminu*".

La donna si portò le mani alla bocca, stupita di come avesse potuto cambiare maniere da un momento all'altro. Sentiva di conoscere da sempre quel modo di fare. E non le era mancato.

"Starete qui per molto?" chiese Giuliano, poco interessato alla risposta.

"Siamo arrivati questa mattina, e abbiamo in programma di trascorrere qui qualche giorno. E poi vorrei andare sulla collina a dare un'occhiata".

Giuliano poggiò i gomiti sul bancone e finì di sorseggiare il mirto che aveva nel bicchiere, facendo finta che loro non fossero davanti a lui.

"Se volete vi ci porto io. Occorre un buon fuoristrada per arrivare fin lassù. Da quando non c'è più nessuno a curarla, la vegetazione si è ripresa i suoi spazi. Il mio autocarro è parcheggiato qui dietro. Se volete..."

Diede ai due un momento per pensarci mentre, con un cenno al ragazzino del bar, si fece versare un altro tanto di liquore. Un sorriso appena percettibile lo ringraziò del servizio.

Massimo non sapeva se accettare quell'aiuto insperato, né se al momento fosse la scelta giusta da fare.

"Per me va bene", intervenne Margherita, poggiandogli una mano sul braccio.

"Io invece non vorrei disturbarti", disse Massimo a denti stretti, sapendo quanto l'accettare quell'invito avrebbe posto l'altro in una posizione dominante.

"Non ho nulla da fare, ora. E per una volta non mi disturbi. Andiamo".

Con una spinta si staccò dal bancone e mandò giù tutto d'un fiato quanto ancora gli era rimasto nel bicchiere. Si ripulì la bocca con la manica del giaccone e senza voltarsi indietro si diresse verso l'uscita, sicuro che lo avrebbero seguito.

Il mezzo era già in moto quando i due arrivarono. Con un sorriso sornione, li osservò prendere posto, innestò la marcia e partì.

Un forte vento spazzava la via scrollando nervosamente le piante e i cespugli ai suoi bordi. La strada che portava ai luoghi dove era cresciuto era esattamente come Massimo ricordava. La larga fascia sterrata che divideva i campi, che un giorno erano stati del padre, dagli altri, era uguale a come l'aveva lasciata, non ci era arrivato ancora nemmeno l'asfalto. In lontananza il filare di alberi che ricordava bene. Poco oltre riuscì a scorgere ciò che rimaneva del tetto con le tegole rosse, quelle che da bambino era rimasto a osservare per ore dal fienile, aspettando che succedesse qualcosa. E in realtà qualcosa era successo.

"Dimmi, *Mim*... Massimo. Perché vuoi tornarci?"

Lui non rispose, ma continuò a guardare fuori dal finestrino aperto, respirando l'odore della terra che tanti anni prima gli aveva appesantito gli scarponi.

Anche Margherita osservava il paesaggio circostante, pian piano le tornavano in mente i campi su cui aveva corso da bambina. Di lì a poco avrebbero rivisto anche le loro vecchie case e ne era contenta. Sperava solo di riuscire a riconoscerle.

"Te la ricordi ancora?" chiese, indicando qualcosa davanti a loro, oltre la curva.

Massimo sapeva a cosa si riferisse.

"Come potrei dimenticarla? È ancora lì".

Il cuore gli batteva forte, non vedeva l'ora di scendere dall'auto per andare un'altra volta a posare i piedi su quel suolo che l'aveva visto crescere. La vettura si fermò davanti alla costruzione. Non era cambiata moltissimo. Il restauro la faceva sembrare più grande di quanto non fosse in realtà, e sorrise quando vide che il buco sul tetto era stato riparato.

"Sembra ieri, che giocavamo qui..."

"Io ricordo il fienile... ci rifugiavamo sempre lì, d'estate".

Ma lei stava guardando oltre. A qualche centinaio di metri dalla casa di Efisio svettava quella dove era nata. Aveva un colore diverso e ora alle finestre c'erano le persiane in legno.

"Sì, quegli stupidi giochi da mocciosi", disse Giuliano con sarcasmo.

"Guarda! La collina..." disse lei a un tratto, dimenticandosi per un momento di tutto il resto.

Il forte vento portava con sé grosse nuvole basse e grigie. Giuliano si sporse dal finestrino e osservò in alto.

"Si, si, l'ho vista. Andiamo?" Sta arrivando un brutto temporale. Se non volete bagnarvi fino alle mutande, dobbiamo muoverci".

Non appena iniziarono ad affrontare il sentiero che portava

alla collina, la pioggia iniziò a picchiettare sul parabrezza.

"Ve l'avevo detto".

"Ormai siamo qui, non saranno due gocce a rovinare questo momento", disse Margherita.

Il filare di eucalipti era folto e rigoglioso e il vento ne scuoteva le fronde, staccando dai rami centinaia di foglie che si disperdevano nell'aria.

Il fuoristrada rallentò l'andatura e si fermò sotto uno dei grandi alberi.

Giuliano guardò nello specchietto e vide che i due passeggeri si tenevano per mano ed erano del tutto rapiti dal ricordo dei loro luoghi.

"Siamo arrivati", disse, forse più piano di quanto non avrebbe voluto.

Il cielo ora iniziava a rabbuiare pesantemente, e la pioggia aveva aumentato d'intensità.

Massimo tornò in sé e quando fu pronto diede un bacio alla mano di Margherita.

"Torno subito. Aspettami qui", le disse con un mezzo sorriso. Con un cenno salutò anche Giuliano, poi, scese dall'auto.

Forti raffiche di vento lo investirono non appena fu all'aria aperta. La pioggia gli sferzava il volto, ma c'era qualcosa di più importante da fare, ora. Era arrivato il momento di tornare davvero indietro alla sua infanzia.

Finalmente era davanti a quella casa. A poca distanza dalla vecchia porta, tenuta in piedi ormai solo da uno dei due cardini, il cuore iniziò a martellargli forte nel petto. Abbandonata da chissà quanto tempo, sul pavimento si erano accumulate foglie secche, rami e spighe. Sembrava che da anni nessuno ci fosse più entrato.

Accostò con cura il battente e iniziò a guardarsi intorno. Al centro della stanza c'era un piccolo tavolo, sopra il quale era poggiata una brocca vuota. Sulla parete di fronte a lui un camino annerito e di fianco ad esso una sedia a dondolo, rivolta verso l'ingresso. La polvere che ricopriva tutto dava un aspetto tetro all'ambiente, un grigiore diffuso che sapeva di muffa. Osservava in silenzio e un po' stupito l'interno di quella casa che conosceva perfettamente da fuori, ma che mai era riuscito a vedere dentro, da bambino, quando la paura era troppa e il coraggio troppo poco. Ora finalmente era lì. Sulla parete di fianco alla soglia c'era la finestra che da lontano aveva osservato tante volte. I vetri opacizzati dal tempo erano sempre ben fermi nel telaio di legno. Qualcosa che in passato doveva essere stata una tenda pendeva da un bastone sbilenco fissato al soffitto.

In un attimo la sua attenzione fu attratta da un movimento veloce nello spiazzo là fuori. Con un passo si sporse leggermente in avanti verso la finestra, urtando qualcosa in terra con la punta della scarpa. Però fuori non vide altro che alte sterpaglie e il fianco della collina che scendeva verso valle. Abbassò lo sguardo per cercare cosa avesse colpito.

Ma a un tratto sentì alle spalle un lieve cigolio che lo fece voltare di scatto verso la porta. Uno spiraglio di luce filtrò dal battente, accompagnato dallo stridere della cerniera arrugginita.

"È qui, vero? È entrato qui?"

Solo quando Massimo spostò lo sguardo vide un bambino che con la testa faceva capolino oltre lo stipite. I suoi occhi intensi aspettavano una risposta.

"Cosa ci fai qui?"

"È qui, vero? L'ho visto entrare!"

"Chi? Chi hai visto?"

"Mommotti! L'ho visto entrare qui!"

"Mommotti? Ma qui ci siamo solo io e te…"

"Sì, che c'è! Io l'ho visto! L'ho seguito fino alla casa di Cappai! Ho visto quello che ha fatto a sua moglie! E sono sicuro che è stato lui a prendere Greca! È stato lui!"

"Di cosa stai parlando? Non è così come dici… vieni dentro, che lì ti bagni".

La sua voce si fece bassa e pacata mentre gli tendeva la mano e lo invitava a entrare. Il piccolo senza alcun timore fece un passo in avanti piazzandosi di fronte a Massimo, guardandolo dal basso del suo metro e pochi spiccioli, con la testa rivolta verso l'alto.

L'uomo rimase in silenzio, osservando quel bambino che conosceva bene. I pantaloncini corti sopra il ginocchio mostravano i graffi che le spighe dure e appuntite gli avevano lasciato sulle gambe. Le scarpe pesanti erano consumate nella punta e la pelle iniziava a scucirsi dalla suola. La maglietta verde, la sua preferita, quella che indossava quasi tutti i giorni e che spesso Elena rammendava quando si strappava chissà come, aveva tre bottoni sulla spalla destra. Tre bottoni tutti di diverso colore, ma stavano bene uguale.

"Mimminu, qui Mommotti non c'è... non c'è ora e non c'è mai stato prima".

"Ma io l'ho visto! L'ho visto!"

"Ho provato a dirlo anche a mamma e a babbo, ma non mi hanno ascoltato! Gli ho detto che era importante, ma nessuno mi ha dato retta!"

"Lo so, Mimminu. Lo so. Ma in quel momento loro non avevano tempo per te. Erano occupati a disperarsi per la fine di tutto, e per non aver trovato nulla. Come avrebbero potuto darti ascolto? Stavano lasciando andare via Greca, dopo che anche il maresciallo ha dovuto interrompere le ricerche. Lui, che fino all'ultimo aveva conservato anche la più piccola speranza".

"Quello che ho visto era cattivo. Ne sono sicuro".

"Sai, a volte le cose non sono come sembrano. Mommotti non c'è perché non è mai esistito... non c'è mai stato. Abbiamo sempre creduto che fosse qui solo a causa delle nostre convinzioni... mamma e papà ci dicevano che se avessimo fatto da cattivi sarebbe venuto lui dalla collina a portarci via, ricordi?"

"Ma allora è per questo che non possiamo venire qui a giocare?"

"Sì... e no. Mamma e babbo, e con loro gli altri abitanti del paese, avevano paura, erano superstiziosi. Ascolta, qui viveva solo un'anziana signora che non voleva essere disturbata... una signora che ha

fatto nascere molti bambini qui, compreso me... e te".

"Ma io ho visto quello che Mommotti ha fatto a Gesuina... teneva quello in mano..."

Con la punta del dito indicò il pezzo di legno che Massimo aveva urtato poco prima.

L'uomo volse lo sguardo e annuì.

Un vortice di vento e foglie lo fece tornare a quel giorno in cui vide il braccio di Mommotti abbattersi su Gesuina. Ora lui e Mimminu erano una sola entità. Era lì con se stesso, i ricordi dell'uno erano i ricordi dell'altro. Era di fianco a lui, appeso alla finestra di quella camera da letto. E vedeva tutto. Di nuovo. Ma i suoi occhi erano diversi, adesso. I suoi occhi sapevano *come guardare*. Si girò verso l'altro se stesso più giovane, e sorrise.

"No, Mimminu. Lei l'ha soltanto aiutata..."

"Greca mi ha detto che ha visto Mommotti che picchiava un signore legato agli alberi con il bastone! L'ha visto, Massimo! L'ha visto bene!"

"Greca ha visto ciò che voleva vedere! Tutti noi abbiamo creduto alle parole che ci sono state dette! E per tanto tempo ci abbiamo creduto con tutti noi stessi soltanto perché dovevamo dare la colpa a qualcuno per la scomparsa di Greca!"

"Ma allora..."

Con un ginocchio a terra e il braccio su quello piegato, l'uomo guardava il bambino dalla sua stessa altezza.

"Greca... la mia sorellina. Non sono riuscito ad aiutarla, non sono riuscito a fare nulla per lei. Ma so che avrei dovuto proteggerla come papà faceva con noi..."

"Mimminu, piccolo grande Mimminu. Hai avuto la sfortuna di scontrarti con l'ignoranza del tuo tempo, quello in cui chi era ritenuto diverso era considerato pericoloso, ed era quindi da evitare. Ti sei imbattuto da solo nel grande mistero di questa collina. Anche se, in verità, non c'è mai stato nessun mistero. Era solo una bugia. Una piccola grande bugia, detta a fin di bene. Fidati di me... Tu non c'entri nulla.

Sappi che è tutto a posto. È tutto a posto, ora".

"Ho capito. Certo che mi fido di te... Quindi... non devo più avere paura di Mommotti? Mai più?"

"No, nessuna paura. Mai più. Qui abitava solo un'anziana signora".

Si alzò in piedi mentre finiva di parlare, guardando di nuovo il piccolo dall'alto. Gli occhi, ormai abituati alla penombra, iniziarono a vagare per la stanza quando fu distratto da un leggero scricchiolio proveniente dall'angolo buio vicino al camino. Sulla sedia si intravedeva la sagoma di una donna seduta con le mani giunte nel grembo. Un fazzoletto legato stretto attorno al capo reclinato da una parte rendeva ancora più profonde le rughe di un volto dagli occhi chiusi e incavati. Una quiete pacata la avvolgeva.

"Guarda! La vedi, Mimminu?"

Indicò con una mano nella sua direzione, mentre si voltava indietro a cercare il bambino con lo sguardo. Una lama di luce filtrava nuovamente dalla porta socchiusa, costellata di minuscole particelle di polvere sospese nell'aria. Il braccio gli ricadde lungo il corpo, quando si accorse di essere nuovamente solo nella stanza.

Ma forse lo era sempre stato.

Guardò in direzione del camino. Adesso il dondolo era vuoto e si reggeva in piedi solo grazie ai legacci di vimini.

Massimo si portò le mani alla tasca destra dei pantaloni e ne estrasse qualcosa.

"Perdonaimì, sennora Talloru"[99].

Si avvicinò al tavolo e vi poggiò un bracciale di sughero. Sulla sua parte più larga, quella che andava a contatto con il polso, erano ancora visibili le lettere che Efisio vi aveva inciso sopra tanti anni prima.

"Eravamo solo dei bambini. Non potevamo sapere. Questo... questo è per te".

Un refolo di vento passò da sotto la porta sollevando uno sbuffo di polvere e facendolo volare tutt'attorno.

È ora di tornare a casa, pensò.

---

[99] *Perdonatemi, signora Talloru.*

Aprì del tutto la porta e si voltò indietro un'ultima volta, richiudendosela alle spalle.

La pioggia aveva smesso di cadere ma il vento continuava a scuotere le chiome degli alberi. A passo svelto Massimo raggiunse l'autocarro e vi montò su.

"Scusatemi per avervi trattenuto qui così a lungo", disse.

"Così a lungo? Sei rimasto là dentro pochi secondi... cosa diavolo stavi facendo?"

Pochi secondi? pensò sorridendo.

CAPITOLO 56
GESUINA!

Il viaggio verso l'albergo fu silenzioso. Entrambi si erano accorti che c'era qualcosa di diverso in Massimo, ma nessuno gli chiese nulla. Fu invece lui a parlare.

"Giuliano... devo farti una domanda molto personale, se me lo permetti".

"Se mi vuoi chiedere un prestito, scordatelo".

Margherita sorrise, e gli diede una pacca sulla spalla.

"Scemo..."

Era rimasto tale e quale quel bambino dispettoso e indisponente che era ai giorni della loro infanzia. Contrario ad ogni cosa che gli si diceva, era sempre pronto a prevaricare tutto e tutti. Forse solo il padre era riuscito a tenergli testa, a suon di cinghiate. Ma quei tempi erano passati, lui non c'era più da tanto tempo e Giuliano era tornato ad essere quello che era sempre stato.

"No, non è per i soldi. La mia domanda è un'altra".

"Spara".

"Si tratta di tua madre..."

Le grosse mani strinsero il volante e il mezzo rallentò impercettibilmente, ma almeno esternamente l'uomo rimase impassibile.

"Cosa vuoi sapere?"

"Tu sai davvero come se ne sia andata?"

"Cosa intendi? Io so benissimo come *se ne sia andata*".

Usò le stesse parole di Massimo, scimmiottando malamente la sua voce.

"Forse no. È proprio di questo che vorrei parlarti. Io… io ero lì, quando è successo".

"*Massimu, ma ita catzu ses narendu?*"[100]

L'auto rallentò ulteriormente, fino a fermarsi in uno spiazzo sterrato.

"*No ddoi fiat nemus in domu, candu est motta mamai. Deu femu in su satu e babbu fiat in bidda*"[101].

"Mi dispiace. Non è andata così".

Massimo cercava le parole adatte e si chiedeva se fosse stato il caso di parlargliene. Però chi poteva sapere che gli si era sempre stata nascosta la verità su quella sera? Ormai era troppo tardi. Avrebbe dovuto dare fondo a tutte le sue capacità di psicologo per raccontargli tutto.

"Dopo che Greca è scomparsa, eravamo tutti scossi. La mia famiglia, gli amici del fienile, i loro genitori. Eravamo tutti impauriti per ciò che era successo a mia sorella, ma credevo che la maggior parte di loro temesse per la scomparsa dei loro stessi figli. Anche il maresciallo Cardia ha lottato fino all'ultimo, prima di doversi arrendere. A quel punto io non sapevo più cosa fare. L'avevo cercata dappertutto, avevo aiutato mio padre nelle perlustrazioni in queste campagne. Qualche volta è venuto anche il tuo, prima che tua madre peggiorasse di salute".

"Vai avanti".

"Non dormivo più, sai? In quelle lunghe notti insonni sul mio letto, il rumore delle cicale fuori dalla finestra si confondevano con i singhiozzi di mia madre, nell'altra stanza. E la voce di mio padre che cercava di consolarla e tranquillizzarla".

"Era la festa del patrono, qui in paese. Prima di tornare a casa, papà mi aveva portato con lui a prendere del vino in una

---

[100] *Massimo, cosa cazzo stai dicendo?*

[101] *Non c'era nessuno in casa, quando mamma è morta. Io ero in campagna, mio padre era in paese.*

cantina. Tutto ciò che ricordo di quei momenti è il profumo che c'era là dentro. Credo che mi abbia sbronzato solo l'odore..."

"Eri un pivello già da allora".

"Di cosa sia successo dopo, non ho più alcuna memoria, solo qualche immagine sfuggente".

"Cosa vuoi dire?"

"Qualche parola. Sensazioni. Una delle immagini che mi torna in mente quando cerco di trovare qualcosa di quella notte, è il cielo".

"E che razza di ricordo sarebbe, il cielo?" chiese Giuliano, soffocando una risata.

"Non saprei. Ma sono sicuro che è legato a quella sera. È stellato e la luna è alta e tonda. E ogni volta che ci ripenso, ho come la percezione del movimento, come se fossi su un'auto".

"Nessuno di noi ne aveva una, a quei tempi".

"Lo so... è per questo motivo che ho sempre pensato che devo averlo visto dal fondo del carretto, quando stavamo tornando a casa".

"Potrebbe anche essere".

I tre rimasero in silenzio. Giuliano spaziava con lo sguardo per la campagna davanti al muso dell'auto, Margherita si tormentava le dita, incapace di guardare Massimo negli occhi.

"Hai parlato anche di parole".

"Sì, ma pure per queste, ho solo qualche frammento di ricordo. Ho ricostruito come possa essere andata dai racconti che ho sentito fare al maresciallo Cardia. Papà mi ha messo a letto, ma mia madre e Greca erano a casa già da un pezzo. Lei doveva essere addormentata da un po', mentre mamma aveva aspettato che rientrassimo. Quella notte... io credo che quella notte mia sorella mi abbia parlato. Credo che mi abbia detto qualcosa... qualcosa che mi sfugge. Ho davanti agli occhi solamente il suo viso che muove la bocca per dire qualcosa. E due parole: *"a nessuno"*. Non ricordo altro. Nulla di nulla".

"Tutto questo, aggiunto al fatto che più passavano i giorni e più le ricerche non portavano a niente, mi hanno fatto pensare che forse potesse esserci un altro colpevole, oltre me. Sì, perché io mi sentivo responsabile per non essere riuscito a salvare Greca".

"E chi sarebbe stato questo altro "colpevole"? Qualcuno del paese? Qualcuno della festa?"

"No. Ero arrivato a convincermi che fosse stato Mommotti a portare via mia sorella. Ne ero talmente certo che quella volta che ci siamo azzuffati, pensavo l'avessi capito anche tu, Giuliano..."

"No, non l'avrei mai immaginato".

Con un gesto della mano Massimo lo zittì.

"Tutti i racconti di mamma e papà, quelli della nonna di Lucianu e Santinu... mi avevano convinto che potesse essere vero. Vi ricordate cosa dicevano i nostri genitori, riguardo a Mommotti?"

Li guardò entrambi negli occhi, cercando un qualche segno nei loro sguardi.

"Dicevano che se non avessimo fatto i bravi bambini, lui ci avrebbe preso".

"E vi ricordate cosa dicevano della casa sulla collina?"

I due amici ora lo guardarono con una espressione di sorpresa. Stavano ricordando.

"Esatto... Ci hanno sempre detto che in quella casa ci abitava Mommotti..."

Massimo fece un respiro profondo e continuò.

"Ero ossessionato da quella casa. Ero arrivato a spiarla dal fienile, quando non c'era nessuno in giro".

"La spiavi? E cosa ti aspettavi di vedere?"

"Lui! Mi aspettavo di vedere Mommotti! Perché ero dannatamente sicuro che fosse stato lui! Passavo ore su quel tetto, ore in cui non succedeva nulla, finché una sera ho visto la porta che si apriva e ho visto ciò che volevo vedere... Ho visto Mommotti che usciva dalla *sua* casa... L'ho visto che prendeva il sentiero verso quella dei tuoi genitori, Giuliano. L'ho seguito, senza che lui mi vedesse né sentisse. Ero terrorizzato, ti giuro, me la stavo facendo sotto dalla paura ma ormai non potevo tornare indietro. Mi trovavo a qualche decina di metri da lui quando è arrivato alla tua porta. Poi si è aperta e lui è entrato. Allora mi sono avvicinato ancora di più, ho guardato attraverso la finestra e l'ho visto. Ho visto ciò che ha fatto a tua madre, Giuliano. L'ha uccisa *lui*..."

Margherita sobbalzò sul sedile.

"Massimo, cosa stai dicendo? Gesuina se n'è andata perché il suo fisico si era ormai consumato. Questo mi aveva detto mamma..." disse, con gli occhi sbarrati.

"È così. Mia madre è morta per un cancro alle ossa".

"Ed è qui che vi sbagliate entrambi. Perché io sono sicuro di ciò che ho visto. E ho capito troppo tardi che non era ciò che pensavo fosse".

Con la fronte corrugata, Giuliano giochicchiava con le dita, grattando via lo sporco delle unghie di una mano con quelle dell'altra. Nonostante la sua concentrazione su quella operazione così delicata, non riuscì a trattenersi dallo sfottere l'amico.

"Mmm... Hai detto una frase bellissima ma non l'ho capita..." disse sogghignando.

"Non sto scherzando".

Il tono di Massimo gli ricordò la voce di suo padre e per un momento ne fu sorpreso. Ma poi la sua reazione fu la solita.

"Allora spiegami. Cosa vuol dire che ci sbagliamo entrambi? Cosa cazzo stai dicendo?"

"Ti sto dicendo che tua madre non è morta di cancro, Giuliano! Ti sto dicendo che..."

"Ah no? E come sarebbe morta? Come lo sai, tu?"

"Te l'ho appena detto. Sono sicuro di quello che ho visto! Anche se l'ho capito troppo tardi".

"Strano... eppure hai studiato!"

"Basta, *Illu*! Ora basta davvero!"

Gli afferrò il bavero del giaccone e gli si avvicinò a pochi centimetri dalla faccia.

"Per una volta, smetti di fare il coglione e stammi ad ascoltare".

Mentre gli urlava contro quelle parole, la sua mano lo strattonava violentemente, facendolo sussultare.

"Te lo ripeto. Tua madre non è morta di cancro".

Lentamente lasciò andare la presa su Giuliano così come la sua voce tornò pacata.

"Ovviamente quella figura che avevo spiato... seguito... e che mi aveva tormentato in sogno non era Mommotti. Ma come potevo saperlo? Come poteva saperlo un bambino spaventato che aveva appena perso la sorella? Un bambino che non poteva più sopportare di sentire sua madre piangere tra le braccia di suo padre, anche se lei cercava di non farsi notare. Perché quando c'ero io nei paraggi, loro erano sempre sorridenti, andava sempre tutto bene. Anche per Efisio, quel vecchio orso sempre arrabbiato. Ho riversato tutte le mie paure e frustrazioni di bambino prima e adolescente dopo su quella figura. Sai... Ne ero talmente terrorizzato che fino a poco tempo fa veniva a spaventarmi anche in sogno..."

Massimo aveva ottenuto ciò che stava cercando dall'amico. Per la prima volta in vita sua era riuscito a intimorirlo con la sua veemenza e, da parte sua, Giuliano aveva finalmente capito che doveva ascoltarlo con attenzione.

Era un bagno di sudore, nonostante la temperatura bassissima all'interno dell'abitacolo.

"Ho studiato per studiarmi, sapete? Ho studiato perché volevo capirmi. Volevo capire come e perché un trauma infantile potesse alterare la realtà di una persona, anche oltre l'adolescenza".

"Ah, che bravo. E com'è andata?"

Margherita lo fulminò con lo sguardo, ma lui continuò a sorridere.

“Ora credo di aver fatto pace con me stesso. Quello che ho visto dentro la tua casa non era Mommotti, Giuliano. Era la donna che abitava sulla collina”.

“La signora Talloru? Massimo, quella donna era povera in canna e non faceva male a nessuno. E poi a quanto diceva mio padre, quella donna ha fatto nascere tutti noi e…” Lasciò la frase a metà, gli occhi sbarrati e la bocca aperta in una smorfia di sorpresa.

“Ora hai capito anche tu”.

CAPITOLO 57
LUPI

Margherita quasi non aveva creduto a ciò che aveva appena sentito ma la violenza, la crudezza con le quali aveva raccontato cosa gli fosse successo, le impedivano di avere dei dubbi.

Passò qualche minuto di assoluto silenzio. Solo il vento che sibilava fuori dall'auto e la faceva muovere di lato, facendola ondeggiare leggermente. Giuliano guardò Massimo negli occhi, provò a parlare ma non emise alcun suono. Aprì la portiera e scese dall'auto.

"Giul..."

"Lasciagli assorbire ciò che gli ho detto. Dagli un po' di tempo".

"Non immaginavo che potessi aver passato tutto questo. Non me ne avevi mai parlato".

"Va tutto bene ora".

Massimo carezzò Margherita sulla guancia e uscì dall'auto. Il vento gli colpì il viso come uno schiaffo gelido e si strinse il bavero della giacca attorno al collo. Si mise di fianco all'altro e rimasero a lungo in silenzio.

"Non so perché tu mi abbia raccontato queste cose, Massimo. E non so nemmeno se posso crederti".

Parlava guardando davanti a sé quei pascoli che erano sempre stati la sua vita.

"Ma del resto, perché avresti dovuto farlo? So che tu hai studiato, sei diventato un signorino di città, con le scarpe pulite, il nodo alla cravatta perfetto. Io ho sempre vissuto qui, in mezzo alle capre e alle loro zecche. Ho fatto un po' di soldi, quello sì, grazie al lavoro di mio padre. Ho solo avuto la fortuna di essere in grado di continuare ciò che lui aveva iniziato. So di non avere i tuoi modi. Qui in paese tutti mi trattano bene solo perché io gli faccio paura. Hai capito? Solo perché *gli faccio paura!* E questa cosa mi diverte. Ma sono una persona onesta, semplice. L'*Illu* del fienile non è mai esistito. Questa è solo una maschera. La vita è dura, qui. Non si vive, si sopravvive. E se non mostri i denti prima degli altri, quelli ti circondano e ti mordono. L'importante è che sia tu l'ultimo ad attaccare".

Massimo ascoltava le parole di quell'uomo che aveva sempre ritenuto cattivo e rozzo come se le stesse sentendo pronunciare da un'altra persona.

"Sai, non ho fatto in tempo a conoscerti bene, finché sei rimasto qui al paese. Sei andato via troppo presto. Io non ti odiavo. Avevo solo paura che prima o poi avresti scoperto che in realtà non ero quel ragazzino a cui piaceva picchiare tutti".

Lo guardò negli occhi e scosse il capo. Poi spaziò di nuovo davanti a sé e tirò su col naso.

"Ricordi quel giorno, al fienile? Sono stato io a dare inizio a tutto quanto. Non immagini davvero quante volte ci abbia pensato in tutti questi anni. Tu hai avuto i tuoi problemi, ma anche io non me la sono passata bene. Ero solo. Con chi avrei potuto parlarne? Con chi avrei potuto confidarmi? Con mio padre, forse? Con i miei fratelli? Non c'era mai nessuno per me, né prima né dopo quel cazzo di giorno. E poi, detto tra noi, sicuramente le capre avrebbero capito di più. Ho dovuto improvvisare. Con la forza mi sono lasciato alle spalle quello stupido gioco. Sai una cosa? Fino all'ultimo, ti giuro, fino all'ultimo ho sperato che tua sorella non accettasse quella maledetta sfida da parte mia, ma quando l'ha fatto, non potevo più tirarmi indietro. Avrebbe vinto lei, e ai vostri occhi io sarei stato come voi: un cagasotto. Ma in realtà, forse là in mezzo ero il più spaventato di tutti". Rise nervoso, "Sono stato il primo a rientrare nel fienile!"

Massimo lo guardò con occhi nuovi. Alla fine, per un motivo o per l'altro, da diversi punti di vista, entrambi avevano trascorso le loro vite con un bel grosso peso sulle spalle.

"Solo dopo anni, ho pensato che quel mostro avrebbe potuto aiutarmi a tenere lontano il ricordo di quel giorno. Ho pensato che se fosse stato sulla bocca di tutti, forse non avrebbe più fatto tanta paura".

Massimo non capì quell'ultima frase, ma Giuliano non gli dette il tempo di pensarci su troppo a lungo.

"Ho deciso di credere a ciò che mi hai detto. Sai, mio padre non è mai stato molto presente nella nostra vita familiare. Per lui esisteva solo sua moglie, le capre e le sue launeddas. Se ci ha mentito sulla morte di mia madre, avrà avuto le sue buone ragioni. Chissà, forse non voleva coinvolgere me e i miei fratelli in questa sua pazzia, anche se l'ha fatto per il bene di mamma, ma ormai non cambia nulla. Lui non c'è più da tanto, così come la donna che abitava in quella casa".

Fece una pausa, in cui sembrò stesse cercando le parole.

"Sei fuori di testa, lo sai, questo, vero Massimo?" sorrise.

"Eh, già".

"Ho deciso di fidarmi di te, *Mimminu*. Se anche non lo facessi, non mi cambierebbe nulla comunque".

Giuliano si voltò verso di lui e lo guardò di nuovo dritto negli occhi. Margherita da dentro l'auto temette per il peggio, ma quando vide cosa accadde dopo, rimase a bocca aperta.

L'uomo tolse dalla tasca del giaccone la mano infreddolita e la tese verso di lui. Massimo guardò prima quella mano, poi i suoi occhi, poi di nuovo la mano. Dopo un lunghissimo istante, si strinsero l'una con l'altra.

Fu una stretta forte, intensa. Si erano lasciati da bambini dopo una scazzottata e si erano ritrovati da adulti, al freddo e in mezzo ad un campo incolto.

"Perdonami per ciò che ti ho fatto quella volta su questa stessa strada".

"L'hai detto anche tu. È passato tanto tempo".

"Però non montarti la testa, ora. Io qui al paese sono ancora *Illu*... questa cosa rimane tra te e me". Rise, paonazzo in viso.

"Allora ti chiedo solo un'altra cosa. Se dovesse succedere un'altra volta... non colpirmi così forte, ti prego".

I due scoppiarono a ridere, osservati in modo interrogativo da Margherita, sui sedili posteriori.

Ci risiamo, pensò la donna, *non vi capirò mai.*

CAPITOLO 58
UNA BELLA SENSAZIONE

Illu li lasciò davanti all'ingresso dell'albergo e ripartì subito sotto la pioggia che aveva ripreso forte. Massimo lo seguì con lo sguardo finché le luci dei fari scomparvero dietro l'angolo di una casa.

Illu... Non era vero niente, pensò.

"Possiamo entrare, ora? Sto morendo di freddo", lo esortò Margherita. Era a pochi passi dietro di lui e tremava visibilmente.

"Certo, perdonami. Ero sovrappensiero. Andiamo".

La stanza era modesta, con una finestra al centro della parete più stretta, quella che dava sulla strada. I due letti singoli erano stati avvicinati l'uno all'altro in modo da formarne uno matrimoniale. Il piccolo bagno aveva una doccia pulita, e Margherita si augurò che ci fosse anche l'acqua calda. Fu fortunata.

Massimo socchiuse leggermente la finestra, lasciando entrare nella stanza quell'odore di pioggia che ogni volta lo inebriava. Era il richiamo della sua terra. Vivendo in città, lontano dalla campagna, perennemente immerso nel traffico e nello smog, non aveva quasi più avuto occasione per ritrovare quel suo essere "paesano", quel senso di appartenenza alla terra, che gli era rimasto dentro fin da quando era andato via da lì. Sembrava che i cassetti degli odori e dei profumi che aveva chiuso tanti anni prima ora si stessero riaprendo, uno dopo l'altro. Avrebbe voluto prolungare la sua permanenza per sempre, ma sapeva che non era possibile. *Un giorno, forse,* pensò.

Margherita uscì dal bagno cinta da un asciugamano un po' troppo lungo per le sue gambe. Con una mano ne reggeva il lembo inferiore e con l'altra teneva fermo quello che aveva messo attorno ai capelli. Si lasciò andare sul letto e Massimo la raggiunse, stendendosi di fianco a lei.

"Faresti bene a fare una doccia calda anche tu. Hai preso tanto di quel freddo, stasera. Non sei più un ragazzino... poi ti devo sopportare io, quando ti lamenti per i dolori alle giunture!"

Lui scoppiò a ridere e l'abbracciò stretta.

Un bacio sulla bocca fu tutto quello che serviva ora. Non si sentiva così bene da neanche lui sapeva quanto tempo. La baciò ancora sulle labbra, poi sul collo. Rimase qualche secondo a guardarla, quegli occhi che non si era mai lasciato indietro, ma che aveva avuto la fortuna di avere sempre dalla sua parte.

"Forse hai ragione. E se solo non mi facessero così male le ginocchia ti avrei anche proposto un incontro romantico clandestino..."

Ora fu Margherita a ridere. Gli scompigliò i capelli e gli rispose a tono.

"Avrei anche potuto non accettare il tuo invito! E comunque, se ti può interessare, conosco certi massaggi per le articolazioni che sui miei pazienti funzionano molto bene. Se ne vuoi approfittare..."

Lui fece finta di pensarci un po' su, poi assunse una espressione spaventata.

"Non lo so se mi fido... ma se proprio devo..."

A quel punto, non riuscirono più a trattenere le risate.

"Ora vai a lavarti, dovrebbe essere rimasta abbastanza acqua calda anche per te. Poi ne riparliamo".

In camera la temperatura era piacevole, ma il calorifero del bagno era spento. Come se avessero sentito parlare Margherita poco prima, i brividi iniziarono a farlo tremare dal freddo, così non si attardò troppo a entrare nella piccola doccia e aprire il rubinetto. Un getto forte e caldo lo scaldò quasi immediatamente, e se lo lasciò scorrere sulla pelle a lungo, come a lavare via tutto ciò che c'era stato prima. Ora ne era convinto, sarebbe andata meglio. Molto meglio.

Quando finì, Margherita era addormentata, le coperte tirate su fino al naso.

E addio massaggi romantici, pensò.

Un leggero russare accompagnava il rumore della pioggia sulle persiane in alluminio.

Massimo sorrise e si stese di fianco a lei. L'abat-jour sul comodino era accesa, ma la luce era fioca, accompagnava il sonno fino al buio dei sogni.

O almeno così sperava.

Infatti, dopo tre ore di dormiveglia e un numero spropositato di pecore contate, Massimo aprì gli occhi definitivamente.

Si alzò dal letto, fece due passi per la stanza, ma al terzo aveva già raggiunto la parete di fronte a lui.

Pensò di andare alla reception e vedere se ci fosse qualcuno per chiedere qualcosa di caldo da mandare giù, forse l'avrebbe aiutato.

Non mi sembra una grande idea, ma proviamo, pensò.

Si vestì velocemente, non era il caso di presentarsi in pigiama, anche se era quasi sicuro che non avrebbe trovato nessuno. Le scale che portavano al piano inferiore erano rivestite di una moquette verde, ormai lisa al centro. Sul lato sinistro, il corrimano di legno aveva dei graffi anche profondi che risalivano a chissà quanto tempo fa. Forse addirittura da quando c'era ancora Daddai. Ricordava ancora che ai tempi delle ricerche di Greca lui aveva fornito delle stanze ai volontari che erano arrivati dai paesi vicini senza voler nulla in cambio. E ricordava anche che Efisio non aveva smesso un solo giorno di ringraziarlo per quel gesto di umanità nei confronti della sua famiglia.

Caro buon vecchio Daddai, pensò.

Come aveva immaginato, il bar dell'albergo era chiuso, del

resto era notte fonda, ma da una porticina dietro il bancone arrivava una luce soffusa. Forse qualcuno era ancora in piedi. Non fece in tempo ad avvicinarsi che quella porta si aprì e ne uscì una sagoma nera e enorme. Aveva qualcosa in mano e a lui sembrò che volesse colpirlo da un momento all'altro. Massimo indietreggiò.

Poi, una luce si accese.

Ora davanti a lui c'era un omone alto e grosso, con dei baffi neri e arruffati.

"Ah, dottor Sanna, è lei", esclamò, riconoscendolo subito. Prese uno strofinaccio da sotto uno dei lavelli, asciugò la caraffa che teneva in mano, poi iniziò a passarlo in modo metodico sulla superficie già pulita.

"Cosa posso fare per lei?" gli chiese tranquillo, accorgendosi della strana reazione che aveva avuto il suo cliente poco prima.

In imbarazzo come poche altre volte era stato, Massimo cercò di minimizzare.

"No, è che non mi aspettavo di trovare nessuno a quest'ora e..."

"Mi dispiace averla spaventata. Le ore notturne sono le uniche che mi rimangono per studiare. Di giorno devo mandare avanti la baracca che mi ha lasciato mio padre".

"Tuo padre? Ma tu allora sei il figlio di Daddai?" chiese stupito Massimo.

"Proprio io, in carne, ossa e baffi!" rise, mentre lo diceva. Doveva essere una battuta che faceva spesso, perché aveva messo della teatralità, in quelle parole.

"È un piacere conoscerti, davvero".

Gli tese la mano, e lui contraccambiò. La stretta era forte e piena.

"Sai, tuo padre ha aiutato il mio, tanti anni fa".

"Sì, me ne ha parlato, quando era ancora vivo. L'orgoglio con cui mi raccontava di aver potuto fare qualcosa, anche se indirettamente, ce l'ho ancora nel cuore. È passato tanto tempo, ma è come se avessi vissuto il viavai di persone che c'era stato in quel periodo".

"E lui non aveva voluto un soldo in cambio".

"Mia madre non ne era stata troppo contenta", rise.

"Le posso offrire *un goccio?*"

"Ero venuto qui in cerca di qualcosa che mi facesse addormentare, ma non so se a quest'ora..."

"Non si deve preoccupare. Ero in pausa. Ci penso io a lei."

Si allontanò dal bancone e sparì nella stanzetta poco illuminata. Ritornò dopo qualche secondo con due bottiglie in mano. Una delle due sembrava appena stata tolta dal frigorifero.

"Gran riserva", disse e, mentre lo faceva, gliene porse una in mano.

"Questa è per lei... e per sua sorella".

Massimo rimase stupito da quelle parole. Non immaginava che quel ragazzone potesse essere tanto simile a quanto era stato il padre.

"E questa è per noi, adesso". Prese un grosso cavatappi di ferro da un cassetto e con un'unica manovra stappò la bottiglia ghiacciata. Poi, riempì due bicchieri.

"Salute", disse.

Massimo rispose e, dopo aver poggiato il suo sulla superficie liscia, ne mandò giù un buon sorso. In quel momento nel suo palato fu come se fosse esploso il paradiso. Quel sapore rosso, di bacche balsamiche, avvolse i suoi sensi. Al secondo sorso sentì la lingua vellutata, un retrogusto fruttato e dolciastro. Guardò il ragazzo, che lo guardava e, sorridendo, annuiva compiaciuto.

"Eh... lo so!"

"Veramente, una delle cose più buone che abbia mai bevuto. L'hai fatto tu?"

"Ricetta originale di Daddai!"

I due rimasero a parlare per diverse ore, senza accorgersi del tempo che passava, e a quel punto Massimo aveva dimenticato il motivo per il quale fosse lì.

Il figlio di Daddai, Roberto, in punto di morte gli aveva promesso che avrebbe portato avanti lui l'albergo, ma il padre si era anche fatto promettere che avrebbe studiato per diventare uno "bravo". Il ragazzo andava per i trenta, non era ancora riuscito a finire di studiare, ma da quel che poteva vedere e capire Massimo, *bravo* lo era diventato. Eccome.

A un tratto Roberto sembrò ricordarsi di qualcosa e gli fece segno di aspettare. Tornò nella stanzetta e riapparve con una valigetta bassa, dall'aspetto molto antico.

"Voglio farle vedere una cosa".

Con estrema cura fece scattare le chiusure e aprì il contenitore. Massimo in un primo momento non capì cosa ci fosse dentro, poi vide bene all'interno. C'erano diversi ritagli di giornale che parlavano del ritorno al paese delle bare dei ragazzi che avevano dato la loro vita in guerra. Tra questi, il migliore amico di suo padre e lo zio di Roberto.

Massimo guardò il ragazzo negli occhi e, di nuovo, lui annuì.

"Li può prendere e sfogliare, se vuole. Sotto c'è qualcosa che le interessa più da vicino..."

"...svolti oggi in forma ufficiale i funerali di Luisu Vacca..."
"...le vite dei nostri uomini spezzate dal nemico al fronte..."

Rimase in silenzio mentre leggeva quelle notizie con una trentina di anni di ritardo.

Il ripercorrere situazioni e nomi e cognomi che non aveva più sentito ormai da tempo, se non dai genitori quando erano ancora abbastanza lucidi da rievocarli, gli faceva rivivere delle sensazioni lontanissime. Luisu... suo suocero. Nei suoi ricordi di bambino era un uomo alto, grosso. O almeno così gli sembrava.

Poi, trovò ciò di cui gli aveva parlato Roberto poco prima.

"...scomparsa bambina nelle campagne..."
"...inutile ogni ricerca, i carabinieri abbandonano..."

Massimo sollevò gli occhi dai ritagli e lo guardò stupito.

"Mio padre aveva seguito tutta la storia dalle parole dei volontari che ospitava. E visto che qui alla locanda, i clienti erano solo vecchi ubriaconi, preferiva farsi raccontare da loro e dai giornali ciò che succedeva".

"Grazie per avermeli mostrati".

"Si immagini. Ora però, devo tornare a studiare. Lei non va a dormire?"

"Credo di sì, ma prima me ne fumo una qua fuori. Buonanotte, Roberto. E grazie".

"Grazie a lei della compagnia. Buonanotte, dottor Sanna. E non dimentichi la bottiglia!"

Massimo ora si sentiva strano, forse era stato il mirto, forse era stato il reimmergersi nelle atmosfere dei quotidiani di quegli anni. La scoperta e lettura dei ritagli, però, gli avevano definitivamente portato via il sonno. Uscì in strada e cercò il pacchetto nella tasca della giacca, ne accese una e iniziò a camminare. Le strade riflettevano le luci sfuocate dei lampioni e per quanto era rimasto di quella notte sembrava proprio che il cielo si fosse stancato di gocciolare. Una passeggiata per le "sue" strade era quello che gli mancava da troppo tempo. Ricordava ancora quando lui e sua sorella, e nei momenti migliori anche Efisio e Elena, indossavano le scarpe buone per uscire, e suo padre non smetteva un attimo di lamentarsi perché erano diventate troppo strette. Le feste in campagna a casa di Margherita, quei lunghi, interminabili pranzi della domenica che a un certo punto della sera si univano inevitabilmente alla cena. Simone, Giuliano. Quello *stronzo* di Giuliano. E tutti gli altri bambini, di cui quasi non ricordava i nomi. Erano rimasti tutti lì al paese, e avevano attraversato alterne fortune. Alcuni di loro erano morti, una l'aveva sposata e un altro ancora l'aveva appena riscoperto.

Tutti questi anni, pensò, mentre un refolo di vento gli accarezzava i capelli. *Sono stati un'eternità. E io dov'ero mentre questo mondo, quello che era il mio mondo, cambiava? Cosa facevo?*

La risposta a quella domanda interiore si fece largo tra i suoi pensieri, e pesante come un masso gli arrivò addosso senza troppi complimenti.

Mi nascondevo, ecco cosa facevo, pensò. *Mi nascondevo da... da un'ombra che vedevo solo io. Ecco, cosa facevo. Anni interi a non riuscire nemmeno a dormire con la luce accesa. Anni interi a scrivere su quei dannatissimi diari e pochi minuti per trovare un poco di conforto quando mi serviva di reagire a quella sagoma nera. Quanto tempo perso. Quanto tempo sprecato a cercare una verità che non esisteva.*

Quel flusso di pensieri si interruppe quando realizzò che aveva camminato a lungo. Il vento iniziava a rafforzare, e quando si strinse il bavero della giacca al collo, si accorse che era arrivato nelle vicinanze della sua vecchia casa. Non c'era nessuno in giro, anche se sapeva che ormai l'alba stava per giungere e a breve il paese si sarebbe rimesso in moto.

Attraversò quella stessa strada che tanto tempo prima aveva percorso centinaia di volte con i suoi amici per andare al fienile, durante le estati della loro infanzia. Oltrepassò la struttura e continuò fino alla stradina che portava alla collina. Qualche goccia iniziò a cadere e rimbalzare sullo sterrato, altre finivano direttamente nelle pozzanghere rimaste da quel pomeriggio, ma Massimo sapeva che l'aumentare dell'intensità del vento avrebbe portato con sé anche un aumento del volume della pioggia. In capo a qualche minuto, infatti, iniziò ad abbattersi violenta al suolo, continuando a impregnare la terra e creando rivoli che scorrevano verso il basso.

Continuò ad avanzare in direzione della casa, di *quella casa*, finché fu distratto da un recinto di plastica nel bel mezzo del nulla. Si avvicinò lentamente, la luce era poca, aveva con sé solo l'accendino, e non l'aiutava di certo cercare continuamente di tenerlo acceso per vedere qualcosa, facendo scudo con la mano. Il terreno era reso impervio dalla terra bagnata e dai cespugli, e quando si accorse di cosa aveva davanti lasciò andare la presa sul gas e fu circondato dal buio.

Ma... questa è la zona dove hanno trovato le ossa pensò, osservando quei nastri rossi e bianchi che opponevano resistenza al vento forte senza però spezzarsi.

Una stretta allo stomaco lo avvertì che non era il caso di andare oltre.

Non sapeva se veramente volesse vedere quello che forse era stato il letto di sua sorella per così tanto tempo. Ma sentiva qualcosa dentro che lo spingeva avanti, sempre più forte man mano che si avvicinava all'area recintata. Le suole delle scarpe iniziavano a raccogliere il fango e la terra e ogni passo era sempre più difficoltoso. Un fulmine, subito seguito da un rumore secco, urlò che un altro temporale stava iniziando. Riaccese la fiamma e si guardò intorno furtivo, oltrepassando quella labile barriera. Con pochi passi si ritrovò davanti al pozzo, i cui bordi erano stati parzialmente ripuliti dalle sterpaglie. Massimo guardava quel luogo come se non l'avesse mai visto. Ma davanti agli occhi ora gli tornavano le immagini sbiadite del fumo bianco che sputava la grande macchina. Ancora si chiedeva come avessero fatto a non trovare la sorella.

Il vento era sempre più forte e le gocce d'acqua si infilavano tra la camicia e il collo. Il gelo improvviso sulla pelle lo costringeva a irrigidire le spalle, chiudendosi le braccia al petto. Era impossibile tenere l'accendino acceso. I cespugli davanti a lui si agitavano in tutte le direzioni, come se mille mani li muovessero nello stesso momento. Si avvicinò al bordo del pozzo, ci si inginocchiò davanti e guardò dentro quel buco nero.

"Ita t'apu fatu, Arega¿"[102] mormorò.

Nello stesso istante il vento cessò quasi del tutto. La pioggia

---

[102] *Cosa ti ho fatto, Greca¿*

continuò a cadere e bagnargli le spalle, ma non se ne preoccupò.

"*Mi dispraxit tropu, ddu scis? Apu fatu su chi podia fai... ma femu sceti unu pipiu. A pustis chi ses sparèssia timia finas a respirai. Timia ogna cosa. E no arrennescemu a m'apaxiai. De sa dì, no apu connotu mai prus paxi*[103]. È da quel giorno che mi porto dentro questo senso di colpa... Forse non ho fatto abbastanza".

Sollevò leggermente lo sguardo dall'imboccatura e si immobilizzò. Brividi gli corsero giù per la schiena, ma non erano dovuti al freddo. Riuscì a riaccendere la fiamma e davanti ai suoi occhi ora c'era qualcuno, o *qualcosa*, nascosto da un cespuglio. Poteva vedere due piccole gambe avvolte da un vestito corto, gambe di bambina, con degli scarponcini ai piedi. La punta di quello sinistro era rattoppata con del cuoio diverso.

"*Ses sempri istetia innoi, annò?*"[104]

Il vento sembrò rispondere a quella domanda, riprendendo a soffiare forte.

"Mi dispiace. Avrei voluto aiutarti ma non mi è stato possibile. Ci ho provato, ma non ti ho trovata. Oggi una persona che avevo tenuto lontana per tanti anni, senza volerlo mi ha dato un grosso, grossissimo aiuto. Solo con una frase. Ha detto *È passato tanto tempo*. All'inizio l'ho presa per ciò che era. Ma poi... poi mi sono accorto che in fondo, Giuliano aveva ragione. È passato davvero tanto tempo. Forse non sapremo mai cosa ti è successo quella notte e forse queste ossa non sono nemmeno le tue, ma ormai nessuno può farci più nulla. So che non puoi rispondermi, ma voglio chiederti perdono per l'ultima volta, Greca".

I due piccoli scarponcini si mossero appena, poi, com'erano arrivati, scomparvero. Sollevò lo sguardo, ma davanti a lui adesso c'era solo il grosso cespuglio scosso dal vento. Ogni cen-

---

103 *Mi dispiace tantissimo, sai? Ho fatto quello che potevo... ma ero solo un bambino. Dopo che sei scomparsa avevo persino paura di respirare. Avevo paura di tutto. E non riuscivo a darmi pace. Da quel giorno non mi sono mai più dato pace.*

104 *Sei sempre stata qui, vero?*

timetro quadrato del corpo e dei vestiti di Massimo era zuppo d'acqua, le scarpe erano sprofondate nel fango. Si levò in piedi, leggero come non lo era mai stato. L'aria attorno era fredda, il vento gli sferzava le spalle e gli abiti grondavano d'acqua, ma non gli interessava più. Aveva fatto pace con se stesso. Aveva inserito la chiave per uscire dalla stanza in cui era rimasto imprigionato per quarant'anni. In realtà quella chiave era sempre stata lì. Massimo era finalmente riuscito a trovare il coraggio e la forza di farla girare. Sorrideva. Alzò gli occhi al cielo di quella nuova alba e lasciò che la pioggia gli cadesse libera sul viso, lavando via tutta la tristezza e la rassegnazione che l'avevano accompagnato per gran parte della sua vita.

"È una bella sensazione, vero?"

La voce arrivò dalle sue spalle.

Massimo si voltò di scatto, spaventato da quella intrusione inaspettata.

"Chi diav..."

Una figura piccola e dal passo incerto si avvicinava a lui. Con un ombrello in una mano e un bastone nell'altra cercava di reggere il suo seppur esile peso, e il terreno accidentato rendeva quel compito ancora più difficile. Vestita di nero da capo a piedi avanzava lenta in direzione di Massimo, che non era ancora sicuro di chi avesse davanti.

"*Giovanotto*, vieni a darmi una mano o devo fare tutto da solo?"

Massimo si scosse e si avvicinò alla figura, porgendogli il braccio.

"Ma... siete davvero voi?" chiese stupito quando finalmente riconobbe quel viso.

"Ciao, *Mimminu*. Quanto tempo è passato..."

"Don Mondinu, che sorpresa! Ma... è l'alba e piove a dirotto. Direi che a occhio e croce non siete più un ragazzino per fare certe cose..."

"Vedi, questo ombrello è come Nostro Signore. Ci protegge quando serve e anche quando non serve. Ora mi sta proteggendo dalla pioggia, ma se tu fossi stato un malintenzionato l'avrei potuto usare per difendermi..." Il vecchio prete rise tra un colpo di tosse e un altro, e Massimo con lui.

"Allora, cosa vi porta qui?"

"Volevo chiederti la stessa cosa... Manchi dal paese da trent'anni e all'improvviso ricompari dal nulla". Massimo non rispose subito, concentrando la sua attenzione su una zolla di terra per alleggerire il peso di quella domanda.

"Sono qui con mia moglie per chiudere quel conto che è rimasto in sospeso per troppo tempo. Dopo gli ultimi sviluppi era necessario che tornassi al paese. Era necessario che tornassi... *qui*". Il suo sguardo spaziava attraverso i campi incolti.

Il prete annuiva al ricordo di quei giorni.

"Sai, mi piace ancora fare due pedalate la mattina presto all'aria fresca. Ma le mie gambe non sono più quelle di una volta e la strada percorsa è sempre meno".

"Vi ammiro. Dalle mie parti sarebbe impensabile respirare quest'aria pulita anche di primo mattino".

"Immagino. La grande città è fonte di mille opportunità ma anche di tante privazioni. La salute, a volte, è una di quelle. Ma raccontami di te. Cosa hai combinato in tutti questi anni?"

"Diciamo che mi sono dato da fare. Ricordate? Mi avete aiutato ad andare via da qui per studiare. Oggi sono uno psichiatra, e ho sposato Margherita Vacca, la figlia di Luisu. Ho una casa tutta mia e uno studio in città".

"Bravo, sono contento per te. Vedo che gli sforzi che avete profuso tu e i tuoi genitori sono stati ripagati", rispose, stringendogli forte il braccio.

"E voi? Cosa avete fatto in tutto questo tempo?"

"C'è poco da dire caro mio. Invecchio come il buon vino. Ma il vantaggio della vecchiaia è che si dorme poco e si ha sempre molto tempo a disposizione per fare delle cose. Così, dopo la messa del mattino, faccio il mio solito giro in paese a far visita a chi ne ha bisogno. Ho anche un orticello, dietro casa. Due conigli e tre galline e uova fresche quasi tutti i giorni".

"Ma poi la giornata finisce, e mi ritrovo solo con i miei pensieri. Avrò fatto tutto ciò che il Signore mi chiede? L'avrò fatto bene? Avrò lasciato qualcuno indietro?"

Guardò Massimo con gli occhi lucidi, come a chiedergli un qualche tipo di conferma.

"Don Mondinu... No. Sono sicuro che avete fatto del vostro meglio. Anche io devo molto a voi ciò che sono diventato oggi. Non ho mai dimenticato cosa avete fatto per la mia famiglia. Ci siete stato sempre vicino, avete aiutato la madre della ragazzina che è diventata mia moglie, quando ha perso suo marito e avete aiutato mia madre quando mia sorella è scomparsa. Avete sempre pregato per lei..."

"Ah, Greca. La piccola Greca..." sospirò l'uomo.

La mano ossuta affievolì la presa, ma durò poco. Tornò forte come poco prima.

"Non siamo stati gli unici a pregare per Greca..."

"Tutti le volevano un gran bene".

"E pensare che da bambino avevo creduto che l'avesse presa Mommotti", disse Massimo guardando verso il pozzo.

Il prete scosse la testa e sorrise. "No, lui non c'entra nulla con questa storia".

"Lo so".

"*Mommotti*... erano anni che non sentivo questo nome. I bambini di oggi ormai non ci credono più. Tutta quella televisione, tutte quelle... *cose strane* che fanno oggi i giovani. Non hanno più spazio per quelle antiche".

"Ricordo che mio padre ci aveva proibito di venire fin quassù. Diceva che quella era la sua casa..."

"Per molti, al paese, quella era la sua casa".

"Sai, qui la gente va e viene, questo posto negli ultimi anni è molto cambiato, è cambiato *dentro*, ma nonostante le radioline a tutto volume, i capelli troppo lunghi e la televisione, molti continuano a vivere sulle tradizioni…"

"Non c'è stata domenica che io non abbia ricordato tua sorella, durante la messa".

Forse una goccia di pioggia, forse una lacrima, gli rigò la guancia.

"Il maresciallo Costa mi ha parlato del ritrovamento delle ossa. Quando ti ho visto di nuovo qui ho pensato subito a lei".

Indicò col bastone in direzione dei nastri che delimitavano la zona. Attraverso la tunica riusciva a sentire quanto magro fosse il prete, ma la stretta della sua mano era ancora forte. Quell'uomo portava in sé la memoria di tutto il paese, delle sue strade, della sua gente. Forse uno degli ultimi testimoni dei tempi che furono. E il segreto che nascondeva sarebbe stato seppellito con lui.

"Sono tornato non appena ho saputo del ritrovamento".

Il vecchio ora iniziava a tremare per il freddo. Massimo si tolse la giacca e gliela mise sulle spalle.

"Chissà, forse domani avremo un posto in cui portare dei fiori", disse, abbracciando stretto il prete.

Il suo sguardo spaziava lontano, non sentiva più la necessità di guardare e *vedere* ciò che rappresentavano in quel momento i nastri bianchi e rossi. Si chiese se avesse ancora un senso continuare a pensare a quella notte. Chiuse gli occhi e per un istante Massimo tornò Mimminu, con la maglietta verde sempre addosso.

Vide Greca che indossava la sua coroncina di fiori. Quella bambina, la sorella che non aveva fatto in tempo ad amare come lei si sarebbe meritata, ora era libera.

No, non ci avrebbe più pensato. Non aveva più alcuna importanza.

Il cerchio era chiuso.

Il prete borbottava qualcosa, forse una preghiera, forse una assoluzione per sé stesso.

"Don Mondinu, forse per oggi abbiamo preso abbastanza freddo. Che ne dite di andare a scaldarci un po' da Roberto?"
"Non vedo l'ora".

CAPITOLO 59
LA FINESTRA, ALLA CASA DI RIPOSO IN CITTÀ, 1975

Elena era seduta su una poltrona color avorio, leggermente defilata rispetto alla finestra dove stava Efisio. Tra le mani stringeva un rosario e gli impercettibili movimenti della bocca svelavano che non aveva perso la voglia di pregare. I suoi capelli, un tempo neri e lunghi, ora erano color argento, ma ancora raccolti in una crocchia composta.

Massimo le si avvicinò da un lato e la baciò sulla guancia.

"Ciao *su sposu*[105]... Che sorpresa!"

"Mamma..."

Margherita si era tenuta in disparte, sapeva che avrebbe voluto stare da solo con lei, per qualche minuto.

Si era seduto sul bracciolo della poltrona e aveva iniziato a parlarle. Lei lo guardava con occhi accesi e, man mano che il figlio proseguiva, il sorriso della donna diventava sempre più grande. Si abbracciarono, poi Elena indicò in direzione di suo padre. Massimo annuì e gli si avvicinò.

"Saludi babbu... sempri innoi, ses?"[106]

Efisio si voltò appena verso di lui e gli porse la mano. Aveva tenuto il suo temperamento da capofamiglia anche da anziano. Una stretta di mano era il massimo che potesse offrire al figlio.

"Castia inguni in foras, Massimu. Su trigu est giai prontu a mes-

---

105 *Ciao, caro...*

106 *Salute babbo... Sei sempre qui?*

sai..."[107]

Ma oltre la finestra c'erano solo le luci della città, con i suoi grattacieli, i suoi tetti, il suo traffico nervoso, le sue insegne luminose già accese a quell'ora del pomeriggio.

Ogni giorno, da quella finestra, i suoi occhi continuavano a vedere quelli che erano stati i suoi campi, le sue alte spighe d'oro. Ogni giorno Efisio guardava là in mezzo, tra i sentieri e lungo i muretti a secco, fin lassù sulla collina, dove c'erano gli eucalipti. Ma non l'aveva mai vista. Nonostante tutto, non aveva mai smesso di sperare che Greca in qualche modo tornasse a casa.

"*Babbu...*" sussurrò Massimo "*...incapas dd'ant agatada*"[108].

Efisio lo guardò con un'espressione che non aveva più visto da tempo. Quasi gli sembrò che il padre avesse sorriso.

L'uomo che aveva combattuto con il suo fantasma davanti alla finestra per tutti quegli anni, allora si mosse.

Si avvicinò ad essa e lentamente la chiuse.

Mantenne il pugno saldo sulla maniglia. Ora i battenti erano serrati. Per diversi istanti continuò a guardarla per poi gettare un'altra volta, un'ultima volta, lo sguardo oltre il vetro, *sui suoi campi*. Riabbassò lo sguardo e tornò a fissare quella mano che ora allentava la presa mentre, con le labbra strette, annuiva leggermente.

"*Beni, andaus and'est mamai*"[109].

Elena e Margherita erano rimaste sedute sulla poltrona, stringendosi l'una le mani dell'altra.

Quando i due uomini si avvicinarono, Elena guardò Efisio con un sorriso malizioso.

"*Decìdiu ti ses, infinis, a serrai cussa ventana¿*"[110]

Lui non rispose ed evitò accuratamente lo sguardo severo

---

107 Guarda là fuori, Massimo. Il grano è già pronto per essere mietuto...

108 *Babbo... forse l'hanno trovata.*

109 *Vieni, andiamo da mamma.*

110 *Ti sei deciso finalmente a chiudere quella finestra¿*

della caposala. Sapeva che non aveva avuto il permesso di aprirla, ma a lui non era mai importato nulla.

"Biu as? E non nci crediast tui... Totu custus annus de pregadorias s'ant agiudau..."[111]

Efisio strinse i denti e aggrottò la fronte, ormai libera dai capelli.

"S'ant agiudau, certus... si iat bòfiu, si dd'iat fata agatai innantis"[112].

---

111 *Hai visto? E tu che non ci credevi... Tutti questi anni di preghiere ci hanno aiutato...*

112 *Ci hanno aiutato, sì... Se avesse voluto, ce l'avrebbe fatta trovare prima.*

CAPITOLO 60
FINALMENTE AL BUIO

Un nuovo lunedì era passato. La pesante porta blindata si richiuse alle spalle dell'ultimo paziente della serata. Le dita scorsero sicure sulla parete e trovarono l'interruttore per le luci. Dopo un momento i neon sul soffitto si spensero con un piccolo tonfo. Massimo poggiò il fascicolo sulla scrivania e allentò il nodo della cravatta mentre sfilava le scarpe. Il soffice tappeto gli provocò una sensazione di piacere che sperava non passasse più.

Si avvicinò al mobile bar e cercò la bottiglia di Roberto, poi si ricordò che anche Giuliano, all'aeroporto, gliene aveva dato una bene incartata e l'aveva riposta al sicuro nella valigia che aveva sistemato vicino all'ingresso. Andò a prenderla e la scartò. Vide l'etichetta e i suoi occhi si fecero grandi. Poi iniziò a ridere.

Cantina Cappai – Dal 1968
MOMMOTTI

Per la prima volta dopo tanti anni le lacrime che ora gli uscivano dagli occhi non erano dovute allo sconforto.

"Vai a cagare, Illu!" pensò quasi a voce alta.

"Se fosse stato sulla bocca di tutti, forse non avrebbe più fatto tanta paura..."

"Ecco cosa avevi voluto dire..."

Mentre le risate iniziavano ad affievolirsi, aprì la bottiglia, versò un po' del suo contenuto in un bicchiere e si sedette sulla poltrona. Prima di stendere le gambe sulla superficie del tavolino fece andare il vinile e la musica partì. Chiuse gli occhi e un gusto arcaico e tribale si impossessò del suo palato in un sapore rosso e violento. Davanti a lui ora antiche maschere di legno nero scolpite in una smorfia paurosa. I loro corpi si agitavano nel vento, tra i campi di grano, sulle alture, in mezzo agli alberi di ginepro, tra le bacche di corbezzolo. Il sapore della sua terra era ovunque, in quel denso colore viola, nel suo aroma puro e sincero. Non ricordava cosa avesse lasciato sul piatto dello stereo l'ultima volta che l'aveva usato, ma ora non gli interessava minimamente. Voleva rilassarsi con il mirto di casa sua, sulla sua poltrona e con la sua musica, qualunque cosa fosse. Un incedere lento iniziò a diffondersi per la stanza. Pochi strumenti che timidamente iniziavano a coordinarsi in una marcia che sarebbe diventata di lì a poco una cavalcata trionfale. Massimo stese le gambe sul tavolino, la musica che cullava le sue orecchie e il suo liquore a risvegliargli il palato.

"Custu est po tui, sorrixedda mia. Saludi e trigu!!"[113]

Poggiò il bicchiere e si addormentò, ma non prima di aver spento la luce.

---

[113] *Questo è per te, sorellina mia. Saludi e trigu!*
Il significato di "saludi e trigu", letteralmente "salute e grano", risale all'antico dialetto del basso campidano, il quale era ed è tuttora utilizzato per augurare, appunto, la salute e il grano inteso come il raccolto, ma anche come prosperità.

CAPITOLO 61
SA PIPIA, AGOSTO 1935, LA NOTTE PRIMA

Era stata una giornata pesante per tutti, nonostante il lavoro fosse finito presto, quella mattina. Del resto era la festa del patrono e per uno o due giorni si poteva togliere qualche ora ai campi per regalarla ai preparativi per le celebrazioni.

Ormai a notte fonda, Efisio entrò nella stanza dei bambini tenendo Mimminu in braccio. Gli tolse le scarpe con delicatezza e le poggiò in terra. Slacciò i calzoncini corti e sfilò la maglia verde con i bottoni diversi, la sua preferita. Mimminu respirava profondamente. Greca, sdraiata sul suo letto, era ancora sveglia, e osservò sorridente il padre avere tutte quelle attenzioni per suo fratello, anche se in maniera un po' goffa. Poche volte lo aveva visto comportarsi in quella maniera. Quando Efisio li lasciò soli, la bambina si voltò verso la finestra. Con il respiro leggero e appena percettibile, osservava l'ultimo filo di luce che la luna offriva prima di scomparire dietro le nuvole e che filtrava dalla tenda pesante, davanti alla finestra socchiusa. Con la notte era arrivata anche la brezza e la morsa del caldo di quella giornata iniziava ad allentare la presa.

Dall'altra stanza ora proveniva un rumore soffuso di stoviglie, seguito ogni tanto da un leggero scroscio d'acqua. Anche per sua madre il momento del sonno si avvicinava. Ma Greca sapeva anche che non sarebbe andata a riposare senza prima aver recitato con lei le preghiere della sera. Sarebbe venuta nella sua stanza per dirle tutte, senza dimenticarne nemmeno una.

Per suo padre il discorso era diverso. Lui non aveva tempo per quelle cose. Ci aveva provato. Sì, ci aveva provato con tutte le sue forze. Aveva provato a pregare il Dio degli uomini di buona volontà, e lui ne aveva tanta, ma sembrava che per ascoltare anche lui, di tempo, questo Dio, non ne avesse mai. Allora aveva deciso di rendere pan per focaccia come diceva il padre di suo padre, *"A mussiu de cani, pilu de cani"*[114], a quel Dio che non gli rispondeva mai. Aveva deciso di ignorarlo, proprio come faceva con lui. E si era accorto che in effetti non era cambiato proprio nulla.

Un lieve tocco sulla porta e la donna entrò in silenzio, senza aspettare risposta. Con occhi sorridenti si avvicinò al figliolo, stanco e addormentato profondamente sul suo letto di legno grosso, a coprirlo meglio con il lenzuolo leggero.

Se per una volta non dice le preghiere, non succederà nulla, pensò, guardando verso l'alto.

Issu ddu scidi[115].

La donna si accomodò sul letto della figlia, che nel frattempo si era seduta con le mani giunte, in attesa di quel rito quotidiano. Iniziò da sola, poi la piccola le fece eco e continuò con lei.

Deu mi crocu in custu letu
Mi crocu po mi dromì
Tengu tres cosas de pedì:
cunfessioni, comunioni e ollusantu
in nomini de su Babbu de su Fillu
e de su Spiritu Santu[116].

La bambina sapeva che non sarebbe finita così presto. Suo

---

114 Il detto significa "ripagare qualcuno con la stessa moneta".

115 *Lui lo sa* (riferito a Dio).

116 *Io mi corico in questo letto/Mi corico per dormire/Devo chiedere tre cose:/confessione, comunione e olio santo/nel nome del Padre, del Figlio e dello Spirito Santo.*

fratello dormiva, suo padre non ne aveva il tempo, allora erano loro due a dover provvedere per tutti. Questa volta fu lei a iniziare.

Deus mi càmpit de mala sorti;
Deu mi fatzu sa gruxi in buca
Deus mi càmpit de mala guta;
Deu mi fatzu sa gruxi in sinu
Deus mi càmpit de malu destinu;
Deu mi fatzu sa gruxi in palas
Deus mi càmpit de linguas malas[117].

La donna, sorridente, baciò la figlia sulla fronte, accarezzandole una mano.

"Grazie, *sposittedda mia*", le disse, e senza voltarsi uscì dalla stanza, chiudendo la porta dietro di sé.

Gli scarponcini della ragazzina erano sistemati sotto il letto, di fianco alla casa delle bambole. Si rigirò e rivolse nuovamente lo sguardo verso la finestra socchiusa e il filo di luce che segnava pallidamente il pavimento.

Aspetta un po', si disse, *aspetta solo un altro po'*.

Conosceva a memoria tutti i rumori della casa a quell'ora della notte. Dopo un ultimo sorso di vino, suo padre avrebbe riaperto la porta d'ingresso, che avrebbe prodotto un suono secco e sarebbe uscito nella frescura del giardino accendendo la sua pipa. L'odore dolce del tabacco che bruciava lentamente e che si diffondeva per la casa le dava un senso di piacere che neanche lei sapeva spiegarsi. Nel frattempo, sua madre avrebbe finito di riordinare la sala da pranzo, un'ultima spazzata sul pavimento e le sedie sarebbero tornate a posto, attorno al tavolo, una dopo l'altra. Quasi contemporaneamente, suo padre sarebbe rientrato in casa e avrebbe richiuso la porta col chiavi-

---

[117] *Dio mi protegga dalla mala sorte/io mi faccio la croce sulla bocca/Dio mi protegga dalla malattia/io mi faccio la croce sul seno/Dio mi protegga dal destino avverso/io mi faccio la croce alle spalle/Dio mi protegga dalle malelingue.*

stello. I suoi genitori sarebbero stati pronti per andare a riposare.

Quello era il momento.

Si levò dal suo letto e in silenzio si sedette di fianco al fratello. Aveva la bocca aperta e un piccolo filo di bava gli colava giù per il mento. La bambina sorrise e con il polsino della camicia da notte gli ripulì la bocca.

"Mimminu... Svegliati, Mimminu!" gli sussurrò a un orecchio, ma non si mosse subito. Quando lei lo chiamò un'altra volta lui si ribellò a quella interruzione del suo sonno, bofonchiando qualche parola che lei non capì, forse due chiacchiere di un sogno.

"Mimminu, svegliati..." ripeté lei.

Lentamente e controvoglia, il bambino aprì gli occhi e la guardò. Ci volle qualche secondo prima che capisse dove si trovava.

"Cosa c'è? Lasciami dormire", disse in modo lamentoso, richiudendo gli occhi e rigirandosi nel letto, dando le spalle alla sorella.

"Ascoltami, Mimminu..."

Nella sua voce era comparsa una nota di incombenza. Le mani calde che gli stringevano le braccia lo fecero riemergere dal nero del torpore e nonostante fosse in dormiveglia, parve accorgersi di quel tono perché si mise a sedere e le chiese di nuovo cosa volesse.

"Mi devi fare una promessa, Mimminu... Promettimelo con una mano sul cuore e una nella mia. Come un giuramento di sangue".

"Cosa vuoi, Greca?"

Un dannato mal di testa gli faceva pulsare forte le tempie e il sonno cercava sempre più forte di riportarlo in quella pozza buia e silenziosa da cui era emerso poco prima.

"Promettimi che non dirai mai, mai a nessuno... *a nessuno*, che stanotte io sarò andata sulla collina..."

Gli stringeva la mano, era calda, il respiro di nuovo profondo e la testa pesante sulla spalla.

"La collina della casa di Mommotti. Vado a vederla da vicino".

La bambina lo scosse per le spalle, perché aveva richiuso gli occhi. Ma immediatamente li riaprì, svegliato d'improvviso.

"Promettimelo, Mimminu. Mai. Neanche ai nostri genitori. Anzi, soprattutto a loro".

"Che cosa...¿ Certo che te lo prometto... però ora lasciami dormire, che mamma domani mi sveglia presto..."

Sfinito, si lasciò andare sul letto e in un istante si riaddormentò. La sorellina lo guardò con un sorriso sulla bocca, poi gli si avvicinò all'orecchio.

"E ricordati... io non ne ho di paura".

Lo baciò sulla guancia e gli sistemò il lenzuolo sulle gambe. In silenzio tornò al suo posto e cercò i suoi scarponcini, quelli che Efisio le aveva aggiustato con del cuoio di colore diverso, li indossò ed estrasse la valigia da sotto il letto. Con estrema cautela, la aprì evitando ogni rumore e senza guardare dentro prese una delle sue bambole. L'aveva riconosciuta al tatto. La sua preferita, quella che le aveva regalato la nonna per il suo undicesimo compleanno solo qualche mese prima. Aveva un vestito di stoffa rossa, le scarpine imbottite con della paglia ormai secca e dei lunghi capelli. La sua preferita, forse perché le assomigliava così tanto. Attorno alla vita aveva un legaccio fatto con il sughero, sul quale suo padre aveva inciso il suo nome. Guardò prima la bambola, poi suo fratello che dormiva. Sorrise e sfilò il legaccio, nascondendolo sotto il cuscino di Mimminu.

Voltandosi leggermente per sentire se il silenzio stesse facendo la guardia alla casa, si avvicinò alla finestra e con un balzo dal davanzale fu fuori. Atterrò in punta di piedi, si guardò intorno e iniziò a correre.

In un attimo oltrepassò il recinto della casa e si trovò all'inizio del sentiero in mezzo alle terre di suo padre.

Fino a qualche settimana prima, lei e i suoi amici attraversavano parte di quella stradina per recarsi a scuola e lei conosceva a memoria ogni sasso e ogni filo d'erba di quel percorso. Anche a quell'ora della notte, con il buio che aveva spento il riverbero giallo dei campi, sapeva esattamente dove mettere i piedi.

A un tratto si fermò e si guardò alle spalle. La sua casa era lì, a poche decine di metri. Un rifugio sicuro, il suo letto, suo fratello...

No!

La voce sembrava provenire dalla sua bambola. La guardò e le accarezzò i capelli di paglia. La bambina sapeva bene che era il suo orgoglio che parlava.

Se torni indietro adesso, i tuoi amici rideranno di te! disse la vocina.

No. I miei amici non sapranno mai che sono tornata indietro. Ma lo saprò io.

Greca si scosse, tirò su rumorosamente col naso e sputò in terra. Aveva deciso. Sarebbe arrivata fino alla casa. La luna, coperta da grossi nuvoloni, sparì nel cielo, quasi non fosse d'accordo con quella decisione.

Riprese a correre e nello stesso momento alcune gocce le colpirono il viso ma lei non si perse d'animo, semplicemente rallentò l'andatura facendo maggiore attenzione agli ostacoli a terra. Pazienza se si sarebbe bagnata. Con un po' di fortuna, al suo rientro a casa sarebbe riuscita a fare asciugare i vestiti prima che la madre fosse sveglia, in modo che non se ne accorgesse.

Pian piano i suoi occhi si abituarono al buio e in lontananza iniziò a distinguere il filare di alberi alla fine del sentiero. Scosse da un vento forte, le loro fronde sembravano salutare il suo arrivo. La pioggia intanto aveva iniziato a cadere più forte, diventando prepotente e stizzosa. Oltre gli alberi, ora si iniziava a intravedere anche il tetto della casa. Si stava avvicinando, ma lei non era spaventata. Voleva dimostrare a quei maschietti fifoni che lei non era come loro. Certo, se l'avesse fatto di giorno sarebbe stato più facile, sarebbe stato meno pericoloso e forse non si sarebbe bagnata così tanto ma…

Ma ormai ci sei. Manca poco, pensò.

Un fulmine in lontananza, illuminò debolmente il sentiero che stava percorrendo. La bambina strinse più forte a sé la bambolina ma non si fermò, ignorando quell'acqua che le inzuppava i vestiti e rovinava le scarpe. Oltrepassò velocemente la larga strada sterrata che portava al paese e divideva in due i campi, e dopo aver saltato il muretto a secco, fu a poche decine di metri dal filare di alberi.

Ecco la casa.

I capelli attaccati al viso le davano fastidio e con una mano cercò di scostarli, per riuscire a vedere meglio davanti a sé. Da una delle finestre della casa arrivava una luce flebile e tremolante, ma da quella distanza ancora non si distingueva alcun particolare. Per niente spaventata dai tuoni che ormai si susseguivano uno dopo l'altro a intervalli sempre più corti, Greca fu in breve tempo sotto quella finestra che solo qualche minuto prima le sembrava così lontana, così difficile da raggiungere. La pioggia batteva forte sul vetro sottile creando un suono fastidioso e ripetitivo. Si tirò su con le braccia sull'alto davanzale per vedere chi o cosa ci fosse dentro. Scacciando il freddo e i brividi che le correvano giù per la schiena, guardò oltre.

Dietro la tenda scura vide una sagoma.

Cos'era quello, un tavolo, forse? E lì in fondo c'era una candela accesa?

Ecco da dove arrivava la luce, pensò.

Un tuono assordante, che durò qualche secondo, portò con sé il fulmine che illuminò tutta la collina intorno. Gli alberi del filare, scossi dal forte vento, ora sembravano volessero scappare via da quel temporale, sembravano abbracciarsi l'un l'altro per ripararsi dal freddo. In quell'istante di luce innaturale per quell'ora della notte vide qualcosa che invece le sembrò reale, all'interno di quella stanza immersa nella penombra. C'era una sedia a dondolo, di fianco al camino, e una figura scura sopra di essa. Con una mano la bambina reggeva ancora la bambolina, ormai disfatta a causa dell'acqua. Tremava. Gran parte era per il freddo che le trasmettevano i vestiti bagnati attaccati al corpicino, ma il freddo vero, il freddo della paura, era quello che arrivava dall'essere lì davanti, davanti a quella casa che neanche i suoi amici più grandi avevano avuto il coraggio di andare a vedere da così vicino.

Forse avevano ragione loro, pensò la piccola.

Tutto il suo corpo, il suo sangue, le sue braccia che ormai iniziavano a farle male per lo sforzo, tutto di lei ora le diceva di andare via, le diceva di correre, correre come non aveva mai fatto prima e tornare alla sua casa, al sicuro, all'asciutto, dove avrebbe raccontato al fratello cosa aveva visto dentro la casa.

Un altro fulmine illuminò il cielo scuro di nuvole ma lei, nonostante le braccia stessero iniziando a perdere la presa, continuò a guardare attraverso la finestra. Notò che però qualcosa era cambiato. La sedia a dondolo era ancora lì, continuava nel suo lento movimento avanti e indietro, ma su di essa non c'era più nulla. L'imbottitura della bambola fuoriusciva dalla stoffa, anche i fili dei capelli ormai intrisi d'acqua si staccavano dall'involucro rosso che aveva fatto da base per la testa. La bambina riuscì a distogliere lo sguardo dall'interno della casa e guardò cosa le rimaneva nelle mani, che ormai reggevano solo il vestitino rosso.

Mi dispiace, nonna.

La pioggia lavava via le sue lacrime, ma lei ne era quasi sollevata, perché mai e poi mai avrebbe voluto che qualcuno la vedesse piangere. La mano che reggeva il pezzo di stoffa perse la presa dal davanzale della finestra e lei rimase appesa solo con l'altra. Non durò a lungo. Indebolita dallo sforzo, l'unico appiglio che le rimaneva si aprì senza che lei potesse farci nulla e cadde a terra. Se fino a quel momento era rimasto anche solo un piccolo spazio dei suoi vestiti e del suo corpo che non fosse bagnato, ora era svanito. La pozzanghera che aveva attutito la caduta l'aveva però anche ricoperta di fango. Una folata di vento le strappò dalla mano l'ultimo pezzo di quella bambola a cui teneva così tanto. Il pezzo di stoffa rossa volò via e lei non lo vide più. Si rialzò in piedi, grondante d'acqua. I brividi le scuotevano la schiena e le gambe iniziavano ad avere difficoltà a reggerla in piedi.

Io non ho paura ripeté a se stessa.

Quella volta però la vocina del suo orgoglio non le rispose. Ora era sola.

Con un ultimo sforzo si riavvicinò alla finestra e si issò nuovamente. Un altro fulmine, il più luminoso che avesse mai visto, accese il cielo. Un movimento dietro la tenda la fece sussultare e in quel momento rimpianse di non aver voluto seguire il suo istinto che la implorava di tornare a casa.

Solo una fragile barriera trasparente la divideva da una sagoma nera che si stagliava davanti a lei. Il viso pallido, illuminato dalla luce del fulmine, mostrava dei profondi solchi attorno agli occhi piccoli. La grande bocca nera come il vuoto, pareva provocare quel frastuono insopportabile da dietro il vetro rigato dalla pioggia.

Ora ne era sicura. Quello era Mommotti e la stava maledicendo per averlo disturbato a quell'ora della notte. Terrorizzata, mollò la presa dal davanzale e questa volta atterrò in piedi. L'ennesimo tuono arrivò d'improvviso, facendola urlare di paura. Non c'era più la ragione né il tempo di pensare a cosa avrebbero detto i suoi amici o suo fratello. Iniziò a correre nella direzione da cui era arrivata, ma fece solo pochi metri perché un violento scorrere d'acqua e detriti le sbarrò la strada. Intontita dalla paura e dal freddo, Greca cambiò direzione e tornò verso la casa di Mommotti. Con la coda dell'occhio vide una porta che si apriva e la sagoma nera che si sporgeva. Urlò ancora e si mise a correre più veloce. Il buio era fitto, la pioggia dura e nera. Non conosceva quella parte dei campi, perché al di là della casa lei e i suoi amici non erano mai andati. In realtà nessuno di loro era nemmeno mai arrivato anche solo vicino a quella casa, ma dalla strada sterrata avevano potuto osservarla più volte, da una certa distanza. Il terreno impastato rendeva gli scarponcini pesanti. Era sempre più difficile correre. Le sembrò di sentire una voce provenire dalla casa ma il rumore del vento la confuse in mille fischi e ululati diversi. Si fermò, attorno a lei un buio nulla tutto uguale. Iniziò a sperare che arrivasse un fulmine, in modo da riuscire a vedere qualcosa. Ora oltre a quel frastuono iniziava a distinguere anche un altro rumore, ma non era la pioggia. Fece un passo in avanti, le mani protese a toccare quel nulla. Qualcosa le lambì i piedi, qualcosa di freddo e bagnato.

Non fece in tempo a capire. Un grosso ramo, trascinato da quel torrente che si era gonfiato bruscamente, la colpì da dietro come una mano umida e viscida e la fece cadere. Acqua e fango la spinsero a fondo, facendola rotolare. Sentiva le pietre sotto la schiena che le laceravano il vestito e la pelle. Le fronde spezzate dal vento e trasportate dalla corrente le si impigliavano nei capelli.

L'acquazzone della notte aveva portato con sé anche le foglie e i rami secchi di quella estate calda. Nella sua brama di libertà il flusso nero e impetuoso aveva smosso le vecchie assi che coprivano l'antico pozzo, poco distante dalla casa. Per un momento Greca riuscì ad emergere dalla melma e pensare che forse quella brutta avventura era finita. Si sarebbe potuta rialzare, ripulire un poco e tornare a casa, al sicuro.

Fu quello il momento in cui iniziò a volare.

Quell'impeto rabbioso in breve diminuì, il torrente si era diviso in decine di rivoli più piccoli, che correvano giù per la collina. Ammassi di foglie e fango ora facevano da tappeto soffice e umido al sentiero che avrebbe dovuto riportare a casa la bambina. Ma da quel sentiero lei non passò mai più.

Quando la sua testa colpì la parete umida e scabra del pozzo, il fondo era sommerso da acqua e detriti e altri continuavano

ad arrivarne. Ma a lei non importava più nulla, ormai.
Greca aveva già smesso di respirare.

RINGRAZIAMENTI

Il bracchetto dei Peanuts era solito iniziare i suoi racconti con l'incipit "Era una notte buia e tempestosa...". È successo più o meno così, ma in realtà la notte in cui ha squillato il telefono erano i primi di giorni di agosto, erano le tre di notte e faceva un caldo terribile, da non riuscire a dormire.

"Ho un'idea".

In due giorni abbiamo iniziato gli incontri a due per mettere su carta quanto ci rendeva il brainstorming. Non essendo lo scrivere la nostra occupazione principale, sono trascorsi anni, in cui si sono succeduti momenti di creatività esplosiva e momenti di calma piatta, periodi in cui abbiamo passato giorni a scrivere, studiare, fare ricerche e di nuovo studiare, e ancora scrivere. Il progetto si è anche fermato più volte, sembrava che quell'ultimo punto di quell'ultima pagina non volesse saperne di essere scritto. Quando poi abbiamo creduto che quel punto avesse trovato il suo posto, abbiamo consegnato le nostre speranze a svariate persone più o meno, ahimè, affidabili. Fortunatamente tra queste ce n'è stata qualcuna che ci ha fatto guardare il romanzo da punti di vista differenti, dai quali abbiamo capito che in realtà quell'ultimo punto dell'ultima pagina era ben lungi dall'essere proprio l'ultimo. Allora ci siamo rimessi a scrivere il romanzo, da capo, l'abbiamo fatto a pezzi, smontato, separato, riattaccato, ricucito. Ci è sembrato un risultato migliore del primo. Alla seconda prova, quindi, abbiamo scelto altre persone a cui affidare l'opera, e tra queste ci sono stati Carmen e Roberto, che hanno creduto subito in Mommotti, accogliendoci a braccia aperte in casa editrice. Ma c'era ancora qualcosa che non era al suo posto, quindi è partita la terza fase, un ulteriore cambio di punto di vista e la necessaria modifica di alcune delle parti del romanzo. Il risultato di tutto è contenuto in queste pagine.

Durante questo percorso abbiamo incontrato, sentito e parlato con molte persone che ci hanno aiutato a far chiarezza su usi e tradizioni della Sardegna antica.

Un grazie particolare per le traduzioni va a Maria Rosaria Spissu, che purtroppo non ha fatto in tempo a vedere il romanzo pubblicato e a Antonino Meloni; a Enrico Putzolu, che ha revisionato tutti i dialoghi in sardo. E a proposito di sardo, un doveroso ringraziamento va a don Antonio Pinna, dell'Arcidiocesi di Oristano, per le preghiere.

Un doveroso ringraziamento va a Luca, che è riuscito a mettere nero su bianco tutte le idee che poco alla volta prendevano forma nelle ambientazioni che avete appena trovato. La sensazione di sentire realmente le punture delle spighe nelle gambe è avvenuta parecchie volte, talmente era immersivo il campo di grano che Luca ha descritto.

Grazie davvero.

Ancora grazie a tutte le persone che sono intervenute per correggerci, illuminarci, incoraggiarci e raccontarci quello che succedeva in questo territorio sardo quando davvero qui c'erano solo campi di grano a perdita d'occhio. Quindi grazie a i miei genitori, a mia sorella e alla mia compagna. Le persone più care che ho.

Mauro

Vorrei ringraziare i miei google personali, i miei vecchi, *tutti e quattro*, fonti inesauribili di preziose informazioni e *dicius*. Ultime ma non ultime, mia moglie e mia figlia, che sin dal primo giorno hanno spinto perché questo romanzo venisse alla luce, anche quando avrei voluto mollare tutto.

E ovviamente Mauro, amico da una vita, per avermi incluso in questo suo progetto. Del resto, senza la sua idea, Mimminu e Greca non esisterebbero.

Luca